TOD IM INNVIERTEL

Doris Fürk-Hochradl wurde 1981 in Braunau am Inn geboren und lebt heute mit ihrer Familie im beschaulichen Feldkirchen. Sie schreibt neben ihrer Haupttätigkeit als Lehrerin Krimis mit dem besonderen Schmunzelfaktor.

DORIS FÜRK-HOCHRADL

TOD IM INNVIERTEL

Kriminalroman

emons:

Bibliografische Information der Deutschen Nationalbibliothek
Die Deutsche Nationalbibliothek verzeichnet diese Publikation in der Deutschen Nationalbibliografie; detaillierte bibliografische Daten sind im Internet über http://dnb.d-nb.de abrufbar.

FSC www.fsc.org
MIX
Papier aus verantwortungsvollen Quellen
FSC® C083411

Umschlagmotiv: LMDB/photocase.de
Umschlaggestaltung: Nina Schäfer, nach einem Konzept von Leonardo Magrelli und Nina Schäfer
Umsetzung: Tobias Doetsch
Gestaltung Innenteil: César Satz & Grafik GmbH, Köln
Lektorat: Christine Derrer
Druck und Bindung: CPI – Clausen & Bosse, Leck
Printed in Germany 2018
ISBN 978-3-7408-0317-9
Originalausgabe

Für meine lieben Leser/innen und Freund/innen

Prolog

Ich zittere. Die ganze Welt steht kopf. Wie hat es so weit kommen können? Wer soll die Scherben wieder zusammenfügen, dass sie ein heiles Ganzes ergeben? Der stechende Duft von nassem Nadelholz steigt mir in die Nase. Unaufhaltsam peitscht der Regen auf meinen bewegungsunfähigen Körper.

Ich schlucke schwer. Der Wind schaukelt mich hin und her. Ich bin gefangen. Gefangen in einem Netz aus Intrigen, einer Heerschar an Verdächtigen ausgeliefert. Wer von ihnen hat mich jetzt in seiner Gewalt? Ob mich schon jemand sucht? Ob mich überhaupt jemand vermisst?

Der Schmerz in meinen Gliedern wird immer stärker. Die Schleimhäute meiner Nase schwellen an. Ich bekomme kaum noch Luft. Mir ist schwindlig.

Erneut möchte ich um Hilfe rufen, aber ich kann nicht. Übelkeit kriecht mir die Kehle empor. Die Schmerzen werden unerträglich. Das Schlimmste aber ist … ich bin allein.

Alles bleibt, alles geht

Eisenkrautwickel nach Hildegard von Bingen
Bei Entzündungen jeder Art ohne offene Hautstellen: Getrocknetes Eisenkraut kurz kochen, ausdrücken, in ein Tuch geben und noch warm auflegen. Weitere Tücher um den Verband wickeln. Einwirken lassen, solange es guttut. Im Anschluss daran Schafgarbentee trinken oder 1 TL Schafgarbenpulver nehmen.

Zusammengekrümmt wie ein Neugeborenes liegt sie vor mir. Behutsam ziehe ich die dünne Sommerdecke über ihren verschwitzten Körper. Der Kummer bereitet meiner Tochter in dem einen Moment Schweißausbrüche und Sekunden später Schüttelfrost. Dazwischen heult und jammert Daniela, als wäre sie ein geschlagenes Kätzchen. Der Schlaf wirkt manchmal Wunder, aber wenn die Wunde zu tief ist, kann auch er nicht mehr tun, als eine leichte Decke des Vergessens über die gequälte Seele zu legen. Eigentlich hätten diese Wochen die glücklichsten in Danis Leben werden sollen, doch das Schicksal hat es böse gemeint und unser aller Dasein aufs Tiefste erschüttert. Meine Tochter Daniela hat ihre Babys nicht zur Welt bringen können, sie hat mit den Zwillingen eine Fehlgeburt erlitten. Jetzt liegt sie bei mir auf dem Sofa, weil ihr Verlobter Kurt arbeiten muss und auf seine Art leidet.

Langsam erhebe ich mich von der Sofakante und schlurfe zur Tür. Daniela stöhnt leise. Vorsichtig drücke ich die Türklinke.

»Mama?«, fragt sie und richtet sich etwas auf.

Aschfahl leuchtet ihr Gesicht in der stets etwas dämmrigen Atmosphäre meines Wohnzimmers. So sind alte Bauernhäuser nun einmal. Mit ihren kleinen Fenstern, den niedrigen Decken und den vielen Holzbalken wird es nie richtig taghell im Inneren. Im Gegenzug dazu herrscht eine heimelige Atmosphäre.

Seit mein Liebster Sepp bei mir wohnt, habe ich sogar noch stärker auf den Charme meiner traditionellen Bauernmöbel geachtet und die vorher modernen Gardinen gegen die alten

Blaudruck-Vorhänge ausgetauscht. Dadurch kommen die Kredenz und auch die Bauerntruhe richtig zur Geltung, und das Wohnzimmer wirkt viel gemütlicher als vorher. Sepp hat ein Gespür für die passende Einrichtung. Wahrscheinlich ist sein Talent dafür auch durch seinen ehemaligen Beruf gewachsen. Wer immer mit Frauen arbeitet und von Damen aus aller Welt umgeben ist, lernt die Schönheit zu schätzen.

Sepp war früher der Betreiber des hiesigen Dorfbordells. Er musste, um sein Geschäft am Laufen zu halten, nicht nur bei der Auswahl der Angestellten ein gutes Auge haben, sondern auch für das Ambiente. Das Herzkastl hatte in beiden Bereichen nur das Beste zu bieten. Bei den Damen und bei den Möbeln. Ich liebe Sepp auch wegen seines guten Geschmacks. Einige Leute mögen sich daran stoßen, dass ich, die gute Kräuterhexe und Beindlrichterin des Dorfes, mit Sepp zusammen bin, aber das Schicksal hat uns eben zusammengeführt.

Immer wenn ich daran denke, wie Sepp das erste Mal in meiner Stube saß, muss ich schmunzeln. Rot vor Scham berichtete er mir von seinem unangenehmen Problem. Sein kleiner Sepp wollte nicht mehr standhaft seine Pflicht erfüllen. Wie sich herausstellte, hatte es der kleine Sepp, ebenso wie der große, einfach satt, nur der Arbeit wegen zu funktionieren. Sepp suchte die wahre Liebe, und ich war so viele Jahre nach dem Tod meines Mannes endlich bereit für die zweite Liebe.

Sepp gehört zu mir und ich zu ihm, genauso wie die Blaudruck-Vorhänge in mein Wohnzimmer.

Ich blicke Daniela an. Das einfallende Licht schimmert leicht bläulich. Umso gespenstischer sieht Daniela dadurch aus.

Mein armes Kind, denke ich. »Alles in Ordnung, Liebling«, sage ich ruhig und verdränge jede Sorge aus meiner Stimme. Daniela blinzelt. Ich zwinge mich zu einem Lächeln. »Gitti ist in der Stube, wenn du etwas brauchst. Schlaf weiter.« Daniela brummt leise und kauert sich wieder zusammen.

Ich verlasse das Wohnzimmer und ziehe behutsam die Tür

hinter mir ins Schloss. In der Stube hebt Gitti den Kopf und legt ihren Liebesroman zur Seite. Seit einiger Zeit hat meine beste Freundin nicht nur ihren Hang zur schnulzigen Schundliteratur entdeckt, sondern auch die Farbe rosa. Ihre einst lila schimmernden Locken leuchten nun in zartem Pink. Passend dazu trägt sie Kapselschmuck, wie ich die grauenhaften Dinger nenne. Ihre Enkelin Leonie bastelt im Werkunterricht aus meiner fliederfarbenen und altrosa Kaffeekapsel-Spezialedition ständig neue Ketten, Anhänger und Blumentopf-Kugeln. Selbst Krippenfiguren hat das Kind im Rahmen des Werkunterrichts produziert. Die Dinger haben sich erstaunlich erfolgreich beim Adventsmarkt voriges Jahr verkauft, sodass die Lehrerin unermüdlich neue Alumüll-Kreationen mit den Kindern entwickelt. Tetrapak-Taschen waren gestern, nun hat das Aluminiumfieber die Werklehrerinnen des Landes gepackt, und der Kaffeemüll bekommt ein zweites Leben an den Hälsen, in den Wohnungen und in den Blumentöpfen der Bevölkerung geschenkt. Gitti steht mit der gleichen Überzeugung hinter den Kunstwerken ihrer Enkelin und trägt die Schmuckstücke pausenlos, so wie sie es vor zwei Jahren mit der Getränkepackerl-Tasche getan hat. Liebe kennt eben keine Grenzen.

»Und, wie geht's Dani?«, fragt Gitti.

»Nicht gut«, antworte ich. Das kurze Schweigen liegt schwer in der Luft. Keiner von uns weiß so recht, was er sagen soll. Zu viele Tränen wurden vergossen, zu viele scheinbar tröstende Floskeln gewechselt.

»Meinst du, dass sie bis Schulbeginn wieder wird? Der alte Wimmer ist eine Zumutung für die Kinder. Dass man den aus seinem Sabbatjahr zurückgeholt hat ... unbegreiflich ist das. Er steht so kurz vor der Pensionierung«, bricht Gitti das Schweigen und zeigt mit ihren Fingern einen millimeterbreiten Spalt.

Ich seufze und mache mich daran, neuen Kaffee aufzusetzen. Die Schulkinder und der alte liebestolle Direktor sind mein kleinstes Problem. Durch den Wimmer wird das ohnehin schwer kranke Schulsystem schon nicht krepieren. Meine Sorge gilt Daniela, und die kann noch nicht so schnell wieder als Lehrerin einspringen.

»Ich weiß es nicht. Der Verlust. Daniela hat viel zu verarbeiten und wir auch«, sage ich. Ich nehme die Kanne und zwei Tassen mit zum Tisch und setze mich. »Aber immerhin haben wir erst Ende Mai, und bis zum Herbst vergehen noch Monate. Vielleicht wird es bis dahin.«

»Sepp und ich haben drüber geredet, und er meint auch, dass es vielleicht an der Zeit ist, na ja … du weißt schon …«

Gittis schuldbewusster Ton und ihr Stocken gefallen mir gar nicht. Ich grummle.

Gitti redet schnell weiter. »In einer speziellen Klinik könnte man Daniela vielleicht besser helfen als hier. Die können Medikamente verabreichen und Therapien machen, sodass sie wieder lachen kann.«

Zorn kocht in mir hoch, und ich habe Mühe, mich am Riemen zu reißen und nicht loszuschreien.

»Und der Arzt im Krankenhaus sagte doch auch, dass, wenn sie …«

Ich unterbreche Gitti schnell, aber die Wut bleibt. »Der Heini kann mir gestohlen bleiben. Wenn er mich und Daniela beim ersten Mal ernst genommen hätte, dann würden die Zwillinge vielleicht noch leben, und Daniela würde lachen! Und wie sie lachen würde! Wegen diesem Trottel von einem Arzt und seiner vorgefertigten Meinung, dass Dani nur eine hysterische ältere Erstgebärende ist, hatte sie überhaupt eine Totgeburt.«

Was ich sage, ist die Wahrheit, aber nicht die ganze. Ich wende meinen Blick ab und kämpfe mit den Tränen. Es tut mir im Herzen weh, dass meine Tochter so ein schreckliches Schicksal erleiden muss. Tagtäglich schwanke ich zwischen Selbstvorwürfen und Hass auf die Ärzteschaft. Obwohl die Wahrscheinlichkeit fast bei null liegt, denke ich immer daran, dass man die Zwillinge unter den richtigen Umständen hätte retten können. Vielleicht hätten wir früher ins Krankenhaus zurückkehren müssen. Vielleicht hätten wir auch beim ersten Besuch vehementer auftreten müssen oder ein anderes Krankenhaus wählen … Wie ich es aber auch im Kopf drehe und wende, das Gefühl, etwas falsch gemacht zu haben, bleibt. Beim ersten Mal im Spital ließen wir uns vorschnell beruhigen und wegschicken. Am nächsten Tag war es dann schon zu spät. Trotz Notkaiserschnitt und Intensivstation. Die Schwangerschaftsvergiftung war zu weit fortgeschritten. HELLP-Syndrom, schwerste Verlaufsform, keine Chance, die beiden Babys zu retten. Kurzzeitig war es nicht einmal sicher, ob Daniela überleben würde. Und so blieb mir nichts anderes übrig, als Danielas Hand zu halten, bis sie aus dem Koma erwacht ist, und ihr dann die schreckliche Nachricht zu überbringen … »Mein Schatz, deine Babys sind tot, und nein, du kannst keine mehr bekommen, ohne dein Leben dabei aufs Spiel zu setzen.«

Seither weint meine Tochter, und ich weine mit ihr. Um nicht allein zu sein, wohnt sie nun bei mir und Sepp. Kurt hat sich nach kurzer Trauer und einer Woche Pflegeurlaub in die Arbeit gestürzt und spielt in der wenigen Zeit, die er zu Hause ist, den Unbekümmerten. Alle Pläne, von der Hochzeit bis zum Hausbau, sind auf Eis gelegt. Kurt kümmert sich um Danielas gemietetes Haus, ihren Hasen und die Pflanzen. Seinen Feierabend verbringt er bei Sepp und mir. Zum Schlafen aber fährt er in Danielas Häuschen. Ich habe mir die letzten Jahre immer mehr Leben in meinem Zuhause gewünscht. Oft war es mir zu ruhig in meinem Heim. Natürlich hatte ich stets genug Kundschaft, die sich von mir, der Kräuterrosi, das Kreuz richten lassen wollte, aber ich habe mich nach meiner Familie gesehnt und nicht nach Patienten. Jetzt lebt meine Tochter bei mir, aber der Grund dafür ist einfach nur schrecklich. Mein Sepp leidet auch darunter, dass ich die meiste Zeit an Danielas Bettkante sitze und kaum zu einem vernünftigen Gespräch fähig bin. So kämpfen wir uns durch den Alltag.

Heute werde ich ausnahmsweise nicht zu Hause in der Stube die Zeit totschlagen. Ich wurde eingeladen und konnte diese Einladung nicht ausschlagen. Mein Sohn Raphael und seine Lieben vermeiden Besuche bei mir. Der Grund ist Daniela. Zu schmerzlich ist der Anblick der kleinen Mariella für Dani. Aber er hat mich überredet, sie heute zu begleiten. Schon stürmt Raphael zur Tür herein.

»Bist du so weit, Mama?«, fragt er und deutet auf seine Armbanduhr. »Kalina und Mariella warten sehnsüchtig auf dich. Die Kleine freut sich schon sehr und ich auch.«

»Ich weiß nicht, ob ich Daniela allein lassen will«, gebe ich zu.

»Ach was, Rosi. Du fährst mit. Frühsommerfest am Baumkronenweg! Das darfst du dir nicht entgehen lassen. Außerdem hast du nicht nur eine Tochter, sondern auch einen Sohn und ein Enkelkind«, fällt mir Gitti ins Wort. Sie zieht dabei streng die Augenbrauen zusammen.

»Aber –«, setze ich an und werde sofort von beiden unterbrochen.

»Kein Aber. Du fährst mit!«, sagen Gitti und Raphael wie aus einem Munde.

Ich gebe mich geschlagen und trinke noch schnell den letzten Tropfen Kaffee aus. »Pass mir bitte gut auf Daniela auf. Sepp müsste in einer Stunde hier sein, und dann löst er dich ab. Ich hab das Handy an, falls ihr mich braucht«, plappere ich, während ich mir die dünne Frühlingsweste anziehe.

»Keine Sorge. Außerdem muss mich Sepp nicht ablösen. Wir passen beide auf«, beruhigt mich Gitti und nickt dabei wie der Wackeldackel auf der Kofferraumablage von meinem alten Auto.

Im Gegensatz zu meinem Donald, wie ich die Citroën Ente in meiner Garage nenne, ist Raphaels Wagen ein echtes Schlachtross. Seit Kurzem fährt er einen Lexus mit Hybridantrieb. Mir ist das Gefährt unheimlich, besonders wenn es so leise wie eine Schlange über den Asphalt gleitet. Wie soll man als Fußgänger diese Autos hören? Ich habe gelesen, dass man sich Lautsprecher einbauen lassen kann, die Motorgeräusche von sich geben. Irgendwie ist das seltsam und spricht für unsere Zeit, in der man mehr vorspielen muss, als man eigentlich ist. Ich könnte mich mit dem Gefährt nicht anfreunden. Raphael aber liebt seinen neuen Wagen und poliert ihn mindestens einmal wöchentlich auf Hochglanz.

»Man muss Mann Spielzeug lassen, sonst er beschäftigt noch auf falschem Spielfeld«, sagt meine Schwiegertochter Kalina immer, wenn ich einen Scherz über Raphaels neuen Putzfimmel mache. Kalina hat schon recht. Es ist wesentlich besser, wenn mein Sohn sich an seinem Auto austobt, als bei seinen Angestellten. Seit er Sepps Bordell übernommen hat, floriert das Herzkastl. Allerdings liegt die neue Berühmtheit des Puffs wahrscheinlich auch an Sepp und mir. Durch unsere unkonventionelle Beziehung und durch Sepps TV-Auftritte bei der Sendung »Pimp my Puff« haben wir einen gewissen Bekanntheitsgrad erlangt. Sepp hat für das österreichische Privatfernsehen Bordelle im ganzen Land saniert und sich dabei eine nicht unbeträchtliche Fangemeinde aufgebaut.

Doch es gibt noch einen weiteren Grund für das einträgliche Geschäft mit der Liebe. Raphael hat einfach ein Händchen für dieses Gewerbe. Er führt den kleinen Puff mit viel Engagement und behandelt seine Angestellten sehr respektvoll. Qualität vor Quantität, sagt er immer und hält sich auch daran. Obwohl er den Betrieb durch die Mehreinnahmen der letzten Monate vergrößern könnte, renoviert er lieber die Räumlichkeiten und investiert in einen größeren Wellnessbereich. Kalina unterstützt ihn dabei tatkräftig bei der Auswahl der Mädchen und der Einrichtung. Die beiden sind wirklich ein gutes Team und weichen gravierend von der gängigen Vorstellung der Bevölkerung über Bordellbetreiber ab.

Raphael hält mir die Vordertür seines Autos auf. Kalina und Mariella sitzen hinten. »Ma, Ma!«, quietscht Mariella, als sie mich sieht, und streckt ihre Ärmchen nach vorne.

Ich steige ein und drehe mich um, dass ich die Kleine tätscheln kann. »Na, mein Herzchen, freust du dich schon? Bald laufen wir in den Bäumen spazieren. Ganz hoch oben«, verspreche ich.

»Ma!«, quakt sie erneut. Das »O« vornedran bekommt sie nicht hin.

»Hallo, Oma Rosi. Jetzt geht es los«, kommentiert Kalina erfreut.

Wir sind gerade fünf Minuten auf dem Weg, da wird Mariella schon quengelig. Die Zeiten, in denen sie seelenruhig in der Babyschale geschlummert hat, sind vorbei, und Kalina beginnt Mariella mit klein geschnittenen Obststückchen zu füttern.

»Macht mir nicht wieder so eine Sauerei dahinten. Beim vorigen Mal musste ich eine ganze Stunde sauber machen«, beschwert sich Raphael halbherzig.

»Lieber ganze Stunde sauber machen, als Mariella schreit ganze Zeit«, antwortet Kalina kühl.

Ihren osteuropäischen Akzent wird sie wohl immer behalten. Ich nicke ihr aber bestätigend zu. »Genau, meine Liebe. Raphael hat als Kind auch immer Donald eingesaut. Und damals gab es noch keine richtigen Kindersitze. Da hatte man das Essen überall. Hab ich dir eigentlich schon erzählt, dass er mit Vorliebe Essiggurken mit Marillenmarmeladebrot gegessen hat? An einem Sonntag hat er sich beim Frühstück so überfressen, dass er sich in der Kirche direkt vor dem Altar übergeben musste. Der einzige Trost war, dass wenigstens ein Mal das Auto verschont geblieben ist.«

»Mama«, sagt Raphael mit einem beleidigten Unterton.

Er hasst es, wenn ich von früher erzähle. Wahrscheinlich weil er kein Engelchen war und sich in seinen jungen Jahren einige Fehltritte erlaubt hat. Kalina lächelt und füttert weiter kleine Bananenscheibchen in Mariellas aufgerissenen Mund.

»Wie geht es Daniela?«, wechselt Raphael das Thema, und ich werde zurückgeworfen in den Schmerz. Ich schüttle traurig den Kopf. Raphael brummt leise. Ich sehe aus dem Fenster. Der Frühling ist in voller Pracht, und das Leben hat nach dem Winter seinen Platz zurückgefordert. Überall leuchtet es grün, und die Blumen blühen auf den satten Wiesen. Ich atme durch und meine, trotz der geschlossenen Autofenster den Sommer riechen zu können. Er steht vor der Tür und mit ihm die Ferien- und Urlaubszeit. Doch dieses Jahr werde ich wohl ganz zu Hause verbringen, obwohl Sepp und ich eigentlich einen längeren Urlaub geplant hatten. Das Leben hat unsere Pläne gestrichen. Deshalb ist es wirklich ganz gut, dass ich heute einen Ausflug mache. Das Grün der Bäume und der Duft des Waldes werden mich entspannen und mich zumindest kurzzeitig auf andere Gedanken bringen. Außerdem ist es bestimmt lustig, in den Baumwipfeln spazieren zu gehen und Süßigkeiten in den Ästen zu suchen.

»Frühsommerfest mit Lampions, Luftballons und Zuckerstangen im Geäst«, lautete die Werbung auf dem Flyer des Baumkronenweges. Ich bin neugierig und sogar etwas aufgeregt. Obwohl der Baumkronenweg mitten im Innviertel und im Nachbarbezirk Schärding liegt, war ich noch nie dort. Wahrscheinlich hat mich meine Abneigung, längere Autofahrten zu machen, davon abgehalten. Als Mitfahrerin in Raphaels Wagen ist das eine feine Sache. Auf jeden Fall liegt der Baumkronenweg mitten im Sauwald. Wer mutig ist, kann nicht nur einen Spaziergang in luftiger Höhe unternehmen, sondern sogar im Baumhotel übernachten. Eigentlich hatte Raphael das für uns geplant, aber durch Danielas Unglück haben wir uns doch nur für einen Tagesausflug entschieden. Und selbst damit habe ich meine Probleme, und das schlechte Gewissen plagt mich. Bei Gitti und Sepp ist sie in guten Händen, das weiß ich, und trotzdem bin ich hin- und hergerissen. Dass Kurt sich so wenig Zeit für sie nimmt, tut mir im Innersten weh. Gerade jetzt, wo sie ihn dringender braucht als je zuvor, hängt er nur noch auf der Polizeistation herum. Die Arbeit beim Morddezernat nimmt ihn voll in Beschlag.

»Wir sind gleich da«, unterbricht Raphael meine Gedanken. Ich bin ins Grübeln geraten, und als ich aufblicke, befinden wir uns schon auf dem Parkplatz des Baumkronenweges.

Ich drehe mich um. Kalina hebt seufzend die Schultern. »Immer schläft ein, wenn wir da sind«, kommentiert sie Mariellas nach vorne gekipptes Köpfchen. »Raphael, trägst du?«

Raphael stöhnt. »Ich hab von Anfang an gewusst, weshalb ich kein pinkfarbenes Tragetuch wollte«, murrt er.

Wir steigen aus, und Kalina beginnt fachmännisch, das hell- und dunkelrosa gestreifte Tragetuch um Raphaels Körper zu schlingen.

Ich lache bei seinem Anblick. »Pink steht dir aber ausgezeichnet«, sage ich ironisch, worauf Raphael auch im Gesicht eine altrosa Farbe annimmt.

»Ich sehe damit aus wie ein homosexuelles Känguru«, mault mein Sohn weiter.

Kalina fährt ungerührt fort und lässt die kleine Mariella behutsam in den vor Raphaels Brust entstandenen Stoffbeutel gleiten. »Ich mag Beuteltiere«, sagt sie dann und tätschelt sanft Raphaels Hand.

»Sehe ich genauso. Außerdem ist es besser, du bist ein schwules Beuteltier als ein frauensuchendes Beutetier«, scherze ich.

»Als ob ich jemals eine andere Frau lieben könnte als meine Kalina«, antwortet Raphael sanft, um dann gleich wieder den Befehlston anzuschlagen. »So, jetzt aber los! Wir wollen heute hoch hinaus.«

Damit marschiert mein Sohn los, das schlafende Kleinkind eng an seine Brust geschnallt. Es ist schön zu sehen, wie sehr er sich in den letzten Jahren verändert hat. Obwohl er vor seiner Zeit als Puffbetreiber und Familienvater einer für die Außenwelt seriöseren Arbeit nachgegangen ist, trauere ich den Zeiten seiner Versicherungslaufbahn keine Sekunde nach. Das Geschäft mit der vermeintlichen Absicherung der Menschen und deren Besitztümern hatte ihn zu einem windigen, ausgefuchsten und geldbesessenen Egoisten gemacht. Das Geschäft mit der Liebe und der Lust hingegen hat ihn in einen liebevollen und fröhlichen Menschen verwandelt. Ich bin stolz auf ihn.

Beim Bezahlen der Eintrittskarten bekommen wir einen Plan der Anlage in die Hand gedrückt, und wir machen uns an den Aufstieg. Es ist sehr beschwerlich für meine alten Knochen, die Stufen hochzukommen. Immerhin gehe ich langsam, aber sicher auf den Siebziger zu, und diesmal kann ich nicht behaupten, dass es wilde Siebziger werden. Zum Glück tut das warme Wetter meinen Gelenken gut, außerdem habe ich die geschwollenen Knöchel regelmäßig mit Topfenwickel und den entzündeten Schleimbeutel im Knie mit Eisenkrautwickel behandelt. Dazu noch eine Tasse Schafgarbentee am Tag und die Beschwerden wurden zunehmend leichter. Diese Maßnahmen sind zwar zeitaufwendiger als der schnelle Griff zur Schmerztablette, dafür aber auch nachhaltiger. Mit Gottes Hilfe wird der Sommer nicht zu feucht, und meine Knochen können sich während der warmen Jahreszeit erholen.

Als ich oben bin, puste ich dennoch ziemlich. Meine Kondition war schon einmal besser. Ein erster Blick über das Geländer des Weges beschert mir ordentliche Schwindelgefühle.

»Du kippst mir nicht um, Mama!«, mahnt mich Raphael und schnappt meinen Arm.

Er hat wohl Angst, dass ich kollabiere. Das wundert mich nicht, da ich durch die Ereignisse der letzten Monate wirklich etwas wacklig auf den Beinen bin. Zuerst der grausige Mord in Maria Schmolln, als ich meine liebe Freundin Clara besucht habe und bei dem ich selbst in Gefahr geraten bin, bevor ich den wirklichen Täter ausmachen konnte. Und jetzt Daniela …

»Keine Sorge, es ist nur die Höhe«, beruhige ich ihn und schließe einen Moment die Augen. Ich stelle mir vor, dass dieser Weg nichts anderes ist als eine Holzbrücke. Schon geht es mir besser. Immerhin habe ich keine Scheu, im Ibmer Moor und rund um den Ibmer See über schmale Bretterstege zu gehen. Ich sehe erneut nach unten, und diesmal finde ich die Höhe nicht mehr beängstigend, sondern bin beeindruckt, welchen Unterschied die paar Meter machen. Der Wald wirkt ganz anders, wenn man ihn von oben aus erkundet. »Auf geht's«, sage ich fröhlich, und wir wandern los.

Nach ein paar Metern schmücken bereits die ersten Lampions den Weg, und wir erreichen die erste Erlebnisstation. Vom Barfußweg über ein Labyrinth bis zur Riesenrutsche wird einiges geboten. Dazwischen hängen immer wieder Süßigkeiten im Geäst der Bäume. Angebrachte Tafeln mit Wissenswertem oder kleinen Geschichten ergänzen die Stationen. Die meisten Leckereien sind eindeutig auf den Geschmack der Kinder abgestimmt: Lutscher, Schokolade und Zuckerstangen baumeln herab. Trotzdem habe ich auch ein Nuss-Nougat-Waffelröllchen entdeckt und es mir gleich geschnappt. Diese Amicelli mag ich zwar am liebsten zu einem Espresso, aber zur Not nasche ich sie auch so. Auch Mariella, die nach ein paar Schritten in Raphaels Tragetuch erwacht ist, hat bereits ordentlich Süßes getankt und läuft nun selbst aufgeregt vor ihren Eltern her. Der Zuckerschock lässt grüßen. Kalina und Raphael schlendern händchenhaltend hinter der Kleinen, und ich bilde das Schlusslicht.

Der Nachmittag schreitet voran, und obwohl bereits der Frühsommer im Lande ist, wird es im Wald schneller dunkel als auf dem Feld. Die Lampions leuchten bereits schön bunt im leichten Dämmerlicht, und das Käuzchen schreit sein lautes »Huhu« durch das Dickicht. Da höre ich ein paar Schritte hinter mir ein verzweifeltes Jammern. Ich drehe mich um. Ein kleiner Junge steht auf der Aussichtsplattform und angelt gerade nach einem Riegel Kinderschokolade, während seine Eltern an die Brüstung gelehnt in ihre Smartphones vertieft sind und nicht sehen, dass ihr Sprössling sich gefährlich weit nach vorne lehnt. Manche Eltern verstehe ich wirklich nicht. Wären sie nur ein wenig aufmerksamer, dann würde sich der Kleine nicht wegen einem Bissen Schokolade in solche Gefahr begeben.

»Warte, mein Junge. Ich helfe dir.« Lauter als nötig sage ich: »Wenn deine Mama keine Zeit hat.« Doch die junge Frau zuckt nicht einmal mit der Wimper, sondern wischt nur weiter hektisch auf dem Bildschirm herum.

Ich reiße ihr nicht das Handy aus den Fingern, sondern mich zusammen und lächle den Knirps an. Dieser klatscht begeistert in die Hände. Die Kinderschoki hängt selbst für mich fast zu weit weg. Ich bin nun einmal keine besonders große Frau, und die Jahre auf meinem Buckel haben mich ein paar Zentimeter schrumpfen lassen. Auf Zehenspitzen strecke ich mich der Schokolade entgegen und erwische sie schließlich.

»Rosi, kommst du? Wollen noch essen gehen!«, ruft Kalina nach mir.

»Gleich«, antworte ich und reiche dem Jungen die Süßigkeit. Doch anstatt die Schokolade aus dem Papier zu wickeln und zu essen, deutet der Kleine wieder in Richtung der Äste und sieht mich mit großen Augen an. Ich runzle die Stirn.

»Da, Oma, die Puppe!«, sagt der Junge.

»Puppe?«, frage ich. Von Spielzeug in den Baumkronen war im Flyer keine Rede, aber vielleicht hat der Bub sie ja in die Äste geworfen und möchte sie nun zurück. Also beuge ich mich wieder nach vorne und sehe in die Zweige.

»Da!«, sagt der Bub und deutet nach unten.

Ich drücke den großen Ast zur Seite, an dem vorhin noch die Schokolade hing. Mein Blick wandert hinab. Die Zeit steht still. Ich sehe den Schrecken unwirklich klar vor mir, und gleichzeitig verschwimmt die Umgebung zu einem grünen Durcheinander. Mein Herz schlägt schneller und schneller. Das Blut rauscht in meinen Ohren wie die Salzach bei Hochwasser. Ich schlucke. Und dann … dann schreie ich so laut ich kann.

Alles Ungute kommt von oben

Beruhigender Lavendeltee
Lavendeltee wird im Unterschied zu anderen Teesorten nie mit kochendem, sondern nur mit 80 Grad heißem Wasser zubereitet. 1 TL Lavendelblüten ca. 3 Minuten ziehen lassen, abseihen und trinken.

»Was ist passiert?«, fragt Raphael besorgt. Er ist sofort herbeigelaufen.

»Ein Toter!«, japse ich nur und zeige in die gleiche Richtung, in die der kleine Junge gedeutet hat. Raphael runzelt die Stirn und zuckt ratlos die Schultern. Auch Kalina ist endlich bei mir angekommen und drängt sich zwischen den wach gerüttelten Handyeltern durch. Die zappelnde Mariella hält sie auf ihrer Hüfte fest.

»Rosi sieht nur noch Tote. Wahrscheinlich ein Lampion«, sagt sie und blinzelt dabei ins Geäst.

»Nein!«, antworte ich empört und werfe die Hände hoch. Neben mir weint der kleine Junge.

Raphael biegt endlich den Zweig zur Seite. »Heilige Scheiße«, keucht er erschrocken.

Ich wage es, die Leiche genauer anzuschauen. Mir wird schlecht. Mit einem Strick um den Hals hängt ein Mann im Geäst. Sein Gesicht ist blau und aufgedunsen, und es ist im ersten Moment schwer zu sagen, wie alt er ist. Aber anhand der Kleidung würde ich auf einen Teenager oder einen Jungen um die zwanzig tippen. Auf dem Kapuzensweater grinst makabererweise ein Totenkopf mit roten Herzaugen. Obwohl mir übel ist, zwinge ich mich dazu, genauer hinzusehen. Immerhin habe ich schon Schlimmeres erlebt.

Ja, jetzt bin ich mir sicher, dass ein junger Mensch da hängt. An seinem Handgelenk erkenne ich eine flache Handyuhr, er trägt rote Turnschuhe mit weißen Bändern und so eine schreckliche Hose, die so tief sitzt, dass man den halben Hintern sehen kann. So kleidet sich kein Mann über dreißig. Was ist dem armen Jungen nur zugestoßen? Ich schüttle den Kopf. Warum stolpere ich dauernd über den Tod? Verfolgt er mich, oder ist es mein Schicksal, den Toten Beachtung zu schenken, wo andere sie übersehen?

Selbst die Handyeltern interessieren sich jetzt für die Leiche. Sie beginnen doch glatt Fotos von dem Toten zu knipsen.

»Seid ihr total bescheuert? Ruft die Polizei, anstatt blöd zu fotografieren!«, herrsche ich die beiden an.

»Scho guat. Flipp net glei aus, Oide«, gibt der Vater zurück und wählt endlich die Notrufnummer.

Unter normalen Umständen würde ich dem Kerl die Leviten lesen. Niemand nennt mich eine Alte, auch wenn ich das in Wirklichkeit bin. In der gegebenen Situation aber halte ich mich zurück. Die junge Mutter steckt währenddessen endlich ihr Smartphone weg und nimmt ihren schluchzenden Sohn auf den Arm.

»Do hot sich wer dahängt. Im Baumkronenweg. Müssts wohl kemma und den obaschneidn!«, mault der Vater ins Telefon.

Ich kann angesichts solcher Emotionslosigkeit nur den Kopf schütteln. »Lass lieber mich telefonieren«, unterbreche ich und nehme dem Mann das Telefon aus der Hand.

»Pass fei auf, des ist des neue iPhone«, mahnt dieser.

Ich seufze.

»Bitte wiederholen Sie«, fordert mich da der Polizist am anderen Ende der Leitung auf. Ich sammle meine Gedanken und beginne das Gespräch von vorne. »Bleiben Sie vor Ort und berühren Sie nichts!«, sagt er zu mir. Ich nicke, obwohl er mich durchs Telefon nicht sehen kann. »Wollen Sie lieber in der Leitung bleiben, bis die Einsatzkräfte bei Ihnen sind?«, fragt mich der Polizist.

Wahrscheinlich hat er mein Schweigen falsch gedeutet und hat nun Angst, dass ich verschwinden oder vielleicht umkippen könnte. »Schon gut, ich bin nicht allein hier. Ich komme zurecht. Alle bleiben, wo sie sind, und verändern nichts am

Tatort.« Damit lege ich auf und gebe das Telefon dem jungen Vater. Dieser wischt mit dem Ärmel seines Sweaters das Teil ab, als hätte ich es mit dem Telefonat irgendwie schmutzig gemacht.

»Ihr habt es gehört. Alle bleiben hier und fassen nichts an«, wiederholt Raphael im Befehlston mein Gespräch. Sein strenges Auftreten lässt, trotz rosa Babybeutel vor der Brust, keine Zweifel aufkommen. Raphael wird keinen Widerstand dulden. Er stemmt die Hände in die Hüften und fixiert die beiden Eltern mit eiskaltem Blick. Die beiden murren, trauen sich aber nicht, zu widersprechen. »Ich stelle mich ein paar Schritte weiter hinten hin und verhindere, dass weitere Baumkronenweg-Besucher hierher kommen«, sagt Raphael schließlich und marschiert los.

Es dauert eine Viertelstunde, bis endlich die Polizei anrückt. Schon als er um die Ecke biegt, erkenne ich Kurt an seinem Gang. Seit er die Hälfte seines Bauchspecks verloren hat, sieht er richtig attraktiv aus. Er ist immer noch ein Bär von einem Mann, aber eben kein runder mehr, sondern ein durchtrainierter. Man merkt sofort, dass in der Uniform eine gehörige Portion Muskelraft verpackt ist. Kurt hat außerdem dieses lässige Schlendern, wie ein Cowboy aus einem Western, nur dass es bei Kurt weder aufgesetzt noch übertrieben wirkt, sondern natürlich. Schon als kleiner Bub hatte er diesen Schritt drauf, und als er damals mit meinem Raphael durch die Felder gestreift und mit einem Holzgewehr auf Feldhasen gezielt hat, mussten mein verstorbener Mann Horst und ich oft schmunzeln. Entweder er wird mal Sherriff oder Bandit, haben wir dann gesagt und Wetten über Kurts Zukunft geschlossen. Ich habe gewonnen. Kurts gute Seite hat gesiegt, trotz seines grimmigen Gesichtsausdrucks, des Cowboy-Gangs und der ernsten Sorgenfalten auf der Stirn.

»Rosi«, sagt er knapp, als er vor mir steht.

»Kurt«, antworte ich und spüre, wie ein Gefühl der Beklemmung mein Herz umschließt.

»War ja klar, dass du nicht einmal einen Familienausflug machen kannst, ohne in irgendeine schmutzige Geschichte verwickelt zu werden«, spricht Kurt aus, was mich seit Längerem beschäftigt.

»Ich kann nichts dafür. Der kleine Junge hat den Toten entdeckt«, verteidige ich mich, obwohl es keinen Anlass dazu gibt. Da lächelt Kurt traurig und streift meine Schulter freundschaftlich mit seiner. Einen kurzen Moment kann ich hinter seine professionelle Fassade schauen und den Mann erkennen, in den sich Daniela verliebt hat. Er will beschützen, und der Umstand, dass er weder Daniela helfen noch mich von diversen Leichen fernhalten kann, muss ziemlich an seinem Ego nagen.

»Na, dann wollen wir mal«, sagt er und wendet sich seinen Kollegen zu. Andrea, seine Partnerin, beginnt die Plattform abzusperren. Wir müssen ans andere Ende des Steges gehen, während die Polizisten hinter die Zweige blicken.

Das Verhör dauert nicht lange. Unsere Daten werden aufgenommen, und ich muss schildern, wie ich den Toten gefunden habe.

»Was, glaubst du, ist passiert?«, hake ich nach und nicke in Richtung der Leiche.

»Wahrscheinlich wonach es aussieht«, antwortet er knapp.

Er erinnert mich in diesem Moment an Horst. Wenn etwas watschelt, schnattert und aussieht wie eine Ente, ist es wahrscheinlich eine, hat mein Mann immer gesagt. Kurt denkt wohl ebenso.

»Sag Daniela bitte, dass es heute später wird. Ich beeil mich«, sagt Kurt und schickt uns damit nach Hause. Zum Abschied tippt er sich nur kurz an die Kappe. Ich hebe die Hand zum Gruß, und wir gehen.

Der Ausflug ist vorzeitig beendet, der Baumkronenweg bis auf Weiteres gesperrt, das Sommerfest vorüber und die Stimmung am Boden. Als wir wieder in Raphaels Lexus steigen, scheint es, als würde die Leiche noch über uns baumeln und uns die ganze Fahrt lang begleiten.

»Ham, ham!«, jault Mariella und deutet auf ihren Mund.

Es ist erstaunlich, wie sehr kleine Kinder im Moment leben. Eben noch hing sie verängstigt in Kalinas Armen und wusste nicht, warum die Leute so aufgeregt umherirrten, und nun zeigt sie uns mit einer beeindruckenden Selbstverständlichkeit, dass das Leben weitergeht und der Hunger vor dem Tod nicht haltmacht.

»Wir sind bald zu Hause, und dann gibt es etwas für dich«, tröstet Kalina sie und gibt ihr zur Überbrückung ein paar Maisflips und Reiswaffeln. Das Schweigen im Wagen wird nur durch Mariellas leises Schmatzen unterbrochen.

»Ob Kurt uns heute noch mehr erzählt?«, frage ich schließlich.

»Wird wohl Selbstmord gewesen sein«, gibt Raphael ruhig zurück.

»Ich weiß nicht«, antworte ich. »So ein junger Bursche …«

»Vielleicht hatte er Liebeskummer? Auch junge Menschen können Probleme haben und in einer Kurzschlussreaktion einen Suizid begehen. Jeder hat Sorgen. Kümmern wir uns lieber um unsere eigenen und lassen Kurt das mit dem Selbstmörder lösen.«

Ich sehe verdutzt meinen Sohn an. Normalerweise reagiert er nicht so abgebrüht. Konzentriert lenkt er das Auto, und sein Gesichtsausdruck sagt mir eindeutig, dass er nicht länger darüber reden will.

Wir nähern uns meinem kleinen Häuschen. Rauch steigt trotz der milden Temperaturen aus dem Schornstein.

»Ich hab noch Reisauflauf mit Rosinen im Rohr stehen. Da könntet ihr etwas davon haben«, biete ich beim Aussteigen an.

Zum Glück willigt Kalina gleich ein und folgt mir mit Mariella. Auch Raphael ergibt sich dem Wunsch seiner Frauen und kommt mit, obwohl ich weiß, dass er Daniela eigentlich aus dem Weg gehen möchte. Dankbar lächle ich meine Schwiegertochter an. Ich verspüre das dringende Bedürfnis, die drei noch ein Stündchen bei mir zu haben, bevor es Zeit fürs Bett wird. Der Anblick des toten Jungen hat mich daran erinnert, wie wichtig es ist, jeden Moment miteinander zu verbringen, der uns vergönnt ist. Außerdem habe ich Angst, zu tief ins Grübeln zu geraten. Warum nur nimmt ein Mensch sich das Leben und wirft damit das Kostbarste weg, das uns der Herrgott geschenkt hat? Und warum reißt das Schicksal andere, die vielleicht gern gelebt hätten, so früh aus dieser Welt?

Egal, wie alt du wirst, du wirst wohl nie damit aufhören, mit Gott und dem Universum zu hadern. Doch Hadern bringt nichts. Schau lieber darauf, was du tun kannst. Du bist nicht zum Herumsitzen und Nachgrübeln geboren, Rosi, sondern zum Tun!, höre ich Horsts Stimme in mir. In meinen schwierigsten Momenten ist er immer noch da. Trotz Sepp, meiner zweiten großen Liebe, bleibt mein verstorbener Ehemann mein innerer Ratgeber.

Drinnen im Wohnzimmer ist es gemütlich. Sepp, Daniela und Gitti sitzen vor dem Kachelofen. Es riecht nach Beruhigungstee. Daniela hat die Wolldecke um sich geschlungen und hockt mit angewinkelten Knien auf dem Sofa. Sie sieht wesentlich besser aus als bei meiner Abreise.

»Schon zurück? Du traust uns wohl gar nichts zu. Nicht mal einen ganzen Nachmittag Tochtersitten«, meint Gitti scherzhaft.

»Mir ist nicht nach Späßen zumute. Überall, wo ich hinkomme, treffe ich auf den Tod«, entgegne ich ernst.

Sepp horcht auf. »Was ist passiert?«, fragt er besorgt.

Und ich beginne zu erzählen. Während Raphael und ich die Ereignisse schildern, wärmt Kalina für Mariella den Auflauf in der Stube auf.

»Ach Gott, ihr Ärmsten«, sagt Gitti schließlich.

Und dann warten wir gemeinsam. Wir warten auf Kurt und auf Neuigkeiten. Bald schon sind alle im zu warmen Wohnzimmer eingenickt, und nur Sepp und ich sind noch wach. Er rückt an meine Seite und legt den Arm um mich. Ich lehne mich an ihn. Gut riecht er. Nach Geborgenheit. Nach Wärme. Nach Liebe. Ich schließe die Augen.

»Und wie geht es dir?«, fragt er sanft.

Ich richte mich auf und will gerade antworten, als Kurt zur Tür hereinkommt. »Tja«, beginnt er, noch bevor ich ihn fragen kann, »die Leute im Ort sind sich einig. Der gstörte Gustl hat sich endlich aufgehängt.«

Ich höre das »Aber« in seiner Aussage so laut und deutlich, als hätte er es ausgesprochen. Kurt wirft seine Kappe auf den Tisch und geht neben Daniela in die Hocke. Sie streicht ihm durchs Haar. Kurt brummt leise. Ich weiß nicht, wer gerade wen tröstet, aber beide sehen danach aus, als hätten sie Trost dringend nötig. Dann setzt Kurt sich schweigend hin und beginnt den Rest des Auflaufs direkt mit dem Löffel aus der Rein zu essen. Ich spare mir einen Kommentar bezüglich Tischmanieren. Wer weiß schon, wann Kurt den letzten Happen zwischen die Zähne bekommen hat. Dann nimmt er auch noch den Aufsatz von Mariellas Schnabeltasse und trinkt ohne mit der Wimper zu zucken den restlichen Kakao. Zufrieden wischt er sich den Mund mit dem Handrücken ab.

»Also sicher Selbstmord?«, frage ich.

»So sicher man halt sein kann, wenn jemand nicht ganz richtig im Kopf war. Da ist die Sachlage immer schwierig. Außerdem mauert die Familie, besonders die Mutter, die Anneliese. Die Leute behaupten, dass der Bub eine Schande für die Walkners war. Ich glaube aber, dass der Schock gerade zu tief sitzt und sie deshalb nichts sagen. Es muss schlimm sein, wenn der geistig kranke Sohn sich trotz aller Bemühungen das Leben nimmt. Ich verstehe ihr Schweigen gegenüber der Polizei irgendwie. Es bräuchte vielleicht eine andere Art von Vertrauensperson ... eine verständnisvolle, ältere, aufmerksame Oma-Figur vielleicht und keine bedrohlichen Polizisten, um sie zum Reden zu bringen.« Kurt zieht die Augenbrauen hoch und schaut mich eindringlich an.

»Du willst doch nicht etwa, dass *ich* mit der Familie rede?«, frage ich verdattert.

Er zuckt die Schultern und presst die Lippen aufeinander, als würde er darauf warten, dass ich mich aufdränge. »Warum nicht?«, meint er dann.

»Freilich nicht«, wirft Sepp empört ein. »Du hast mit knapper Not beim letzten Mordfall überlebt, Rosi. Wir waren uns doch einig, dass du in Zukunft mehr auf dich und deine Familie schaust.«

»Damals war es ein Mordfall. Diesmal deutet alles auf Selbstmord hin, und wir würden einfach gern mehr von den familiären Hintergründen verstehen. Dann könnten wir den Fall zügig abschließen. Rosi wäre uns bestimmt eine große Hilfe«, erklärt Kurt sachlich.

»Ich mach es«, sage ich schnell, bevor mich der Mut verlässt und ich mich, gegen meinen eigenen Willen, Sepps Wünschen beuge.

»Nein«, tönt es von drei Seiten. Gitti, Sepp und Raphael sind sich anscheinend einig. Daniela schweigt, und Kalina nimmt meinen Entschluss einfach als gegeben hin. Ich meine sogar, Daniela ganz leicht nicken und lächeln zu sehen. Sepp aber funkelt mich wütend an. Wahrscheinlich müssen wir heute noch ein längeres Gespräch miteinander führen.

»Prima. Das freut mich«, sagt Kurt.

In meinem Bauch kribbelt es vor Aufregung. Rosi ist wieder unter den Ermittlern und diesmal im Auftrag der Polizei.

A Mord is a Mord

Wald als Heilmittel
Positive Effekte einer Waldwanderung: Blutdrucksenkung durch beruhigende Wirkung. Duftstoff, Luftfeuchtigkeit und Kühle öffnen die Lungen und befreien die Atmung. Das Grün entspannt gestresste Augen und das Rascheln der Blätter den Geist.

Schon am frühen Morgen fahren Kurt und ich los. Kopfing, lautet unser Ziel, aber diesmal wird es kein lustiger Nachmittagsausflug. Der Familie des Verstorbenen gehört ein großer Hof am Rande des Ortes, das Walkner-Gut. Und Walkner August, der gstörte Gustl, wie ihn die Bevölkerung rief, war der älteste Sohn der Familie. Siebenundzwanzig Jahre jung, aber durch seine geistige Beeinträchtigung auf dem Stand eines Pubertierenden. Nie hatte er einen Beruf gelernt und nur zu den wenigen Zeiten, in denen er klar im Geiste war, in der geschützten Atmosphäre einer Behinderten-Werkstätte gearbeitet. Er war das Gespött des Dorfes. Der Dorfdepp, den niemand ernst nahm und der maximal zum Straßenkehren oder als Unterhaltung für die sogenannten Normalen gut war. Ich kenne solch arme Kerle. Früher gab es in jeder Ortschaft mindestens einen Menschen, der beeinträchtigt war. Heute sind Behinderte zu einer Besonderheit geworden, was vermutlich mit der Entwicklung der vorgeburtlichen Untersuchungen zusammenhängt.

Der Gustl hatte es bestimmt nicht leicht und seine Familie auch nicht. Während der Fahrt zum Hof informiert mich Kurt, welche Geschichten sich im Dorf rund um den dümmlichen Jungbauern ranken.

»Tja, dass der Gustl nicht ganz normal war, hat sich anscheinend schon früh herausgestellt. Schon im Kindesalter war er einfach anders als der Rest. Die Leute haben ihn schnell zum Dorftrottel abgestempelt, und seine Eltern haben ziemlich darunter gelitten, dass der Junge immer wieder Blödsinn getrieben hat. Außerdem war Gustl öfter in der Jugendpsychiatrie. Anscheinend konnte er ziemlich ausrasten und hat sich auch mit Jüngeren, ja sogar mit Kindern angelegt, wenn ihm jemand dumm kam. Von einem vermeintlichen Selbstmordversuch hat man mir auch erzählt, wobei sich die Nachbarin nicht sicher ist, ob der Gustl nur am Bahngleis spielen oder sich das Leben nehmen wollte.«

»Dann weißt du schon eine Menge über den August«, stelle ich fest.

»Ja, aber nichts aus erster Hand«, meint Kurt und zieht dabei die Augenbrauen zusammen. »Die Eltern und der jüngere Bruder sagen kein Wort. Alles, was wir wissen, haben uns die Dorfbewohner erzählt. Ich hoffe, dass sie dir gegenüber offener sind.«

Der Vierseithof ist größer als alle umliegenden Bauernhöfe bei mir zu Hause. Beim ersten Hinsehen kommt mir etwas seltsam vor, aber ich weiß nicht auf Anhieb, was mich stört. Wie im gesamten Innviertel handelt es sich um vier große Gebäude, die quadratisch angeordnet und durch vier Tore verbunden sind. Ich sehe genauer hin, und da fällt es mir wie Schuppen von den Augen. Die Dächer passen nicht zusammen. Anscheinend wurde der Stall in den letzten Jahren neu gebaut. Er sticht hervor, sein Dach ist nicht pyramidenförmig wie bei den anderen Gebäuden, sondern pultförmig. Ansonsten aber entspricht der Hof ganz dem typischen Bild eines Vierblattlers. Eindrucksvoll steht er für sich allein auf einer großen Lichtung, und anscheinend gibt es auch keine direkten Nachbarn, so wie ich es bei mir daheim gewohnt bin. Dafür umgeben ihn bewaldete Hügel.

»Wo wohnt denn diese Nachbarin, von der du so viel weißt?«, frage ich Kurt, als er in die Zufahrt einbiegt.

»Hinter dem Wäldchen dort drüben«, antwortet er und nickt leicht nach rechts.

Ich sehe hinüber, kann aber hinter der Wiese nur Bäume entdecken. Ein Wäldchen stelle ich mir anders vor. Meiner Ansicht nach ist das ein richtiger Forst, der auf dem großen Hügel zwischen den Gehöften liegt. Ich kann nicht weiter nachfragen, schon fahren wir durchs Tor in den Innenhof. Wir parken neben einem nagelneuen Mercedes Coupé. Mit dem Abstellen des Wagens endet die Idylle abrupt. Wir werden durch lautes, aggressives Hundegebell begrüßt. Ein riesiger Berner Sennenhund springt am Auto hoch und bleckt die Zähne. Ich mag Tiere, auch Hunde, aber bei so einem Empfang wird mir doch etwas mulmig.

»Rambo, aus!«, brüllt eine nicht weniger wütend klingende Stimme. Ein hagerer Mann, Ende fünfzig, in Gummistiefeln, blauer Latzhose und mit einer Mistgabel in der Hand, schlurft aus dem Kuhstall. Wenn ich seinen Gesichtsausdruck betrachte, dann kommt mir das fletschende Hundevieh geradezu freundlich vor.

»Himmel, das sind aber herzliche Menschen«, presse ich hervor.

»Sei nicht so voreilig. Du wirst sie mit deinem Charme schon knacken«, antwortet Kurt.

Ich denke an das aufgerissene Maul des Berner Sennenhundes und hoffe mal, dass dieses Tier nicht meinen Schädel knackt.

»Na schau. Der Kommissar is da«, brummt der Bauer, als Kurt und ich aussteigen.

»Ja, Herr Walkner, wir hätten da noch einige Fragen an Sie und Ihre Frau«, sagt Kurt gelassen.

»Hat das nicht Zeit, bis der Bub unter der Erden ist? Wann können wir ihn überhaupt abholen lassen?«, höre ich hinter mir eine Frauenstimme. Ich drehe mich um. Da stehen ein Herr im Anzug und eine wesentlich jüngere Frau, als ich es beim Anblick des Bauern erwartet habe.

»Frau Walkner? Anneliese Walkner?«, frage ich und mustere nebenbei den Anzugträger. Grau meliert und im feinen Gewand erinnert er mich ein klein wenig an Richard Gere. Schweigend nickt er uns zur Begrüßung zu.

Die Bäuerin bejaht schnell meine Frage nach ihrem Namen. Dann wendet sie sich dem Mann an ihrer Seite zu. »Vielen

Dank, dass du so schnell gekommen bist. Kann ich also darauf vertrauen, dass wir eine Lösung finden, Volker?«

»Dafür hat man doch richtige Menschen bei der Dorfbank sitzen. Sonst könnte man heutzutage ja alles mit dem Internet erledigen. Mach dir keine Sorgen, Liesl.«

Noch mal bedankt sich Anneliese Walkner mit zitternder Stimme. Der Banker legt ihr fürsorglich die Hand auf die Schulter und verabschiedet sich dann, um zu seinem Sportwagen zu eilen.

Anneliese Walkner zieht sich die Kochschürze aus. Ich blinzle verwundert. In enger dunkler Jeans und mit einem ebenso figurbetonten schwarzen T-Shirt bekleidet, hätte man die hübsche Blondine eher für die Schwester des Toten gehalten. Ohne Schürze sieht sie sogar noch jünger aus. Ich schätze sie höchstens auf Anfang vierzig, aber das wäre rein rechnerisch unmöglich, außer sie hätte August mit vierzehn oder fünfzehn bekommen. Vielleicht hat aber auch ein Chirurg sein begnadetes Händchen im Spiel. Heutzutage lassen sich ja viele Leute von Kopf bis Fuß sanieren und aufpolieren.

»Ich bin die Rosi. Einen schönen Hof haben Sie da. Diese einmalige Lage, so ruhig«, sage ich und lächle dabei so gut ich kann.

»Ja, das stimmt wohl. Solche Höfe gibt's nicht oft. Auch nicht in der Gegend. Wollen Sie reinkommen? Der Theo muss noch fertig ausmisten. Der blöde Ausmistungsroboter hat den Geist aufgegeben. So ein Gfrast. Glücklicherweise gewährt uns Herr Simoni einen weiteren Kredit. Er hat uns schon ein paarmal aus der Patsche geholfen.« Sie sieht in Richtung des davonbrausenden Mercedes. Dann seufzt sie tief, und ein düsterer Schatten legt sich über ihr junges Antlitz. »Manchmal zweifle ich schon am Herrgott. Bei uns kommt nie ein Unglück allein. Dass die Technik jetzt versagen muss? Ausgerechnet nun, wo der Gustl …« Anneliese Walkner tritt einen Schritt zur Seite, um den Eingang frei zu machen.

»Ich leiste Ihrem Gatten Gesellschaft, Frau Walkner«, sagt

Kurt schnell und zwinkert mir zu, bevor er sicheren Schrittes zum mit Mistgabel und grantigem Blick bewaffneten Bauern hinübermarschiert.

Ich stehe einen kurzen Moment unschlüssig da und starre auf die Hausfassade des Wohnhauses. Dann bellt der Riesenhund, und ich komme in die Gänge. Anneliese Walkner führt mich in die Stube. Im Inneren kann ich kaum noch erkennen, dass ich eigentlich in einem alten Hof bin. An der Holzdecke strahlen LED-Spots, der alte Dielenboden wurde mit Laminat verdeckt und die Wände mit Rigipsplatten verkleidet und ordentlich gestrichen. Auch die Einrichtung ist modern: eine Kochinsel in der Mitte, helle Schränke und ein Esstisch, der nur von Stühlen umgeben ist. Lediglich die kleinen Fenster, die man wohl nicht ersetzen konnte, und der alte Kachelofen sind geblieben.

So sieht es also aus, wenn man ein Haus seines Innenlebens beraubt und auf modern trimmt. Mir gefällt zwar das Traditionelle besser, aber ich kann mich auch mit dem kühlen, praktischen Ikea-Style anfreunden. Ich nehme auf einem der schwarzen Lederstühle Platz.

»Kaffee?«, fragt Anneliese Walkner.

Ich nicke.

»Sind Sie auch Polizistin?«, will sie skeptisch wissen, während sie die Kaffeemaschine anknipst.

»Um Gottes willen, nein«, entgegne ich. »Ich bin eher so was wie eine Beraterin.«

Anneliese Walkner zieht erstaunt die Brauen hoch. »Wie im Fernsehen?«

»Leider auch nicht. Ehrlich gesagt bin ich die Schwiegermutter von Kurt, und er meinte, Sie würden sich vielleicht angenehmer fühlen, wenn Sie Gesellschaft hätten, während er Ihren Mann befragt.«

»Ach so. Dann sind Sie ausnahmsweise eine nette Schwiegermutter.« Sie stellt zwei Tassen voll dampfendem Kaffee auf den Tisch. »Ich habe leider nichts Süßes anzubieten. Der Gustl … Ich hab es gestern einfach nicht mehr geschafft, den

Guglhupf fertig zu backen.« Sie lässt betrübt den Kopf hängen.

»Es ist eine schwere Zeit für Sie«, sage ich und lege impulsiv meine Hand auf ihre.

Sie brummt leise. »Ja, auch wenn ich weiß, was die Leute über den Gustl erzählt haben. Er ist ja doch mein Bub gewesen, und er war kein schlechter Mensch. Er hatte ein großes Herz, und meistens war er sehr freundlich zu den Menschen. Ich hab ihn sofort geliebt, als ich ihn das erste Mal gesehen hab. Dass er sich jetzt wirklich umgebracht hat … das kann ich gar nicht glauben.« Sie schluchzt.

Mein Herz schnürt sich zusammen. »Ich kann Sie so voll und ganz verstehen«, bringe ich stockend hervor.

Anneliese Walkner sieht mich an. Auf ihren Wangen schimmern Tränen. Trauer hinterlässt bei jedem Menschen Schatten im Gesicht. »Sie haben wohl auch gerade jemanden verloren«, sagt sie.

»Leider«, antworte ich und verheimliche, dass ich in den letzten Monaten mehr als eine Person verloren habe.

»Das spürt man«, sagt sie leise. Sie wischt sich die Tränen mit dem Handrücken weg und atmet tief ein.

»Was, glauben Sie, ist geschehen? Mit dem Gustl?«, frage ich offen heraus.

Sie überlegt lange. Die Sekunden ziehen sich ins Unendliche. Dann lässt sie traurig die Schultern sinken und meint: »Ich kann es einfach nicht wahrhaben, dass Gustl wirklich nicht mehr zur Tür hereinkommen wird. Er war so gern im Wald. In seinem Wald. Nie und nimmer hätte er sich dort umgebracht. Die Bäume haben ihn stets beruhigt. Außerdem war er in letzter Zeit wieder sehr ausgeglichen. Fast schon normal. Der letzte Klinikaufenthalt hat seinen Gesundheitszustand wesentlich verbessert. Er ist ruhiger und sogar fröhlicher geworden. Ihm hat es gefallen, dass die Leute seinen Wald so mochten.«

»Aha?«, frage ich.

»Ja, der Baumkronenweg. Sie verstehen?«

Ich nicke, obwohl ich nicht ganz begreife, worauf Anneliese Walkner hinauswill.

»Die Leute waren nach dem Besuch auf dem Weg immer begeistert, und das hat der Gustl gemocht. Manchmal hatte ich das Gefühl, dass er mit dem Wald noch mehr verbunden war als mit uns.« Sie schweigt einen Moment und lässt dann die Luft zischend aus ihrem Mund entweichen. »Vielleicht waren ja doch die neuen Medikamente schuld. Ich meine, er hat zwar ausgeglichen gewirkt, aber es gibt immer Nebenwirkungen.«

»So ein Stuss, Mama. Der Gustl war passend eingestellt, und das weißt du auch. Nach dem letzten Vorfall hat man die Tabletten bis zum Anschlag hochgedreht, und es zeigte sich seither keine einzige Nebenwirkung. Es ging ihm wirklich besser.«

Ich drehe mich um und sehe einen jungen, attraktiven Mann.

»Ich bin der Peter, Gustls Bruder. Und meiner Meinung nach hat der Gustl endlich zu Ende gebracht, was er vor Jahren begonnen hat. Er hat sich aus dieser Welt verabschiedet, die nur Spott und Hohn für einen wie ihn übrighatte.«

»Einen wie ihn?«, hake ich nach.

Peter setzt sich neben seine Mutter. Die Ähnlichkeit ist frappierend. Beide haben strahlend blaue Augen und strohblondes Haar. Sogar ein kleines Grübchen ziert sowohl Peters als auch Anneliese Walkners Kinn. Die beiden könnten glatt für ein Modehaus Modell stehen. August hatte da wohl das Pech, nach seinem Vater zu kommen, während Peter eindeutig die Gene seiner Mutter geerbt hat. Die Mädchen stehen wahrscheinlich Schlange bei Peter. Nur die Ernsthaftigkeit in seinem Blick stört im Moment sein sonst makelloses Aussehen.

»Ja, einen wie ihn. Gustl war vielleicht nicht besonders klug, aber er war sensibel. Und nur weil einer nicht mit Worten kann, heißt es nicht, dass er keine Gefühle hat. Dem Gustl tat es weh, wenn sie ihn ausgelacht haben. Es schmerzte ihn sogar mehr wie jemanden, der sich verbal wehren kann. Dann ist er eben rabiat geworden und wieder in der Klapse gelandet. Kein Wunder, dass er so nicht leben wollte. Wer möchte schon dahinvegetieren und entweder mit Medikamenten vollgestopft und dadurch ferngesteuert oder eben zu impulsiv für diese Gesellschaft sein? Ihm geht's jetzt sicher besser, wo auch immer er ist. Ich bin froh, dass er endlich tot ist. Es ist eine Erlösung für uns alle.«

»Nein«, keucht Anneliese Walkner und springt auf. Der Sessel stürzt polternd um. Sie läuft heulend aus der Stube und lässt mich mit ihrem Ebenbild von Sohn allein zurück. Dieser trinkt noch im Stehen den Kaffee seiner Mutter in einem Zug leer und lässt sich dann auf ihren Stuhl nieder.

»Harte Worte«, sage ich.

»Wahre Worte«, antwortet er. Einen Wimpernschlag lang bröckelt die kalte Fassade, und ein trauriger Junge kommt zum Vorschein. Verlegen streicht er sich durch die Haare.

»Du hast deinen Bruder geliebt«, stelle ich fest.

Seine Augen flackern, dann hat Peter sich wieder im Griff. »Ja, das habe ich. Und darum bin ich froh, dass er es geschafft hat. Mein Bruder war vielleicht dumm, aber er war kein Feigling. Er hat sich selbst geholfen, weil sonst keiner den Mumm dazu hatte.«

»Aber Selbstmord?«, frage ich nach.

Peter funkelt mich wütend an. »Die Frage ist wohl, wer hier der Mörder ist. Gustl, weil er den Strick in die Hand genommen hat, oder diejenigen, die ihm den Strick gedreht und ein Leben lang bereitgelegt haben.«

»Du meinst also, er wurde in den Selbstmord getrieben? Oder hat ihn wirklich jemand getötet?«

Peter lehnt sich zurück und verschränkt die Arme vor der Brust. Ein bitterer Zug umspielt seinen Mund. »Ich sage, a Mord bleibt a Mord, egal, wie. Das Ergebnis ist immer das Gleiche. Ich hoffe, dass mein Bruder seinen Frieden zwischen den Bäumen gefunden hat. Er wäre am liebsten zu einem Baum geworden, das weiß ich. Da ist es nur recht, dass er wenigstens zwischen den Bäumen sterben durfte.«

Oh, du lieber Augustin

Hausmittel für die Blase und bei Harndrang
Weichschalige Kürbiskerne essen.
Preiselbeersaft trinken, generell ausreichend Flüssigkeit zu sich nehmen.
Cranberries naschen oder in Kapselform schlucken.
Auf Alkohol und Kaffee verzichten.

»Ja, ja. Der Gustl. Lustig war es schon, wenn man ihn gesehen hat. So ein Tollpatsch. Phantasiegeschichten hat er erzählt. Er hat doch glatt an Trolle, Waldfeen und so ein Zeug geglaubt.« Johanna Vormoser, die Nachbarin und stille Post des Ortes, schaut in die Wolken und lacht bei der Erinnerung an Gustl.

Nachdem Kurt und ich keine neuen Erkenntnisse mehr von Augusts Familie in Erfahrung bringen konnten, sind wir zur Nachbarin weitergezogen. Die kleine Wirtschaft liegt tatsächlich nur wenige Meter hinter dem mächtigen Wald, der an das Walkner-Gut grenzt.

»Sein Bruder meinte, dass es für den August selbst gar nicht lustig war«, gebe ich zu bedenken.

Johanna macht eine wegwerfende Handbewegung. »Ist ja klar, dass sich manch einer einen Spaß mit ihm erlaubt hat. Aber richtig geschadet hat es ihm nicht. Er war halt anders, und soll man den Jungen im Ort einen Vorwurf machen, nur weil sie mit ihm herumgescherzt haben?«

»Wie sahen denn solche Späße aus?«, will Kurt wissen.

»Als er klein war, haben sie ihm die Schuhbänder zusammengebunden oder Kuhmist in seine Brotdose getan. Bubenstreiche halt.«

»Aha. Und als er erwachsen war?«, hake ich nach, weil ich hören kann, dass Johanna uns am liebsten etwas verschweigen möchte.

Johanna wird rot und wendet den Blick ab.

»Beantworten Sie die Frage, Frau Vormoser«, fordert Kurt im strengen Polizistenton. Die Ermahnung wirkt.

»Na ja. Da gab es schon die eine oder andere unangenehme

Sache«, gibt Johanna zu und streicht sich verlegen durch die krausen Haare. Dann schweigt sie wieder.

Graue Strähnen ziehen sich durch die dichten Locken, und mit der überdimensionalen Hornbrille auf der Nasenspitze sieht Johanna zwar wesentlich älter aus als Anneliese, aber ich schätze, dass die beiden im gleichen Alter sind. Eines ihrer vier Kinder kommt zur Tür heraus. Vorhin, als Kurt und ich die Einfahrt hochgefahren sind, konnte ich die Kleinen, allesamt Buben, sehen. Die beiden größeren Jungs halfen der Mutter beim Wäscheaufhängen. Doch als wir näher kamen, stellten sich die vier wie die Orgelpfeifen vor dem Haus auf. Sie gafften interessiert, wer sich wohl zu ihnen auf den Hof verirrt hatte, und als die beiden Kleinen erkannten, dass es sich um ein echtes Polizeiauto handelte, wollten sie gar nicht mehr von Kurts Seite weichen. »Können wir mitfahren?«, haben sie gebettelt. Johanna hat die Kinder dann schnell vor dem Fernseher geparkt und ist wieder zu uns herausgeschwirrt.

Doch die Ruhe hält nicht lange an. Schon steht da wieder der älteste Bursche und zupft am Rock seiner Mutter.

»Mutti, kommst du wieder rein? Ich habe Hunger«, jammert er.

»In der Speis sind noch Chips und Erdnusslocken«, fertigt Johanna ihren Sprössling ab. Dieser stürzt jubelnd zurück ins Haus. Solch ein Glück hat er wohl nicht alle Tage. Johanna sieht ihm schmunzelnd nach.

Ich nehme die Gelegenheit wahr und probiere eine andere Herangehensweise aus, um das Schweigen über die Vorfälle zu brechen. »Es ist sicher ziemlich anstrengend, vier Kinder zu versorgen«, sage ich.

»Fünf, um genau zu sein. Der Älteste ist in der Schule. Leon ist schon dreizehn. Ich habe ihn früh bekommen. Die vier anderen sind von meinem jetzigen Mann.«

»Respekt. Eine große Aufgabe haben Sie mit den Jungs. Als Mutter will man ja immer das Beste für seine Kinder.«

»Das stimmt«, sagt Johanna. Ihre Augen strahlen dabei.

»Aber sie sind auch toll, meine Buben. Lange Zeit hab ich auf ein Mäderl gehofft, doch nun weiß ich, dass die Jungs genau das sind, was ich brauche. Sie machen vielleicht mal Blödsinn, aber dann ist es auch wieder gut.«

»Da haben Sie recht. Schade nur, dass für Frau Walkner nichts mehr gut werden wird. Ihr August kann keinen Blödsinn mehr machen, wie Sie das so schön sagten«, komme ich zum wunden Punkt.

Johanna schlägt die Augen betroffen nieder.

»Ich denke, dass es Anneliese Walkner vielleicht helfen würde zu verstehen, weshalb ihr Sohn sich das Leben genommen hat«, bohre ich weiter.

Johanna seufzt. »In Ordnung, aber die Anneliese weiß es ja. Wir sind doch Freundinnen.«

»Dann ist es umso wichtiger, dass Sie uns auch erzählen, was Sie wissen.« Wenn ich jemanden schon so weit habe, dann lasse ich nicht mehr locker.

Johanna knickt ein und erwidert: »Sie haben recht. Ich zeige Ihnen, was wohl der Auslöser für Gustls letzte Einweisung in die Psychiatrie war. Aber ich möchte dazu sagen, dass der Vorfall schon über vier Monate zurückliegt und mein Leon nichts damit zu tun hat.«

»Aha. Behauptet jemand das Gegenteil?«, fragt Kurt.

Johanna stemmt die Hände in die Hüften und wirft Kurt böse Blicke zu. »Leon hat nicht mehr getan als die anderen Jugendlichen. Er hat das Video geteilt und am Schulhof gezeigt. Mehr nicht! Ich hol das Handy.« Damit verschwindet sie im Haus.

»Langsam bekomme ich einen Groll auf diese Smartphones«, sagt Kurt und nimmt mir damit die Worte aus dem Mund.

Schon kommt Johanna wieder zur Tür heraus. Sie streckt Kurt ein Handy entgegen. »Das Video hat sich im Netz verbreitet, obwohl die Schule es hat sperren und löschen lassen. Jetzt taucht es dauernd auf, man kann nichts dagegen tun.«

Kurt öffnet den Clip. Er hält das Handy tiefer, sodass ich etwas erkennen kann.

Man sieht Gustl. Er lacht. »Gustl, tanz für uns!«, johlen ein paar Jugendliche. Nur die Rücken der Teenager sind zu sehen. Gustl schaut verstört in die Kamera. Musik ertönt. »Mach lauter, Oida!«, grölt einer. »Oh, du lieber Augustin« schallt es laut. »Und jetzt tanz, oder wir ziehen deiner Minki das Fell über die Ohren.« Ein Kameraschwenk. Man sieht eine Katze, an den Füßen an einem Baum aufgeknöpft. Das Tier maunzt herzzerreißend.

»Ach du meine Güte«, keuche ich und schaue wieder auf das Display.

Gustl beginnt zu tanzen. Sein Körper zuckt unbeholfen. »Jetzt!«, schreit jemand. Es hört sich nach einer Mädchenstimme an. Dann stürzt einer der Jugendlichen einen Schritt vor und reißt an dem Gürtel, der Gustls Hose hochhält. Sie rutscht nach unten. Eine Boxershorts mit aufgedruckten Herzen kommt zum Vorschein. »Weitertanzen«, brüllt der Rädelsführer. Alle lachen. August weint. Man schneidet die Schnur am Baum durch und wirft ihm die verstörte Katze zu. August versucht sie zu fangen, aber das Tier fährt ihm nur mit den Krallen durchs Gesicht. Gustl fällt hin. Blut und Tränen tropfen zu Boden. »Seids ihr deppert! Lasst sofort meinen Bruder in Ruh!« Peter stürzt von der Seite ins Video. Es flackert. Das Bild wird unscharf. Die Musik plärrt noch einmal: »Oh, du lieber Augustin, alles ist hin!« Ende.

Kurt, ganz professionell, findet vor mir die Worte wieder. »Das ist kein Bubenstreich mehr, Frau Vormoser«, stellt er sachlich fest.

Johanna seufzt. »Ich weiß. Aber der Sache wurde nachgegangen und das Video so gut es eben noch ging aus dem Netz gelöscht. Den Buben hat es im Nachhinein auch schrecklich leidgetan. Die Schuldirektorin hat sie zum Kaugummiabschaben in der Schule und zum Putzen verdonnert. Außerdem mussten sie sich bei August entschuldigen.«

»Also war Ihr Leon doch mit von der Partie?«, frage ich heiser.

»Nein, wirklich nicht. Wie gesagt, er hat das Video nur versendet. Aber seine Freunde, der Luca und der Julian, die waren dabei. Die beiden sind halt doch zwei Jahre älter und haben schon ganz andere Ideen im Kopf. Und wenn den Buben langweilig ist, dann fällt ihnen allerhand Dummes ein.«

»Wurde der Vorfall angezeigt?«, will Kurt wissen.

Johanna schüttelt den Kopf. »Das wollten Gustls Eltern nicht. Der Bub ist danach in die Psychiatrie gekommen, weil es ihm so schlecht ging. Da wollte man ihm den Stress einer Polizeibefragung ersparen. Die Frau Schuldirektorin, der Bürgermeister und der Gemeinderat haben sich drum gekümmert, dass die Angelegenheit bereinigt und das Video von Facebook gelöscht wird.«

Kurt hat begonnen, sich Notizen zu machen. Er blickt vom Block auf. »Wie man sieht, waren die Aktionen wohl zu spät. Was einmal im Netz landet, bleibt dort für alle Ewigkeit.«

Die Haustür springt wieder auf.

»Was ist denn schon wieder, Markus?«, fragt Johanna leicht genervt.

»Der Tobi hat aufs Sofa gepinkelt«, sagt der Junge und zeigt aufgeregt ins Hausinnere.

»Ach Gott! Ich hab vergessen, ihm die Windel umzumachen. Beim Fernsehen wird er immer undicht. Entschuldigen Sie bitte. Ich muss rein, sonst setzt er vielleicht noch eine größere Ladung nach.«

Kurt nickt. Johanna saust los, aber Markus bleibt bei uns stehen. Mit großen Augen mustert er Kurt. »Hast du auch eine Pistole? Kann ich die haben?«, fragt er schließlich.

Kurt geht in die Knie und lächelt den Knirps an. »Ja, ich habe eine Pistole, aber die brauche ich nicht, wenn ich mich mit so netten Menschen wie dir und deiner Mum unterhalte. Außerdem bist du noch zu klein, um eine Pistole zu besitzen.«

»Ich werde später aber einmal Polizist, und dann beschütze

ich alle«, sagt Markus bestimmt und zieht dabei ein ernsthaftes Gesicht.

»Du wirst bestimmt ein besonders tapferer Polizist«, sagt Kurt und wuschelt dem Kleinen durchs Haar.

Ein Stich fährt mir durchs Herz. Kurt wäre sicher ein guter Vater, genauso wie Daniela eine prima Mutter geworden wäre. Der Gedanke, dass die beiden kinderlos bleiben müssen, schneidet sich durch meine Eingeweide.

»Ja, und dann ärgert niemand mehr kleine Katzen«, unterbricht Markus meine Gedanken.

»Du hast das Video gesehen?«, fragt Kurt.

»Ja. Die blöden Freunde von meinem Bruder haben alle geärgert. Nicht nur den Gustl. Und der Leon, der Doofi, wollte immer bei denen dabei sein. Aber er hat die Mutproben nicht bestanden.«

»Mutproben?«

»Ja, da muss man zeigen, dass man auch so cool ist wie der Luca und der Julian. Aber ich finde, dass cool gleich doof ist.«

»Markus?«, schreit Johanna von drinnen. »Kommst du bitte rein! Du darfst nicht allein draußen sein!«

Der Kleine macht am Stand kehrt und läuft ins Haus. Vor der Tür dreht er sich noch einmal um und ruft laut: »Tschüss!«

Kurt tippt sich an seine Kappe. Er steht langsam aus der Hocke auf und hält sich dabei das Kreuz. »Schade, dass sich die Bewunderung für uns Polizisten so schnell in Angst und Misstrauen verwandelt. Wenn alle so begeistert von uns wären wie der kleine Markus, dann hätten wir nur halb so viel Arbeit«, sagt er.

»Auf jeden Fall waren beide Gespräche sehr aufschlussreich«, stelle ich fest.

Kurt brummt. »Ja, und die Burschen im Ort muss ich mir vornehmen. Wer weiß, ob sie nicht die Finger im Spiel hatten und Gustl weitergequält haben. Meiner Erfahrung nach lernen solche Typen nur durch harte Konsequenzen, ihr Verhalten einzustellen. Und ein paar Stunden Schulhofreinigung sind keine Strafe, die einen Bengel von Grund auf zum Musterknaben verändert.«

Ich stimme Kurt traurig zu. Es ist Mittag, und ich will Sepp nicht so lange allein mit Daniela lassen. Darum bringt mich Kurt nach Hause. Vor meinem Häuschen steht ein Auto, das ich von früher in schlechter Erinnerung habe.

»Was macht denn der Hubert bei uns daheim?«, frage ich krächzend. Bei dem Gedanken, dass Schuldirektor Wimmer bei mir in der Stube hockt und, schlimmer noch, sich vielleicht wieder zu intensiv um meine Daniela kümmert, wird mir übel. Hatte Daniela sich doch erfolgreich von dem alten Schwerenöter losgesagt und in Kurt einen wirklich lieben Freund gefunden. Schlimm genug, dass Dani überhaupt eine Affäre mit dem Wimmer hatte, wo doch ich schon als junges Mädchen mit ihm geschmust habe, um meinen Horst eifersüchtig zu machen.

»Vielleicht muss er wegen der Schule mit ihr reden. Es wäre sogar wünschenswert, wenn er meine Dani auf andere Gedanken bringt. Manchmal glaube ich, es würde ihr nicht schaden, wieder in die Arbeit zu gehen«, meint Kurt lapidar. Ich zische ihn wütend an, worauf er nur verlegen die Schultern zuckt. »Ich mein ja nur. Mich lenkt die Arbeit ab. Und Daniela hat immer so gern unterrichtet. Ich mache mir Sorgen um sie.«

Schon fühle ich mich wieder besänftigt. Kurt liebt meine Tochter, so viel steht fest. Er zeigt es nur manchmal etwas ungeschickt. »Wahrscheinlich hast du recht, mein Lieber. Der Wimmer ist nur wegen der Schule hier.« Versöhnlich streiche ich über seine Hand. »Komm nicht zu spät heim. Dani braucht dich. Und meld dich bei mir, wenn es Neuigkeiten wegen dem Gustl gibt.«

Kurt verspricht, sein Bestes zu tun, und ich steige aus. Schon braust er davon. Der Staub wirbelt auf. Vielleicht sollte ich die Einfahrt doch die nächste Zeit einmal asphaltieren lassen. Jetzt, wo doch meine Kinder neben mir ein Haus bauen wollen. Ich hoffe nur, dass sie ihre Pläne auch wirklich bald in die Tat umsetzen. Nicht dass sie sich zu sehr Zeit lassen und ich bereits im Altenheim bin. Ich marschiere hinein.

Drinnen angekommen, staune ich nicht schlecht. Sepp, Daniela und der Wimmer sitzen mit einer Flasche Birnenschnaps in der Stube, und Daniela lacht. Es ist das erste Mal, dass ich sie seit der Fehlgeburt lachen höre. Die drei bemerken mich nicht einmal wirklich.

»Tatsächlich? Und die Herta hat da mitgespielt?«, fragt meine Tochter amüsiert.

Es ist schön, sie so ausgelassen zu sehen. Nur die Gesellschaft gefällt mir nicht. »Grüß Gott zusammen«, mache ich auf mich aufmerksam.

Sepp grinst mich an und deutet mir an, neben ihm Platz zu nehmen. Kommentarlos schenkt er mir ein Stamperl ein. Ich kann gar nicht anders und trinke den Schnaps in einem Zug aus. Ich hatte eigentlich gehofft, mit Sepp über Gustl reden zu können. Nun aber sitze ich einer lustigen Trinkgesellschaft gegenüber und weiß gar nicht, wie mir geschieht. Verdattert blicke ich von einem zum anderen. Ein wenig mache ich mir Sorgen um Daniela und Sepp, weil die beiden zur frühen Nachmittagsstunde gemeinsam mit dem Ex-Liebhaber meiner Tochter um die Wette saufen.

Sepp erklärt lächelnd: »Der Hubert erzählt gerade von seinem letzten Urlaub in Amsterdam und wie ihm die Herta einen Joint und Schwammerl besorgt hat, weil er zu feig war, in den Coffeeshop zu gehen. Geraucht und gegessen hat die Herta aber dann alles allein.«

Hubert wird tatsächlich rot vor Verlegenheit. Anscheinend ist ihm meine Anwesenheit unangenehm. Ich starre ihn an. Irgendwie verstehe ich momentan die Welt nicht mehr. »Warum bist hier, Hubert? Um Drogenanekdoten zum Besten zu geben, die für Volksschülerohren ungeeignet sind? Weiß Herta, dass du bei uns bist anstatt bei ihr?« Ich schnappe nach Luft.

Hubert guckt eine Sekunde dumm und antwortet dann: »Natürlich. Die Herta weiß alles. Wir haben eine neue Form der Beziehung miteinander entwickelt. Immerhin kennen wir die wilden Achtundsechziger nicht nur durchs Fernsehen. Wir waren live dabei. Und seit ich und die Herta alles leichter nehmen und nicht länger das Hartersparte für unsere Versager von Söhnen auf die hohe Kante legen, sondern damit so richtig auf den Putz hauen, macht das Leben auch Spaß. Vielleicht sollten du und der Sepp auch einmal Urlaub in Holland machen oder Thailand … ebenfalls sehr empfehlenswert. Da waren wir doch glatt in einem Lokal mittagessen, und dann stellte sich am späteren Nachmittag heraus, dass die Kellnerinnen eigentlich –«

»Schluss!«, unterbreche ich Huberts Geschwafel. Mir schwirrt der Kopf. Alle starren mich an.

»Komm mit, Rosi.« Sepp schnappt mich beim Ellenbogen und zieht mich hoch. Er schiebt mich ins Wohnzimmer und schließt die Tür. »Reiß dich zusammen!«, sagt er streng. Ich schlucke. »Daniela lacht endlich mal wieder. Hubert lenkt sie ab, und das braucht deine Tochter jetzt. Gerade wenn du dich lieber in den Wald stiehlst, um dort die Polizei zu unterstützen und fremden Familien bei ihrer Trauer zu helfen.«

Sepps Aussage trifft meinen wunden Punkt. Das schlechte Gewissen überschwemmt mich wie eine schwere Meereswelle. Schon kämpfe ich mit den Tränen. Sepp, der eben noch meine Schultern festgehalten und vehement auf mich eingeredet hat, zieht mich an sich. Er nimmt mich fest in den Arm. Ich rieche seinen männlich-herben Duft, gepaart mit dem Birnenschnaps-Aroma. Langsam schließe ich die Augen und atme tief ein. Es tut gut, einfach nur gehalten zu werden, und für wenige Sekunden kann ich loslassen, und meine Gedanken kommen zur Ruhe. Ist es denn wirklich wichtig, wer Daniela zum Lächeln bringt? Zählt es nicht einfach nur, dass sie es wieder tut?

Dann tritt Sepp einen Schritt zurück. Er lächelt nun ebenfalls. »Der Hubert hat angerufen und gefragt, ob ihm Daniela bei der Zuteilung der Kinder für das nächste Schuljahr helfen kann. Anscheinend gibt es diesmal zwei erste Klassen, und er wollte ihre Meinung dazu hören. Er ist der festen Überzeugung, dass Daniela im Herbst wieder in der Schule steht und er weiter mit seiner Herta die Welt erkunden kann. Die beiden machen jetzt auf offene Liebe und so.« Sepp zieht belustigt die Augenbrauen hoch.

»Aha«, sage ich trocken.

Da legt Sepp den Kopf schief und schmunzelt. »Ja, ich finde diese Wendung erstaunlich. Aber Wimmers Besuch hat etwas Gutes. Ist dir überhaupt aufgefallen, dass Daniela das erste Mal seit Wochen wieder richtige Kleidung und keinen Pyjama trägt? Sie hat sich extra umgezogen und sogar bedauert, dass sie keine Zeit zum Haarewaschen hatte.«

»Das ist schön«, antworte ich, ohne es wirklich ehrlich zu meinen. Es ist zwar erfreulich, dass Daniela nicht im Schlafanzug vor Hubert sitzt, aber wirklich willkommen ist mir der Wimmer trotzdem nicht.

Sepp erkennt meine Abneigung und meint beschwichtigend: »Der Hubert ist nun halt ins Erzählen gerutscht, und ich muss zugeben, seine Geschichten sind hochamüsant. Ein wenig Spaß schadet Daniela bestimmt nicht. Lass ihr die Ablenkung, in Ordnung?«

Ich nicke schweigend. Sepp hat recht. Anscheinend habe ich überreagiert und Dinge gesehen, die gar nicht da waren. »Ich reiß mich zusammen«, verspreche ich, und wir gehen wieder hinaus in die Stube.

Dort schenkt Hubert gerade die nächste Runde aus. Ich setze mich dazu und trinke ein zweites Gläschen. Spätestens morgen, wenn mich die Gicht zwickt, werde ich den Griff zur Flasche bereuen. Aber heute ertrage ich Huberts Erzählungen nur in gedämpftem Geisteszustand.

Was sein muss, muss sein

Hilfe bei eingewachsenen oder entzündeten Zehennägeln
Fuß waschen, Nagel einölen und gerade schneiden.
Etwas Watte vorsichtig mit einer Pinzette unter den Nagel schieben und den Zeh danach verbinden.
Kräutersud aus Beinwell, Sanddorn, Ringelblume oder Kamille ins Fußbad geben.
Teebaumöl auf die betroffene Stelle träufeln.
Lockeres Schuhwerk tragen.

»Wir werden den Leichnam freigeben, und dann kann der arme August beerdigt werden.« Kurt fährt sich übers Kinn, während er spricht. Er hat es tatsächlich vor Eintritt der Dämmerung nach Hause geschafft. Hubert hat ihm quasi die Türklinke in die Hand gedrückt. Aber Kurt hat sich nicht über den Besuch des Schulleiters gewundert. Gedanklich ist er woanders. Nach einer schnellen Jause und etwas Small Talk, bei dem Kurt immer wieder betont hat, wie froh er ist, dass es Daniela heute besser geht, hat er mir den neuesten Stand der Ermittlungen mitgeteilt.

»Das heißt also, der Fall ist für euch abgeschlossen?«, frage ich verstört. Der Alkohol der letzten Stunden macht sich bemerkbar, und obwohl ich Kurts Worte höre, begreife ich sie nicht ganz. Wie kann sich die Polizei mit der Selbstmordtheorie so einfach zufriedengeben, wenn doch so viel in Gustls Vergangenheit im Argen lag? Der Bursche wurde verspottet und gequält. Selbst wenn er sich das Leben selbst genommen hat, müsste man die Schuldigen dahinter irgendwie zur Rechenschaft ziehen. Doch Kurt sieht es anscheinend anders.

»Die Gerichtsmedizinerin konnte keine Fremdeinwirkung feststellen, und am Tatort war auch nichts zu finden. Wir gehen von Selbstmord aus«, antwortet er sachlich.

»Aber der arme Junge. Du hast doch das Video gesehen …«

Kurt seufzt leise. »Solche Filme gibt es leider zuhauf, und wenn keine Anzeige erstattet wird, sind uns die Hände gebunden. Außerdem liegt der Vorfall Monate zurück. Jetzt noch etwas dagegen zu tun, ist zwecklos. Der Gustl ist nun leider tot, und das Video hat sich im Netz verbreitet.«

»Kurt!«, stoße ich hervor.

Er wirft die Hände hoch. »Was soll ich machen, Rosi? Natürlich tun mir der Gustl und auch seine nicht gerade herzliche Familie leid, aber ich bin Polizeibeamter und muss mich um echte Mordfälle kümmern. Du weißt doch, was in der Gegend momentan los ist.«

Kurt hat recht. Ich habe die Berichterstattung in den Medien verfolgt. Die Leiche eines armen vermissten Salzburgers war fast ein Jahr lang im Stall in Haigermoos versteckt worden, und sowohl die Polizei im Bezirk wie auch die in Salzburg hat alle Hände voll zu tun. Auch Kurt hängt mitten in diesem Fall und ist rund um die Uhr beschäftigt.

»Es tut mir leid, Kurt. Ich kann nur einfach nicht anders, als mir Fragen zu stellen. Und seit ich dieses Video gesehen und mit Peter geredet habe, bin ich davon überzeugt, dass mehr hinter dem Selbstmord steckt.«

Kurt presst die Lippen aufeinander. Unendlich müde sieht er aus. Daniela legt ihren Arm um seine Schultern. Irgendetwas hat sich in den Stunden ohne mich bei ihr gewandelt. Es scheint, als würde sie das erste Mal seit der Fehlgeburt wieder die Gefühle anderer wahrnehmen. Mit einem Mal wirkt sie stärker als Kurt und auf eigenartige Weise sogar hoffnungsvoll. Kurt lächelt sie dankbar an.

»Vielleicht sollte ich heute auch zu Hause schlafen, hm?«, fragt Daniela leise.

Ich zucke zusammen. Das geht mir nun doch zu schnell. Hat Daniela nicht vor wenigen Stunden all meine Aufmerksamkeit und Fürsorge gebraucht?

»Das wäre schön«, sagt Kurt.

Ich schlucke. Daniela sieht mich an. »Weißt du, Mama«, beginnt sie, »Hubert hat mir heute die Augen geöffnet. Es gibt so viel auf dieser Erde, das ich nicht kenne und noch nicht erlebt habe. Mein Leben darf hier nicht enden. Es gibt immer einen Weg und auch Hoffnung. Ich war nur so sehr mit meinem Verlust beschäftigt, dass ich gar nicht alle Möglichkeiten gesehen habe. Aber jetzt werde ich das ändern. Ich möchte im September auch wieder unterrichten. Zumindest halbtags. Hubert würde eine Stelle mit mir teilen. Ich muss wieder anfangen, mein Leben zu leben – und du auch. Wenn Kurt sich nicht um diesen Gustl kümmern kann, dann heißt das noch lange nicht, dass du dich da raushalten musst.«

Mir fällt die Kinnlade hinunter. Ich glaube, nicht richtig zu hören.

»Das heißt aber auch nicht, dass Rosi sich einmischen muss, nur weil die Polizei Wichtigeres zu tun hat«, kontert Sepp und verschränkt die Arme vor der Brust.

»Verbieten kann man es ihr aber nicht. Da gab's doch mal so eine Sendung. ›Mord ist ihr Hobby‹ oder so«, mischt sich Kurt wieder ein.

»Mord ist gefährlich. Rosi soll sich nicht dauernd in Gefahr bringen«, zischt Sepp.

»Selbstmord. Es war wahrscheinlich ein Selbstmord«, antwortet Kurt und verschränkt ebenfalls die Arme. Wie zwei Bullterrier starren sich die beiden an. Zum Streit bereit, aber noch in der Beobachtungsphase.

»Also echt«, sage ich, »langsam bekomme ich das Gefühl, dass du mich einsperren willst, Sepp! Und du, Kurt, willst mich aus meinem eigenen Haus treiben und für die Polizei die Arbeit erledigen lassen. Kindisch ist euer Gehabe. Hört gefälligst auf zu streiten. Ich möchte selbst eine Entscheidung treffen. Immerhin bin ich erwachsen.«

Die drei starren mich an. Ich höre das Ticken der Wanduhr so laut, als würde jemand mit einem Kochlöffel auf einen Topf schlagen. Dann endlich löst Sepp seine verschlossene Haltung und öffnet seine Arme. Kurt tut es ihm mit etwas Zeitverzögerung gleich.

»Themenwechsel«, meint Daniela schließlich in zuckersüßem Ton. Sie blinzelt mich an. »Wenn ich heute daheim schlafe, darf ich aber schon morgen wiederkommen, oder?«

Sie bittet so herzzerreißend, dass ich einen großen Kloß im Hals spüre, als ich antworte. Es geht ihr also doch nicht wie von Zauberhand so prima, dass sie ganz auf mich verzichten will. »Natürlich, Schätzchen. Ich bin für dich da. Immer … oder zumindest den ganzen Vormittag. Vielleicht möchte Sepp sich am Nachmittag den Baumkronenweg mit mir anschauen.«

Sepp klatscht sich theatralisch die Hand an die Stirn. Kurt lacht und sagt triumphierend: »Wusste ich es doch. Die Rosi kann es nicht lassen.«

Ich wälze mich im Bett. Trotz oder wegen der vier Stamperl Schnaps kann ich nicht einschlafen. Mein Gedankenkarussell fährt Ringelspiel mit Hochgeschwindigkeit. Sepp schnarcht schon seit geraumer Zeit neben mir. Wir haben nicht mehr miteinander geredet, und nun drückt mich das schlechte Gewissen. Ich bin im tiefsten Herzen ein harmoniesüchtiger Mensch und halte es nur schwer aus, mit unausgesprochenen Sorgen ins Bett zu gehen. Horst hat das gewusst und nach vielen Ehejahren gelernt, dass es klüger ist, noch eine halbe Stunde zu reden, statt am nächsten Morgen eine unausgeschlafene Frau vor sich sitzen zu haben. Ohne Schlaf bin ich nämlich sauer wie eine Zitrone. Sepp kennt mich noch nicht so gut, obwohl wir sehr eng zusammengewachsen sind und ich mir ein Dasein ohne ihn nicht mehr vorstellen kann.

Ich drehe mich laut stöhnend um und stupse ihn wie zufällig sanft mit dem Fuß an.

Sepp grummelt. »Was ist denn?«, fragt er schlaftrunken.

»Mir geht es schlecht«, antworte ich. Ende der Nachtruhe.

Sepp quält sich hoch und knipst das Licht an. »Also, sag schon«, brummt er und reibt sich die Augen.

»Ob Daniela wohlauf ist?«, frage ich.

»Sonst hätte Kurt sie schon gebracht. Aber ist es das, was du mitten in der Nacht besprechen willst?«

»Auch«, antworte ich und komme dann zur Sache. »Du verstehst doch, dass ich mich für die Umstände von diesem Selbstmord interessiere, oder?«

»Nein, nicht wirklich. Aber ist das nicht egal? Du hattest bei solchen Angelegenheiten bisher immer den richtigen Riecher, also schieß los und erzähl, was dir im Kopf herumgeistert. Ich bin ganz Ohr. Schlafen kann ich jetzt ohnehin nicht mehr.«

Erleichtert beginne ich Sepp von meinen Gesprächen mit Anneliese und Peter zu erzählen.

Sepp hört konzentriert zu. »Und du hattest ein seltsames Gefühl bei diesem Peter?«, hakt er nach.

Ich zucke die Schultern. »Ja. Einerseits sprach er so kalt von seinem Bruder und dass Gustls Tod eine Erlösung für alle sei, andererseits hat er ihn offensichtlich sehr geliebt. Das hat man in dem schrecklichen Video ganz eindeutig gesehen.«

»Erzähl mir von dem Film«, fordert Sepp, und ich tue es, wenn auch ungern.

Dann nickt er. »Es gibt also mehrere Baustellen rund um den Selbstmord«, stellt er sachlich fest. »Zum einen scheint Gustls Familie seltsam, und zum anderen wurde er drangsaliert.«

»Genau und vielleicht hat auch etwas bei seiner Medikation nicht gepasst. Frau Walkner hat was angedeutet«, sage ich aufgeregt.

Sepp ist nun hellwach. Ich liebe ihn besonders, wenn er seine Stirn in Falten legt und nachdenkt. »Wo wollen wir also beginnen?«, fragt er.

»Am Tatort. Und dann könnten wir vielleicht noch nach diesen Jugendlichen forschen. Bei den Walkners möchte ich nicht schon wieder aufkreuzen. Der Mann war gestern ziemlich ungehalten. Vielleicht statte ich denen erst nach dem Begräbnis einen erneuten Besuch ab?«, denke ich laut.

»Dann entgehst du auch dem Hundebiest«, sagt Sepp und lacht.

Ich grinse ihn an. Er hat erkannt, dass ich mich bei dem

Gedanken, dem zähnefletschenden Ungeheuer wieder zu begegnen, nicht wohlfühle.

»Ich unterstütze dich, auch wenn ich Bedenken hege«, verspricht Sepp.

Ich küsse ihn. »Mach dir keine Sorgen. Es ist doch ein Suizid.«

»Glaubst du das wirklich, Rosi?«, fragt Sepp.

Ich wage es nicht, ihm zu antworten. Das nervöse Zucken in meinem Bauch erzählt mir das Gegenteil, auch wenn die gefahrlosere Variante von Gustls Ableben einleuchtend klingt.

Früh am nächsten Morgen steht Daniela vor der Tür. Wieder ist sie ordentlich gekleidet und war auch unter der Dusche. Die langen Haare hängen ihr glanzlos, aber frisch gewaschen über die Schultern. Sie hat sich sogar ein wenig geschminkt. Nur die dunkelblauen Augenringe offenbaren mir die Geschichte ihrer Nacht.

»Nicht gut geschlafen, Süße?«, frage ich.

Sie schüttelt den Kopf. »Mach dir aber keine Sorgen, Mama. Ich schaff es. Was sein muss, muss eben sein. Dir merkt man die Gläschen von gestern auch an«, sagt sie.

Ich stimme ihr zu und bitte sie in die Stube. In meinem Alter steckt man Alkohol nicht mehr so leicht weg wie mit dreißig. Jede Bewegung läuft heute zäher, und ich spüre die einzelnen Gelenke so deutlich, als hätte sie jemand mit einer Nadel angepikst und Flüssigkeit hineingespritzt. Wenn ich meine Füße und Hände genau betrachte, kann ich sogar sehen, dass die Knöchel dicker sind als sonst.

Sepp sitzt noch im rot karierten Schlafanzug am Frühstückstisch. »Auch Kaffee?«, fragt er, als er uns sieht, und gießt – noch während er auf Danielas Antwort wartet – etwas von der köstlichen dunklen Brühe in die schon vorbereitete Tasse. Auch einen Teller mit Kipferl und Marmelade habe ich aufgedeckt.

Ich hatte gehofft, dass Dani schon im Morgengrauen hereinschneit. Wen ich jedoch nicht erwartet habe, der aber dennoch ächzend in der Tür steht, ist der Schweinebauer Hias.

»Guten Morgen. Dass i di endlich antreff, Rosi«, stöhnt er und humpelt auf mich zu.

Zum Glück stehe ich noch und kann dem armen Mann unter die Arme greifen. Der alte Ferkelbauer ist, seit ich ihm damals beim Moormord aus der Patsche geholfen habe, meine treueste Kundschaft. Wäre ich eine Ärztin oder besser noch eine bayerische Heilpraktikerin mit Sitz in Deutschland und dürfte anders abrechnen, dann hätte ich mir durch seine regelmäßigen Besuche schon ein goldenes Vordach für mein Häuschen leisten können. So aber schleppt er, wie jedes Mal, eine ordentliche Schwarte frischen Speck als Bezahlung mit. Das besagte Fleischstück landet auch gleich mit lautem Knall auf dem Tisch, dass das Porzellan nur so scheppert.

Normalerweise behandle ich meine Kunden nur am Nachmittag, aber die letzten Tage war ich nicht für die Hilfesuchenden da, und so verzeihe ich Hias sein frühmorgendliches Eindringen in mein Häuschen.

»Ja, Hias, wo drückt der Schuh?«, will ich wissen.

Hias verzieht den Mund. »Da große Zeh«, keucht er und lässt sich auf der Bank nieder. »Mogst den blöden Hund bitte anschauen oder – von mir aus – auch glei abhackn.«

»Gehackt wird bei mir höchstens das Holz für den Kachelofen«, sage ich und deute auffordernd auf seinen Fuß.

Hias beugt sich hinab und öffnet seine schweren hohen Lederschuhe. Er trägt wie viele Bauern die festen Schnürschuhe bei der Arbeit, zum Schutz vor Quetschungen. Stall- und Holzarbeit kann gefährlich sein, und stabiles Schuhwerk ist Pflicht, wenn man mit schweren Maschinen hantiert. Für einen bereits geschwollenen Zeh ist es aber der Tod. Nachdem Hias sich auch vom Socken befreit hat, sehe ich schon das Unglück. In sattem Rot leuchtet sein großer Zeh.

»Was ist passiert? Du neigst ja sonst nicht zu eingewachsenen Zehennägeln.«

»Die Martha, die fette Sau, is ma draufgesprungen. Da hab i ausgrechnet nur Schlapfn angehabt.«

Weil ich Hias kenne, weiß ich, dass er kein ungehobelter Kerl ist, und mit der Sau etwa eine Frau meint. Nein, er redet von einer echten Sau.

»I wollt nur schnell nach ihre Fackerl schaun und hab net gscheit aufpasst. Da hat s' an Hupfer gmocht, und mei Zeh war unter ihr. Und weißt eh, die Martha is a Prachtsau. Über dreihundertfünfzig Kilo. Des tut scho weh. Grad, weil i nur de billigen Schlapfn angehabt hab.«

»Das glaub ich dir gern. Mit Pantoffeln soll man eben nicht arbeiten«, sage ich und drehe den Fuß hin und her, um einschätzen zu können, ob Hias damit zum Arzt muss. Aber es sieht nicht danach aus. Wahrscheinlich wird der Zeh mit meinen Kräutern und der richtigen Pflege wieder wie neu.

»Sepp, hol doch mal die Gummipatschen«, fordere ich meinen Liebsten auf. Sepp ist sofort zur Stelle. Ich bin froh, dass ich ihn habe. Er kennt sich in meinem Haushalt schon fast so gut aus wie ich. Kaum zu glauben, dass er vor zwei Jahren noch nicht an meiner Seite war. Ein warmes Gefühl breitet sich in meiner Brust aus. Ich hatte echtes Glück mit meinem Sepp. In unserem Alter ist es nicht einfach, einander zu finden. Die Zeit, in der ich zu Tanzabenden ging, ist vorbei, ebenso das Berufsleben. Normalerweise trifft man beim Ausgehen oder in der Arbeit auf mögliche Partner. Sepp habe ich auch bei meiner Arbeit kennengelernt. Bis heute bin ich glücklich, dass Sepp mit seinem delikaten Problemchen in meiner Hexenküche aufgetaucht ist. Damals aber haben Gitti und ich nur über ihn geschmunzelt. Heute lachen Sepp und ich gemeinsam darüber. Ich versinke in Liebesgedanken, aber da reißt mich Hias' schmerzerfülltes Stöhnen zurück ins Hier und Jetzt.

Schnell konzentriere ich mich wieder. »Und nun zu dir, Hias. Ich wasch dir jetzt mal die Füße, öle und schneide den Nagel, und dann stopfe ich etwas Watte darunter. Kräuter bekommst du auch mit, die du dann bitte auch regelmäßig anwendest. In Ordnung?«

Hias murrt zufrieden. Als er dann aber sieht, dass Sepp mir geblümte Garten-Crocs bringt, ist er drauf und dran, wieder aufzuspringen und aus der Stube zu flüchten. Ich bin schneller. »Hiergeblieben«, befehle ich streng. »Wenn du den Gang zum Arzt, eine unangenehme Operation oder schlimmstenfalls doch das Hackebeilchen vermeiden willst, dann befolgst du besser meine Ratschläge. Deine Lederschuhe sind bis zur Heilung tabu. Du trägst jetzt lockere Schuhe, verstanden?«

Hias beäugt die Blumen-Crocs skeptisch. »Aber gleich rosa?«, fragt er.

»Die Farbe ist zweitrangig. Die Crocs sind auch nur geliehen, bis du dir … nennen wir es mal männlichere Patschen besorgt hast. Ich will sie wiederhaben.«

»Die bekommst schnell wieder. Mit den Dingern kann i mi ja bei keiner Sau blicken lassen«, antwortet Hias entsetzt.

Jetzt meint Hias wohl eher zweibeinige Geschöpfe. Ich muss grinsen. Flott mache ich mich ans Werk. Mein knurrender Magen treibt mich zur Eile an. Nach zu viel Alkohol am Vortag ist es besonders schlimm, wenn man nicht ausreichend isst. Hias hat natürlich andere Sorgen als meine Hungergefühle. Die ganze Prozedur ist ihm unangenehm und zudem bestimmt auch schmerzhaft.

Daniela und Sepp haben ihr Frühstück derweil beiseitegestellt und beobachten zu allem Überfluss genauestens meine Arbeit. Da müssen Hias und ich jetzt aber durch. Wie Daniela vorhin so treffend sagte: »Was sein muss, muss sein.«

Ein Dorf voller Böse(r)wichte(l)

Wenn man zu viel Alkohol getrunken hat
Viel Wasser trinken, das entgiftet.
Kamillentee oder Ingwertee gegen Übelkeit.
Zucker verstärkt die Wirkung von Alkohol. Also meiden!
Ein zweites Kopfkissen und den Fuß aus dem Bett hängen lassen hilft gegen das nächtliche Karussell.

Sachen gibt's, die gibt's gar nicht. Wer glaubt, das Zwergerlhaus in Pfaffstätt mit seinen mehr als dreitausendfünfhundert Gartenzwergen sei etwas Besonderes, der hat diesem Allzeit-Weihnachtswahnsinn noch nicht gegenübergestanden.

Nachdem Sepp und ich erfolglos den Baumkronenweg abgelaufen sind, haben wir uns kurzerhand dazu entschlossen, die Jugendlichen aus dem Video auszuforschen. Mit den beiden Vornamen Luca und Julian kamen wir aber nicht weit. Die Kassiererin vom Baumkronenweg hatte nur lapidar gemeint, dass jeder zweite Bursche zwischen drei und zwanzig so heißt. Damit hat sie ja nicht unrecht. Immer wieder gibt es solche Modenamen, die epidemieartig den deutschsprachigen Raum überfluten. Waren es vor Kurzem noch Julian, Luca und Leon, die das Land beherrschten, so regieren nun schon wieder Liam, Jonas und Elias in den österreichischen Kinderbettchen. Bei den Mädchen sieht es mit der Laura-, Anna- und Emilia-Flut nicht sehr viel anders aus. Ich bin ja mal gespannt, wann die neue Zeit für die Rosis und Sepps dieses Landes heranbricht. Lange kann es nicht mehr dauern. Vielleicht erlebe ich es ja sogar noch, wenn beim Klang meines Namens nicht nur ich aufhorche, sondern sich gleichzeig fünf Kinderköpfe nach dem Rufenden umdrehen.

Auf jeden Fall hat uns die Kassiererin mit dem schönen Achtziger-Namen Jennifer gelangweilt geraten, doch die Schuldirektorin zu fragen. Auf unsere Frage, wo die gute Pädagogin denn wohne, hat Jennifer in ebenso enthusiastischem Ton gemeint, wir sollen ins Dorf fahren und der Hauptstraße folgen, bis wir das Christkind »Aua« schreien hören. Dann hat sie grunzend über ihren vermeintlichen Scherz gelacht.

Dass sich ihre Ortsangabe nun auf schreckliche Weise bewahrheitet, hätte ich mir beim besten Willen nicht träumen lassen. Jetzt stehen Sepp und ich völlig überrumpelt von den vielen Sinneseindrücken in dem kleinen Vorgarten und starren Santa Claus an, der seit unserer Ankunft bereits zum fünften Mal den Schornstein hochklettert.

»Hast du so etwas schon mal gesehen?«, fragt Sepp.

Ich schaffe es mit Müh und Not, den Kopf zu schütteln. Die Worte fehlen mir angesichts der vielen fleißigen Weihnachtswichtel, der emsigen Rentiere und des dickbäuchigen Santa, der zwischen Leuchtketten immer wieder aufs Neue den höchsten Punkt des kitschig eisblauen Häuschens erklimmt.

»Sollen wir läuten? Oder lieber schreiend davonlaufen?«, bringe ich schließlich hervor.

Sepp drückt den Klingelknopf. Ein lautes, tiefes »Hohoho« erschallt. Ich kippe fast aus den Sandalen, als auch schon die Tür aufgerissen wird. Vor mir steht breit grinsend Santas vollbusige Ehefrau, stilecht im knappen, plüschbesetzten roten Samtkleidchen und kniehohen schwarzen Lederstiefeln, die bestimmt Silvanas Geschmack treffen würden. Trotz des Kostüms und der hervorragenden Figur ist der Dame ihr fortgeschrittenes Alter anzusehen. Ich schätze sie maximal zehn Jahre jünger ein, als ich es bin.

»Ts, ts, ts«, erhebt Frau Santa tadelnd den Zeigefinger. »Wer nicht zumindest als Väterchen Frost oder als gute Fee Befana zum diesjährigen Christmas-Con auftaucht, hat zwischen uns ehrlichen Weihnachtsseelen nichts verloren.«

Die liebe Frau Weihnachtsmann will uns schon die Tür vor der Nase zuschlagen, da erhole ich mich zum Glück aus dem Schockzustand und sage schnell: »Wir sind wegen dem toten Gustl und dem Video hier!«

Frau Santa hält den Atem an. Ihre weihnachtlich ausgelassene Laune bröckelt von ihrem Gesicht wie der Außenputz einer verfallenen Kapelle. »Polizei?«, fragt sie schließlich.

Ich schüttle den Kopf. »Ich bin die Rosi. Ich habe Gustl gefunden und dieses schreckliche Video zu Gesicht bekommen. Nun kann ich nicht mehr schlafen. Es verfolgt mich, sobald ich die Augen schließe«, übertreibe ich etwas.

»Das glaube ich gern«, antwortet sie und streckt mir die Hand zum Gruß entgegen. »Es tut mir sehr leid, dass Sie diese Abscheulichkeit sehen mussten. Mein Name ist Viktoria Haferl, ich hatte den Gustl auch schon im Unterricht. Ein lieber Bub, leider nicht besonders intelligent, aber mit gutem Herzen.«

»Können Sie uns ein wenig über Gustl und was vor seinem Tod vorgefallen ist, erzählen, bitte? Meiner Rosi würde es bestimmt ruhigere Nächte verschaffen, wenn wir wüssten, was den jungen Mann in den Tod getrieben hat.«

Viktoria Haferl dreht sich um und blickt nach hinten ins Haus. »Es ist heute wirklich ungünstig. Ich habe das Haus voller Santas und Nikoläuse. Wir bereiten gerade die diesjährigen Christmas-Events vor.«

»Jetzt, im Frühsommer?«, frage ich ungläubig.

Viktoria lacht glockenhell. »Ja, natürlich. Wie soll es sonst so richtig Weihnacht werden, wenn wir fleißigen Wichtel den ganzen Sommer verschlafen?«

»Bei Ihnen ist augenscheinlich das ganze Jahr Weihnachten«, wirft Sepp ein und macht eine ausladende Handbewegung.

Viktoria nickt stolz. »Ja, ich und Herr Simoni sind heuer die Vorsitzenden der internationalen Christmas-Con.«

»Con? Was ist das?«, fragt Sepp.

»Eine Art Fachmesse. Hier treffen sich alle Weihnachtsbegeisterten, und man tauscht sich über die neuesten Trends aus, kauft ein, plant … In Österreich ist die Szene noch vergleichsweise winzig. Aber durch Skype und Internet sind wir mit unseren großen Idolen aus den USA verbunden. Bald schon wird die Fangemeinde wachsen, und wir werden nicht mehr die einzigen sein, die sich für die Con interessieren.«

»Und in Ihrem Wohnzimmer tummeln sich nun die Österreichvertreter dieser Weihnachts… ähm …freunde?«, rette ich mich gerade noch rechtzeitig in eine freundliche Bezeichnung.

Viktoria Haferl legt den Kopf schief. »Ich verstehe, dass es für Sie befremdlich wirken mag. Aber Sie müssen wissen, mein Vater stammte aus den USA, und ich bin mit Santa und Rudolph groß geworden, wie Sie mit dem Christkind und dem Nikolaus. Auch meine Tochter lebt diese Tradition und mischt bei der Planung kräftig mit. Für uns ist Christmas das bedeutendste Event des Jahres. Es ist ein zugegeben ungewöhnliches Hobby von mir, und dieser Tag heute ist neben Weihnachten der wichtigste im ganzen Jahr. Also kommen Sie doch morgen wieder. Oder besser wäre noch, wenn wir uns nach Gustls Begräbnis am Freitag unterhalten könnten. Ich habe ohnehin keine große Lust auf den Leichenschmaus danach. Diese Zurschaustellung falscher Trauer und Gefühle. Das passt nicht zu mir.«

Ich glaube, mich verhört zu haben. Eine Frau Anfang fünfzig im verführerischen Santakleidchen und in hochhackigen Lederstiefeln erzählt mir gerade, dass sie auf Echtheit Wert legt. Verrückte Welt.

»Danke, Frau Haferl. Darauf kommen Rosi und ich gern zurück. Es tut uns auch leid, falls wir uns Ihrem Hobby gegenüber in irgendeiner Art herablassend gezeigt haben. Rosi und ich sind auch nicht das, was man als *normal* ansehen würde.«

Sepp stellt sich lässig hin und rückt die Sonnenbrille nach unten, genau so, wie er es im Intro von »Pimp my Puff« im Fernsehen immer getan hat.

Bei Viktoria Haferl fällt der Groschen. »Ach du meine Güte. Sie sind der Bumshütten-Sepp!«, ruft sie begeistert. »Ihre Show war phantastisch. Wie Sie den Bordellvätern die

Leviten gelesen haben. Göttlich. Schade nur, dass es bislang keine Fortsetzung gibt. Sind weitere Folgen geplant?«

Sepp lacht und zuckt die Schultern. »Ich befürchte, dass es nicht genug Puffbetreiber gibt, die den Mumm haben, sich von mir auf Vordermann bringen zu lassen.«

»Oje. Das ist traurig. Da gab es endlich mal ein interessantes Format im Privatfernsehen und jetzt …« Sie seufzt. »Jetzt muss ich mich aber wirklich um meine Wichtel kümmern, bevor sie böse werden. Ich freu mich auf jeden Fall, wenn wir uns am Freitag weiterunterhalten können, Sepp.« Sie gibt ihm die Hand. »Rosi«, sagt sie dann und schüttelt auch meine.

»Gestatten Sie mir nur noch eine kurze Frage, Viktoria«, meint Sepp mit seiner charmanten Gentleman-Stimme.

»Ja?«

»Die beiden Buben in dem Video. Ich glaube, sie hießen Luca und Julian, wo finden wir sie?«

Viktoria Haferl kaut unschlüssig auf ihrer Unterlippe.

»Bitte, Viktoria. Für den Schlaf meiner Rosi und für mich.« Sepp zeigt seinen Dackelblick, der jeden Welpen neidisch werden lässt. Auch bei Viktoria Haferl wirkt seine Masche.

»Nun gut. Aber psst.« Sie legt den Zeigefinger an den Mund. »Der Luca heißt mit Nachnamen Grasser und der Julian Bleierer. Die beiden wohnen in der Reihenhaussiedlung. Aber um die Zeit sind sie wahrscheinlich auf dem Fußballplatz, die Zeit totschlagen.«

»Schatzi, kommst du? Der Brian wartet am anderen Ende«, höre ich eine mir bekannte Stimme aus dem Haus schallen. Dann tritt er auch schon aus dem Wohnzimmer, und ich traue meinen Augen kaum.

Wäre ich Herrn Simoni nicht schon am Hof der Walkners begegnet, so würde ich niemals glauben, dass dieser Mann in einer Bank arbeitet. Nichts erinnert mehr an Richard Gere. In einer Art Plüschoverall und mit Elchgeweih-Haarreifen steht er mit einem Mal hinter Viktoria Haferl. Er sieht uns, und sein

Gesicht färbt sich innerhalb von Millisekunden kirschrot vor Scham.

»Herr Simoni«, sage ich freundlich. »So trifft man sich wieder.«

Er hüstelt verlegen. Ich kann ihn nur zu gut verstehen. Mir wäre es auch peinlich, in diesem Aufzug hinter der Tür zu stehen und mich von mehr oder weniger Wildfremden begaffen zu lassen.

»Ja. Damit hatte ich wirklich nicht gerechnet. Tut mir leid, dass ich mich bislang noch nicht richtig vorgestellt habe. Volker Simoni, Bankdirektor der hiesigen Raika ... und normalerweise angemessener gekleidet.« Er streckt mir die Hand entgegen.

Ich nehme sie, und entgegen meiner Erwartung ist sie eiskalt und trocken. Wenn ich mir vorstelle, bei frühsommerlichen Temperaturen im Flauschekostüm zu stecken, bekomme ich einen Hitzschlag. Simoni hat aber anscheinend ein kühleres Gemüt als ich. Wahrscheinlich braucht man das auch, wenn man dreihundertfünfundsechzig Tage im Jahr im Weihnachtswahnsinn gefangen ist und ein Christmas-Event das nächste jagt. Er schaut, im Gegensatz zu Viktoria Haferl, auch nicht wirklich glücklich in seiner Verkleidung aus. Bei den Walkners am Hof hat er eine Selbstsicherheit und sogar den Hauch von Arroganz ausgestrahlt, hier aber wirkt sein ganzes Auftreten so unecht wie der Kunstpelz auf seiner Haut. Wenn ich an seiner Stelle wäre, würde ich lieber den Weihnachtsmann oder einen eng bestrumpften Wichtel mimen. In Strumpfhosen sieht Simoni bestimmt nicht schlecht aus. Ich verkneife mir ein Grinsen.

Simoni verschränkt die Hände hinter dem Rücken und deutet seiner Partnerin, endlich nach hinten zu kommen.

»Danke«, sage ich noch schnell, bevor Viktoria Haferl sich endgültig zurück in den Weihnachtswahnsinn stürzt.

Die Tür ist wieder geschlossen. Ich fasse nach Sepps Hand und zwinkere ihm zu. »Kaum zu glauben, wie die Liebe einen Mann verändert«, sage ich.

Sepp lacht. »Es haben sich Männer schon auf viel bizarrere Weise wegen einer Frau zum Trottel gemacht. Aber du hast recht, Röschen. Der Simoni kann einem leidtun. Frau Santa hat bestimmt irgendwo im weihnachtlichen Keller ihre Peitsche versteckt, mit der sie Rentier Rudi das Kommando schnalzt.«

Ich boxe Sepp vergnügt in die Seite. In meinem Alter hat man schon einiges miterlebt, aber dieses Schauspiel schlägt alles bisher Dagewesene. Ein letztes Mal schaue ich mich im Kopfinger Nordpol um. Santa Claus klettert nun schon bestimmt zum fünfzigsten Mal den Schornstein hinauf, und die Wichtel sägen, hämmern und bearbeiten weiter den hell beleuchteten Plastikschrott. Schade, dass auch die echten Spielsachen heutzutage oft nicht mehr sind als Industriemüll. Ich für meinen Teil habe die Bilderbücher mit dem Christkind und den Engeln, die Holzzüge, Puppen und Bälle geliebt. Da können Santa und seine traurige Wichtelmannschaft nicht mithalten.

»Zumindest die Info über die Jungs haben wir«, sagt Sepp stolz und holt mich ins Hier und Jetzt zurück.

»Ja, dank deiner Flirtkünste«, sage ich gespielt eingeschnappt.

»Meine Rosi ist eifersüchtig. Das gefällt mir.« Er blickt nach oben. »Schade, kein Mistelzweig. Aber trotzdem«, sagt er schmunzelnd und drückt mir einen feuchten Kuss auf die Lippen.

»Auf zum Sportplatz«, treibe ich ihn an, bevor Sepp mehr als ein Küsschen will.

Eine Horde gelangweilter Jugendlicher sitzt am Rand des Fußballfeldes. Die Teenager hören schlechte Musik aus dem noch schlechteren Lautsprecher eines Handys. Zwei Mädchen lehnen lässig gegen den einzigen Baum weit und breit und stellen ihre gebräunten Bäuche samt Piercing im Bauchnabel zur Schau, während sich die vier Jungs mit den Smartphones beschäftigen und an ihren Glimmstängeln nuckeln, als wären es Babyfläschchen.

Ja, wir haben auch geraucht und Musik gehört, aber irgendwie war es damals anders. Die Szene hier ist so alltäglich und normal, dass sich niemand mehr daran stört. Zu meiner Jugendzeit hatten sowohl die Musik als auch das Rauchen den Hauch des Verbotenen. Wir waren stolz darauf, anders zu sein und gegen unsere Eltern zu rebellieren. Diese jungen Menschen aber sitzen im Einheitsbrei, und keiner scheint sich einen Deut zu scheren, dass sie eigentlich noch zu jung zum Rauchen sind. Die vermeintliche Alterskontrolle an den Zigarettenautomaten ist eine Farce. Es gibt doch immer einen älteren Freund, der aushilft. Manchmal springt sogar ein Elternteil mit seiner Bankomatkarte ein. Mir könnten die Teenager leidtun, wenn ich nicht wüsste, dass sich zumindest zwei von ihnen ihre Langeweile mit grausamen Spielchen vertrieben haben.

»Wer von euch ist Luca? Wer Julian?«, frage ich in die Runde.

Die Jugendlichen schauen auf. »Wer fragt?«, kommt mir eines der Mädchen patzig. Sie ist eine kleine Schönheit, mit langen Wimpern und gold gelockten Haaren.

»Die Schwiegermutter des Hauptkommissars und die Frau, die den armen Gustl gefunden hat«, kontere ich. »Also, melden sich die beiden Besagten freiwillig, oder muss ich erst meinen persönlichen Polizeibeamten hinzuholen?«

Schweigen. Mit etwas Phantasie kann ich die nervösen Herzen schlagen hören.

»Ich kenn sie. Die Rosi meint jedes Wort ernst«, bekräftigt Sepp meinen kleinen Auftritt.

Zwei der Jungs werden nun auffällig rot im Gesicht. Und genau diese beiden dämpfen schließlich ihre Zigaretten aus und herrschen die anderen unwirsch an, zu verschwinden. Die Truppe löst sich auf, und zurück bleiben Sepp, ich und zwei sichtlich aufgeregte Halbstarke.

»Und, was gibt's? Was willst wissen, Oma?«, fragt der Brünette.

»Verrate uns zuerst deinen Namen«, fordere ich mit zuckersüßer Stimme.

»Luca«, zischt der Junge.

»Dann musst du Julian sein. Freut mich, dass ihr doch den Mumm hattet, mit einer Oma zu reden«, sage ich zu dem blond gelockten Burschen.

Dieser brummt nur ein leises »Mhm« und wagt es nicht einmal, mir in die Augen zu sehen.

»Wir haben dir aber nichts zu sagen. Der Gustl ist tot, meine Güte. Das war eh kein Leben, das der hatte«, blafft Luca und richtet sich die Sonnenbrille.

Der Junge macht auf coolen Minigangster, lässig und abgebrüht, mit nichts als pseudo-kriminellen Rapsongs im Gehirn. Aber Luca lebt nicht in Los Angeles, nein nicht einmal in Wien, wo es vielleicht so etwas wie eine Gangster-Rap-Szene gibt. Der Junge kommt aus der tiefsten Provinz, dort wo Fuchs und Henne sich Gute Nacht sagen und man am Sonntag noch in die Kirche und nicht zum Nachglühen auf irgendeine Chill-out-Party geht.

Ich mag vielleicht alt sein, aber ich lese Zeitung, gucke Fernsehen und surfe hin und wieder auch im Internet. Die Moderne hat mich längst erreicht. Luca zieht sich einen Batzen Rotz aus der Nase in die Kehle und spuckt ihn neben sich. Ich könnte ihm an die Gurgel springen, so regt mich sein kaltschnäuziges Getue auf. Doch ich kenne da eine wirksame Methode, selbst den abgebrühtesten Kerl zum Schaudern zu bringen. Ich kann erzählen. Richtig gut, wenn es drauf ankommt.

»Wisst ihr, ich habe Gustl gefunden. Hässlicher Anblick, so ein Erhängter. Ihr habt bestimmt im Fernsehen oder in der Schule mitbekommen, dass so ein Selbstmord keine schöne Sache ist. Aufgedunsen war er, und die Augäpfel standen raus. Ihr wisst hoffentlich, dass der Tod meistens nicht durch einen schnellen Genickbruch kommt, sondern leise röchelnd.« Ich fasse mir an den Hals und ächze.

Julian dreht seinen Kopf angewidert zur Seite, aber Luca markiert weiter den Draufgänger. »Was geht uns das an? Wir haben ihm die Schlinge nicht um den Hals gelegt«, sagt er schnell.

Ich fahre ungerührt fort und steigere die Drastik meiner Worte. »Julian, wie mag es wohl sein, wenn man vielleicht doch zurück will, doch am Leben bleiben und Luft holen möchte? Und es geht einfach nicht. Man erreicht dieses blöde Podest nicht mehr und strampelt verzweifelt mit den Füßen. Dann dieses Röcheln, dieses aussichtslose Ringen um einen Atemzug. Man ist sich bewusst, dass man stirbt, minutenlang. Alles, was sich noch im Darm oder in der Blase befunden hat, kommt raus. Ja, man erlebt noch mit, wie man sich einkackt und anpisst, bevor man endlich – halb irr vor Angst und Schmerzen – bewusstlos wird und stirbt. Jetzt sagt mir, ob Gustl das alles vielleicht nur erleiden musste, weil ihn ein paar Idioten drangsaliert haben?«

»Boah, hör auf, mir wird schlecht!«, jammert Julian und hält sich den Bauch.

»Ja, Scheiße, Mann, keiner von uns wollte Gustls Tod. Ehrlich. Es war alles nur ein Spiel«, schließt sich Luca an. Auch seine coole Maskerade ist zusammengebrochen. Die Jungs stehen auf und wollen gehen. Aber Sepp baut sich vor ihnen auf und lässt sie keinen Schritt vorbei.

»Wann habt ihr Gustl also das letzte Mal gesehen? Habt ihr ihn nach diesem brutalen Katzenvideo noch einmal in die Mangel genommen?«, frage ich streng.

Luca und Julian wechseln Blicke. »Wir haben ihm nichts getan, Mann! Das mit dem Video war eine miese Idee«, antwortet Luca.

»Genau. Es tut uns auch voll leid. Wir haben den Gustl danach sogar bei uns mitmachen lassen. Als Wiedergutmachung, verstehst?«, meint Julian nickend.

»Jepp. Er durfte sogar mein Phone benutzen. Zum Musikhören und Gamen.«

»Gamen. So nennt ihr das also, wenn ihr auf euren Handys virtuell Gemüse anbaut oder Kriegsspiele ballert«, wirft Sepp verächtlich ein.

»Meine Güte, die Zeiten haben sich geändert, Alter. Das tut man halt so, wenn man jung ist.«

»Und es gab wirklich keinen Anlass mehr, der Gustl in den Tod getrieben haben könnte?«, hake ich nach.

Es dauert eine Millisekunde zu lange, bis Luca antwortet. »Wir waren an dem Abend, als der Gustl sich erhängt hat, gar nicht im Wald. Da war Siedlungsfest bei uns in der Straße. Frag doch meine Mum, wenn du mir nicht glaubst, Oma. Können wir jetzt endlich gehen, oder was?«

Der Junge hat seine Fassung wiedererrungen und ist so unnahbar wie vor meiner Erzählung. Schade. Da kommen Sepp und ich nicht weiter. Aber vielleicht könnte Kurt ein wenig nachbohren. Es ist ihm nicht egal, wie und warum sich Gustl das Leben genommen hat. Sonst hätte er mich nicht auf den Fall angesetzt.

Ich verschränke die Arme vor der Brust und mustere die beiden Jungs von oben bis unten. »Ihr könnt gehen. Aber stellt euch darauf ein, dass die Polizei noch Fragen hat.« In Lucas Augen sehe ich einen Anflug von Unwohlsein, bei Julian aber entdecke ich regelrecht Panik … und ich glaube auch, den Anflug des schlechten Gewissens zu sehen. Die beiden haben etwas zu verbergen, so viel ist sicher.

Schnell verlassen sie den Sportplatz. Sepp und ich bleiben allein zurück. Als wir gerade gehen wollen, erspähe ich einen weiteren Jungen hinter unserem Auto. Ich blinzle gegen das Sonnenlicht. Diese krausen Locken habe ich schon mal gesehen. Nicht am Kopf des Jungen, aber an dem seiner Brüder und seiner Mutter.

»Leon!«, rufe ich aufs Geratewohl. Der Bub zuckt zusammen. Also lag ich richtig mit meiner Vermutung, dass der älteste Vormoser-Spross uns belauscht hat. »Leon!«, wiederhole ich und marschiere so schnell ich kann auf ihn zu.

Leon aber nimmt die Beine in die Hand und stürmt los, als würde ihn eine Horde Teufel und keine Vierundsechzigjährige verfolgen. Weg ist er.

»Der hatte es aber eilig«, sinniert Sepp.

»Verdächtig eilig«, wiederhole ich. In meinem Oberstübchen rattern die Gedanken. Was verheimlichen uns diese kleinen bösen Wichte? Warum nur beschleicht mich das Gefühl, dass bei Julian, Luca und Leon ein Teil des Rätsels Lösung begraben liegt?

Harte Verhandlungen

Hilfe gegen Winde und Blähungen
Fencheltee trinken oder auch Fenchelsamen kauen.
Ess-Tagebuch führen, um herauszufinden, welche Lebensmittel man nicht verträgt und meiden soll.
Bohnen, Kohlarten, Lauch und Kernobst meiden.
Mit Anis, Dill, Kümmel und Fenchel würzen.
Zwei Tropfen Pfefferminzöl in ein Glas Wasser mischen und trinken.

»Ich kann nicht!« Kurt ist richtig laut geworden. Dann seufzt er und hält sich die Hand unter die Nase. »Mir steht die Arbeit bis hier, versteh doch.«

Es ist eine verfahrene Situation. Natürlich habe ich Kurt von meinem Nachmittag in Kopfing berichtet und ihn direkt darum gebeten, den Jungs auf den Zahn zu fühlen, aber er hat andere Probleme. Da sitzen wir nun also auf der Sonnenbank vor meinem Häuschen und schauen den Hühnern dabei zu, wie sie im roten Dämmerlicht der untergehenden Sonne nach den letzten Würmern scharren. Der frühe Vogel fängt den Wurm, heißt es. Aber eben auch nur den frühen Wurm, sage ich. Meine Pipperl wissen schon, dass beständiges Bohren, Scharren und Suchen irgendwann auch zum gewünschten Ergebnis führt. Ich bin da ähnlich wie meine Hennen. Wenn man mich nicht hetzt, sondern mir meine Geschwindigkeit lässt, dann finde ich gewiss heraus, warum Gustl an einem Baum hing.

»Du denkst also, ich soll den Fall bleiben lassen?«, frage ich.

Kurt verdreht die Augen. »Es ist mir lieber, du verbeißt dich in die Aufklärung des Selbstmordes als in meine anderen Ermittlungen oder ins Betüddeln von Daniela.«

»Darum geht es dir also. Du willst mich nur von deinem Wirtsmörder fernhalten und von meiner Tochter.«

Er zuckt die Schultern. »Daniela geht es besser, seit sie wieder andere Leute trifft und nicht nur dich, Sepp und Gitti.

Heute war sie sogar kurz in der Schule und hat die Schüler besucht. Das ist ein Fortschritt.«

»Die Schüler oder den Wimmer?«, presse ich zwischen zusammengebissenen Zähnen hervor.

»Ist mir eigentlich egal. Hauptsache, sie findet zurück ins Leben. Ich habe einfach zu wenig Zeit für sie, und das ewige Herumliegen im Wohnzimmer hilft auch nicht weiter. Sie muss unter Leute und erkennen, dass es noch mehr gibt, als …« Kurt schluckt.

Er kann es nicht einmal aussprechen, so schmerzt ihn der Verlust tief im Innern. Da kommen Daniela, Sepp und Silvana, die bei Raphael als Domina arbeitet, auch schon den Weg empor. Die drei haben auf Sepps Vorschlag hin einen kleinen Abendspaziergang gemacht. Sepp hat beim Heimfahren von Kopfing gemeint, dass es Dani vielleicht guttun würde, wieder einmal mit Silvana um die Häuser zu ziehen. Na ja, um die Bäume ziehen, trifft es wohl mehr. Schon einmal hat die resolute Herrin der Peitsche meine Tochter aus einem Tief geholt. Damals war sie frisch von Schuldirektor Wimmer getrennt und musste sich sowohl von den Nachwirkungen ihrer Affäre mit ihm als auch ihrem unsagbar tristen Kleidungsstil befreien. Danach ist alles besser geworden. Dani hat sich nicht mehr angezogen wie ihre eigene Mutter, sie hat Kurt lieben gelernt und ist die Karriereleiter hochgeklettert. Und der Auslöser für diese Veränderung war damals Silvana. Vielleicht kann sie ja wieder ein Wunder vollbringen. Nun stolziert sie auf hohen Hacken zwischen Daniela und Sepp über die Schotterstraße. Daniela winkt uns. Kurt steht auf und eilt ihr entgegen.

Ich aber bleibe auf meiner Bank sitzen. Hat Kurt recht? Sollte ich mich bei Dani wirklich mehr zurücknehmen und weniger einmischen? Aber wer kümmert sich dann um die Familie und um Gustl?

Du wolltest schon immer alles kontrollieren, höre ich Horst leise tadeln.

»Stimmt nicht. Ich will nur helfen und da sein, wenn ich gebraucht werde«, murmle ich ins Nichts.

Und stur warst du auch schon immer. Aber sieh es einmal von dieser Seite: Wenn du alles machen und allen helfen willst, dann nimmst du ihnen damit auch die Eigenverantwortung. Und du lenkst von deiner eigentlichen Verantwortung ab.

Aber was ist meine eigentliche Verantwortung?, frage ich mich selbst. Ausgerechnet da trifft mich Sepps Blick und gleichzeitig das schlechte Gewissen. Wie lange habe ich ihn vernachlässigt? Unsere Beziehung erlebt gerade einmal den zweiten Sommer, und ich pflege sie schon nicht mehr. Stattdessen stürze ich mich ebenso in meine vermeintliche Arbeit, wie Kurt es tut.

Ich stehe auf und gehe zu Sepp. Er hakt sich sofort bei mir ein und begrüßt mich mit einem warmen Lächeln. Immer unterstützt er mich bei meinen Plänen. Ich sollte ihm öfter zeigen, wie viel mir an ihm liegt.

Gemeinsam schlendern wir das letzte Stück zum Haus.

»Ich werde morgen mit Silvana ins Einkaufszentrum fahren. Vielleicht fühle ich mich mit einer neuen Frisur und neuen Klamotten wohler. Willst du mit, Mama?«, fragt Daniela schließlich.

Ich schüttle den Kopf. »Lass mal, mein Schatz. Sepp und ich hatten schon lange keine Zeit mehr zu zweit. Ganz ohne Hias, einen Selbstmörder oder anderen Krimskrams.«

Daniela nickt. Damit ist es beschlossene Sache.

Sepp ist vor dem Fernseher eingeschlafen. Auch mir fallen immer wieder die Augen zu. Der Nachmittag fordert seinen Tribut. Ich bin eben keine fünfzig und auch keine sechzig mehr. Es ist schon erstaunlich, welchen Unterschied zwei, drei Jahre in meinem Alter machen. Es ist beinahe so wie zu Beginn des Lebens. Einen Säugling kann man auch schwer mit einem Zweijährigen vergleichen. Im Alter verliert man

Kraft und Fähigkeiten beinahe so schnell, wie man sie als Kind dazugewonnen hat.

Da schrillt das Telefon. Sepp fährt hoch und sieht sich verdattert um. »Lass mal, ich gehe schon«, beruhige ich ihn und stehe langsam auf.

Wer ruft um viertel nach neun noch an? Hoffentlich geht es meinen Kindern gut. Sofort quälen mich diverse Phantasien. Ich eile, so schnell ich nach dem abrupten Aufstehen kann, in den Vorraum, wo noch immer mein Festnetztelefon steht. Ein Handy hab ich mir vor geraumer Zeit für unterwegs zugelegt. Zu Hause ist das Teil aber abgeschaltet. Ein Schnurlostelefon will ich nicht in meinem Heim haben, obwohl es praktisch wäre. Aber da könnte ich mir auch gleich eine Mikrowelle anschaffen und mich zur Strahlentherapie zwischen die Geräte legen. Manche Leute mögen den Elektrosmog leugnen, ich spüre ihn so deutlich wie einen Wetterumschwung. Auch mein Internet läuft nur, wenn ich es benötige. Der Herrgott hat den Menschen so viel Verstand gegeben, dass sie einen Stecker erfinden konnten – zum Ziehen des Steckers hat es bei einigen leider nicht mehr gelangt.

Ich nehme den Hörer ab. Es rauscht. »Hallo?«

»Du hast ihn gefunden.«

Eine Stimme, hell wie die eines Kindes, aber irgendwie gekünstelt. Ich weiß sofort, wen der Anrufer meint. Gustl. Mir wird flau im Magen. »Ja, das habe ich.«

»Gut. Hör zu, und zwar ganz genau. Man muss nämlich wissen, woher der Wind weht. Dann versteht man auch, warum der Gustl weg musste. Sein Tod war bares Geld wert. Kapiert?«

»Ähm, nein«, antworte ich.

Klick. Aufgelegt.

Da stehe ich jetzt vor einem Rätsel, dessen Lösung eines ganzen Hofstaates bedarf.

»Alles in Ordnung?«, fragt Sepp.

Ich nicke. Sepp hat sich hinter mich geschlichen und legt

seine Arme um mich. Sanft drückt er sich an meinen Körper, doch ich kann mich nicht anschmiegen. Warm und behutsam ist er, aber es hilft nichts. Stock und steif stehe ich da und wiederhole im Geiste jedes Wort des Telefonats.

»Weißt du, Rosi, mir hat gefallen, was du heute zu Daniela gesagt hast. Wir haben wirklich wenig Zeit für uns. Deshalb würde ich es schön finden, wenn wir doch gemeinsam ans Meer fahren würden. Kroatien. Nur du und ich.«

»Ich kann nicht«, sage ich gedankenverloren.

Sepp küsst meinen Hals. »Aber wenn es Daniela doch besser geht und du bei dem Selbstmord nichts ausrichten kannst … Warten wir einfach noch ein, zwei Wochen ab, wie sich Danielas Zustand entwickelt, und dann setzen wir unsere Pläne um.«

»Sepp!«, keuche ich genervt, aber er schaltet auf taub.

»Ich weiß, du machst dir Sorgen, aber wir haben nach deinem Besuch in der Schmolln darüber geredet, dass es dir guttun würde. Dass es schön wäre … und wir nun, solange wir noch fit genug sind, die Gelegenheit ergreifen müssen, um einmal richtig miteinander Urlaub zu machen. Rosi. Bitte.«

Ich drehe mich um. »Ich kann nicht, hab ich gesagt!«, fauche ich.

»Du willst nur nicht«, kontert Sepp. »Immer ist etwas oder jemand anderes wichtiger, als ich es dir bin. Du brauchst mich nur, um dir zu helfen.« Er klingt verbittert.

Ich werde wütend. »Keiner zwingt dich, mir zu helfen. Die Tür steht offen!« Sepp starrt mich entsetzt an. Aber die Worte sind raus. Ich kann sie nicht zurücknehmen. Verzweifelt werfe ich die Hände hoch, möchte erklären, was mich so aufgebracht hat, aber ich schaffe es nicht.

»Ich schlafe im Herzkastl«, sagt Sepp und geht.

Da stehe ich nun, verlassen von allen. Daniela ist weg und nun auch Sepp. Was habe ich getan?

Ich merke erst, dass ich weine, als ich mir mit der Hand übers Gesicht wische. Langsam schlurfe ich zurück ins Wohnzimmer und kauere mich aufs Sofa. Danielas Wolldecke liegt noch hier. Ich ziehe sie mir über den Körper. Der Fernseher läuft weiter. Ich schluchze. Tausend Gedanken stürzen auf mich ein wie ein Erdrutsch nach einem Gewitter. Nur dass Sepp und ich nicht einmal richtig gestritten haben. Er hat mich bloß daran erinnert, dass wir uns, nachdem es mir im Winter so schlecht gegangen ist, darauf geeinigt haben, den Rest unseres gemeinsamen Lebens zu genießen. Sepp war jeden Tag unaufhörlich und zuverlässig für mich da. Er hat mich getröstet, wenn ich traurig war, weil in Maria Schmolln die junge Altenpflegerin und die alte Milli sterben mussten, bevor ich den Mörder enttarnt hatte. Es wäre nur gerecht, wenn ich jetzt, da ich mich besser fühle, auch Zeit mit Sepp verbringen würde.

Ich seufze. Die Erinnerungen holen mich ein. Nächtelang hat Sepp an meiner Seite gelegen, und wir haben über den Geschmack des Salzes in der Meeresluft geredet. Wir haben uns ausgemalt, wie schön es werden würde, abseits der Touristenströme im Frühsommer die Küste abzufahren und die Landschaft zu genießen. Aber dann verlor Daniela die Zwillinge, und ihr Leben stand auf Messers Schneide. Wer hätte es mir verdenken können, dass ich den Urlaub fürs Erste auf Eis gelegt habe? Und momentan geht es ihr zwar besser, aber was passiert, wenn sich ihr Zustand wieder verschlechtert? Meine Kinder stehen für mich nach wie vor an erster Stelle, auch wenn sie erwachsen sind. Ich bin für sie da. Doch nicht nur, weil es in meiner Familie drunter und drüber geht, auch Gustl ist mir in die Quere gekommen und macht den Gedanken, in den Urlaub zu fahren, unerträglich.

Ich bin mit einer magischen Anziehungskraft auf tödliches Gesindel geschlagen. Man sieht ja, wohin es führt, wenn ich einen Schritt vor die Haustür gehe … Kaum betrete ich den Baumkronenweg, schon stolpere ich über die nächste Leiche. Und nach dem Anruf heute ist es wohl sonnenklar, dass es sich um keinen Selbstmord handelt. Ob ich Kurt informieren soll? Oder doch Sepp nacheilen und ihm alles erklären? Ich kaue auf meiner Unterlippe. Die Tränen sind versiegt. Das Rätsel rund um den Baumkronenweg-Mord verdeckt meine Schuldgefühle. Ich bin eine Meisterin des Verdrängens. Schon setze ich mich aufrecht hin und beginne die Geschehnisse der letzten Tage im Geiste zu wiederholen.

Pling. Pling. Ich blinzle. Mein Wohnzimmer liegt wie unter Nebelschwaden im flackernden blauen Schein des Fernsehers. Meine Augen benötigen einige Sekunden, bis sie wieder scharf gestellt sind. Ein Blick auf den Bildschirm zeigt mir, dass die Mitternachtsnachrichten schon vorüber sind. Ich taste nach der Fernbedienung, um auszuschalten, aber da fesselt mich die Ankündigung der nächsten Sendung.

»Wir berichten vom Ausbau der Windenergie in Österreich. Im Gespräch ist heute der Bürgermeister von Munderfing, einer Gemeinde im oberösterreichischen Innviertel. Dort wird Windenergie seit einigen Jahren erfolgreich forciert. Doch auch andere Gemeinden in der Umgebung wollen nachziehen. So bietet sich der Sauwald an. Dort könnte ein weiterer Windpark entstehen. Die Voraussetzungen sind gut. Immerhin schlängelt sich schon Österreichs längster Baumkronenweg durch das Grün des Waldes. Die Infrastruktur ist also gegeben. Doch es werden auch kritische Stimmen immer lauter …«

Fasziniert verfolge ich den kurzen Bericht. Ein Kameraschwenk aus luftiger Höhe zeigt die Umgebung, in der man die Windräder aufbauen möchte. Dann kommt auch einer der Waldbesitzer zu Wort. Ich schnappe nach Luft. Diesen hageren Mann würde ich auf hundert Meter Entfernung wiedererkennen. Es ist Theodor Walkner – Gustls unsympathischer Vater. Im Fernsehen wirkt er aber viel netter. Ja, selbst sein Höllenhund liegt friedlich zu seinen Füßen und guckt treuherzig, als wäre er ein Lämmchen und keine lammreißende Bestie.

»Uns stört es nicht, wenn man die Räder in unserem Wald

aufstellt. Ist ja umweltfreundlich«, sagt Walkner und lächelt dabei nett in die Kamera.

»Und der Lärm, den einige Einwohner kritisieren, weil er die Waldtiere stört?«

»Meinen Kühen tut das bisserl Lärm schon nichts, andere Bauern beschallen ihre Viecher sogar extra mit Musik, weil das mehr Milch bringen soll. Ja, und die Waldtiere können doch ein paar Meter weiterwandern. Ist ja genug Wald da.«

»Ihnen wird vorgeworfen, dass Sie diese Meinung nur vertreten, weil Sie das Geld benötigen.«

»Wer braucht kein Geld? Grad als Milchbauer hat man's nicht mehr leicht, bei dem Preisverfall. Aber das bisserl Wald der Energiegenossenschaft zu verkaufen, macht mich auch nicht reich. Ich bin Biobauer und Umweltaktivist. Ganz ehrlich.« Er grinst.

Der Bericht erwähnt noch kurz die Argumente der Gegenseite, und dabei kommt unter anderem auch Johannas Mann zu Wort. Der Nachbar der Walkners steht dem Windpark kritisch gegenüber. Andere Kopfinger, wie Bankdirektor Simoni und der Bürgermeister, würden den Windpark hingegen begrüßen. Der Rest der Sendung ist weniger interessant. Experten und der Munderfinger Bürgermeister diskutieren über die Vor- und Nachteile der Windenergie. Es wird über Lärm, Nachhaltigkeit, Fledermäuse und Lebensraum gesprochen. Ich sehe mir die Sendung noch bis zum Schluss an und erfahre im Abspann, dass der Bericht schon ein Jahr alt ist.

Ob die Pläne noch aktuell sind? Aufgewühlt sitze ich nun wieder aufrecht vor der Flimmerkiste. Als dann aber irgendeine Schnulze aus den Achtzigern läuft, schalte ich den Alleinunterhalter endgültig aus. Ich will gerade aufstehen und ins Schlafzimmer gehen, da fallen mir die Worte des abendlichen Anrufers wieder ein. Man muss wissen, woher der Wind weht ... Genauso hat er es gesagt. Das kann kein Zufall sein. Das Schicksal hat mir den Fernsehbericht zur rechten Zeit geschickt, damit ich nicht lockerlasse, sondern weiter nach den Hintergründen forsche.

Der Bericht und das Telefonat. Beides gehört zusammen, da bin ich mir sicher. Ich muss mit jemandem reden. Sepp. Warum nur haben wir uns heute in die Haare gekriegt? Ich brauche ihn und seine Meinung.

Und was braucht er?, fragt mich Horst im Inneren. Schuldbewusst schlage ich die Lider nieder. Ich muss mich mit Sepp aussöhnen. Ohne ihn bin ich nur ein halber Mensch und nur eine halb so gute Schnüfflerin.

Sepp kommt mir zuvor. Er steht bereits unten in der Stube und braut Kaffee. Der intensive Geruch von frisch gemahlenen Kopi-Luwak-Bohnen hat mich erst aus meinen wirren Träumen gerissen. Die meisten Leute, unter anderem auch meine beste Freundin Gitti und meine Kinder, ekelt es vor den Bohnen, die von der asiatischen Schleichkatze unverdaut ausgeschieden werden. Aber ich liebe den Geschmack dieses Kaffees. Zum Glück ist auch Sepp hart im Nehmen und schreckt vor einer Tasse dann und wann nicht zurück. Das ist nur eine der vielen Kleinigkeiten, die mir aufzeigen, wie perfekt Sepp und ich zusammenpassen. Ich lehne mich an den Türstock und beobachte, wie er sorgfältig die Teller aufdeckt, frische Butterkipferl, Marillenmarmelade und die Kaffeetassen auf den Tisch stellt.

»Ich weiß, dass du da bist«, sagt er, ohne sich umzudrehen.

»Es tut mir leid«, sage ich leise.

Er wendet den Kopf. Anscheinend hat er weniger Schlaf abbekommen als ich. Dunkle Schatten liegen unter seinen Augen. »Wir zwei Alten sollten uns wirklich nicht wegen Banalitäten streiten, Rosi«, sagt er leise.

Ich stimme ihm zu und komme zum Tisch. »Ich weiß, dass du recht hast. Aber ich tue mich so schwer mit dem Loslassen. Ich krieg den toten Gustl nicht mehr aus dem Kopf.«

Schweigend gießt Sepp Kaffee in die Tassen. Ich verbrühe

mir durch meine Hast die Oberlippe und kassiere dafür sogleich Sepps schadenfrohes Grinsen.

»Was war gestern mit dir los? Ich wollte wirklich keinen Streit provozieren, sondern einfach nur die Chance ergreifen, unsere eigentlichen Sommerpläne zu besprechen.« Sepp runzelt die Stirn.

Ich presse die Lippen aufeinander. »Willst du es wirklich hören?«

Er nickt. Also lege ich los und berichte Sepp vom Telefonat, dem Fernsehbericht und auch von meiner Furcht, dass es Daniela zu viel werden könnte.

»Ach herrje. Das ist wohl die Strafe dafür, dass ich gestern einfach abgehauen bin.« Sepp seufzt. Ich ziehe fragend die Brauen hoch. »Na ja. Wenn ich bei dir geblieben wäre, hättest du nicht bis ins Morgengrauen vor dem Fernseher gesessen, sondern brav mit mir im Bett gelegen. Und dann wäre dieser Bericht einfach an dir vorübergezogen, und du hättest nie die Kombination zwischen dem Anruf, dem Windpark und dem Selbstmord hergestellt.«

Ich ziehe die Schultern hoch. »Jetzt weiß ich aber davon.«

»Ja. Und dadurch musst du natürlich dieser Spur auch noch nachgehen.«

»Natürlich. Der Theodor Walkner hat von seinem Wald geredet, in dem der Windpark errichtet wird. Ich möchte gern wissen, von welcher Grundstücksgröße die Rede ist. Geld kann eine gewaltige Macht haben, und es wurden schon viele Morde des schnöden Mammons wegen begangen.«

»Na dann. Leg los«, sagt er.

»Lieber wäre es mir, wenn wir gemeinsam arbeiten würden.«

»Und mir wäre es lieber, wenn wir gemeinsam die Adria hinabtingeln. Strand, Sonne, Salz in der Luft.« Sepp schließt genießerisch die Augen und seufzt ein leises »Ah«. Dann sieht er mich spitzbübisch an.

Ich sehe, dass er um jeden Preis diesen Urlaub machen will.

Ich überlege. »Wie wäre ein Kompromiss? Du suchst die geeignete Reise und passende Unterkünfte für eine zehntägige Reise, und mir lässt du mindestens doppelt so lange Zeit für die Aufklärung des Mordes und um bei Dani sicherzugehen.«

Sepp verengt die Augen. »Verhandeln möglich?«, fragt er.

Ich schüttle den Kopf.

»Aber ich hab dafür freie Hand und darf den Urlaub planen, wie und wo ich will?«

Jetzt nicke ich.

»Abgemacht«, sagt Sepp.

»Prima. Wann fahren wir also nach Kopfing?«, will ich wissen.

Sepp funkelt mich an. »Von Mitarbeit bei der Aufklärung war jetzt aber nicht die Rede.«

»Ich soll also allein losziehen?«, frage ich provokant, weil ich genau weiß, dass dies das Letzte ist, was Sepp will. Es ist lustig, wie deutlich man in den Gesichtern der Menschen lesen kann, wenn man gewonnen hat. Sepp gibt sich geschlagen, und ich freue mich, wieder ein vollständiger Mensch und eine ganze Ermittlerin zu sein.

Das Gemein(d)eamt

Rosis Tipps bei schweißtreibenden Zeiten
Ein Teeaufguss mit 1 TL Tausendgüldenkraut auf 250 ml heißes Wasser, kühl getrunken, hilft bei Schweißgeruch.
Salbeitee hilft bei nächtlichen Schwitzattacken.
Ein Fußbad mit Bockshornklee beugt Schweißfüßen vor.

»Parteienverkehr ist aber nur bis zwei Uhr.« Die Gemeindebeamtin namens Beate Scheck runzelt die Nase und schafft es mit dieser kleinen Bewegung doch glatt, ihre rahmenlose Brille einen Zentimeter hochzuschieben. Das nenne ich Talent. Ebenso begabt ist die werte Dame in der Langsamkeit. Ihrem Nachnamen fehlt eigentlich nur das »N« in der Mitte, und schon würde das Gesamtbild stimmig werden. Die gute Frau tippt mit der Geschwindigkeit eines verschlafenen Faultiers auf ihrer Maus herum.

»Ob ich das bis zwei Uhr noch finde?«, murmelt sie gedankenverloren.

Am liebsten würde ich über den Schreibtisch hüpfen und selbst am PC suchen. Ich blicke auf die Uhr, die hinter ihr an der Wand hängt. Dreizehn Uhr einundzwanzig. Das könnte knapp werden, wenn Frau Scheck nicht durch ein Wunder in die Gänge kommt. Ich betrachte die Beamtin. Ihre Augen scheinen nicht nur wegen des Brillenglases so tief liegend, und auch ihr Hals ist auffallend dick nach vorne gewölbt. Dazu die Langsamkeit und die offensichtliche Neigung zum Übergewicht … Mein Verdacht erhärtet sich, dass die arme Frau gesundheitliche Probleme hat.

»Da ist es ja. Wollen Sie die ganze Liste einsehen?«

Ich nicke. »Das wäre nett. Oder besser noch, vielleicht könnten Sie die Grundbuchdaten einfach ausdrucken? Dann halte ich Sie auch nicht länger auf.«

Frau Scheck sieht hoch. Ihre Gedanken bilden sich anscheinend in der gleichen Geschwindigkeit, in der sie arbeitet. »Hmm«, brummt sie und wiederholt den Nasenrunzler von vorhin. »Also eigentlich soll ich das nicht tun. Datenschutz und so weiter. Aber ich muss heute wirklich zeitig Schluss machen. Wenn ich den Arzttermin wieder verschiebe, dann dreht mir mein Mann noch die Gurgel um. Er meint, etwas stimmt nicht mit mir. Ich werde langsam wie meine Mutter. Aber er täuscht sich.« Sie macht eine wegwischende Handbewegung, als würde sie damit das Problem aus der Welt schaffen können.

»Lassen Sie mich raten. Sie kommen schwerer aus dem Bett als früher, werden schneller müde, und obwohl sie nicht wesentlich mehr essen, nehmen Sie zu?«

Sie reißt ihre kleinen Knopfaugen auf. »Genau, woher wissen Sie das?«, fragt sie.

»Erfahrung, meine Liebe. Sagen Sie ihrem Arzt, er soll die Schilddrüsenwerte überprüfen.«

»Ehrlich?« Sie fasst sich an den Hals. »Meine Mutter hatte einen Kropf. Bekomm ich etwa auch einen?«

Ich ziehe die Schultern hoch und stoße ein ahnungsloses »Mhm« aus.

»Na, hoffentlich nicht. Sie hat am Ende ihres Lebens ausgesehen wie eine gemästete Riesentaube. Danke für den Tipp. Ich lass die Werte ansehen.« Frau Scheck verengt kurz die Augen, um sie gleich darauf wieder weit aufzureißen. Sie hat einen Entschluss gefasst. »Wissen Sie was?«, sagt sie erfreut. »Ich mach es einfach. Verpfeifen Sie mich nur nicht.« Mit neuem Enthusiasmus drückt sie auf die Maustasten. Der Drucker springt an. Blätter rascheln. Dann halte ich den Auszug des Grundbuchs in Händen.

»Danke«, sage ich.

Da öffnet sich die Tür zum Zimmer des Bürgermeisters, und heraus tritt ausgerechnet Theodor Walkner. Ich lasse schnell die Zettel in der Handtasche verschwinden.

»Was mocht die denn do?«, blafft Theodor.

Hinter ihm steht nun auch der Bürgermeister. »Frau Scheck?«, fragt dieser.

»Ich habe Frau Beingruber nur etwas im Grundbuch gezeigt. Sie interessiert sich für ein Waldstück«, antwortet die überrumpelte Frau Scheck mit der halben Wahrheit.

»Ach so«, sagt der Bürgermeister emotionslos.

Aber in Walkners Augen blitzt das blanke Entsetzen. Anscheinend hat er die richtigen Schlüsse gezogen. Er ballt die Hände zu Fäusten, und wenn ich es nicht besser wüsste, würde ich sagen, er knurrt wie ein tollwütiger Wolf oder sein nicht minder gefährlicher Höllenhund.

»Habts im Ibmer Moor koane Bam?«

»Die Bäume im Sauwald sind halt die besten weit und breit«, antworte ich und bedanke mich noch einmal schnell bei Frau Scheck. Dann eile ich hinaus.

Erst nach ein paar Metern zu Fuß kann ich wieder richtig atmen. Doch die Verschnaufpause ist nur von kurzer Dauer. Theodor Walkner hat mich eingeholt und baut sich einem Eisbären gleich vor mir auf. »I weiß, was du vorhast, du Hex.«

Ich fasse mich unerwartet schnell. »Aha?«

»Uns die Schuld in die Schuh schiebn. Genau des willst du tun. Aber nix is ma so wichtig wie da Gustl gwesn. Und an Peter genauso. Wer wos andres sogt, lügt! Du wirst bereun, dass du di do einmischst.« Drohend bohrt er mir den Zeigefinger gegen das Brustbein.

Aber nicht mit mir. Ich schlage seine Hand weg. »Hören Sie sofort damit auf, Herr Walkner, oder ich ruf die Polizei.«

Er weicht einen Schritt zurück. Aber seine Mimik verhärtet sich, als wäre er ein steinernes Abbild seiner selbst.

»Ich drohe net. Ich warn nur. Leidtun wird's dir. Und zwar gewaltig, wennst deine Finger net aus Angelegenheiten raushältst, die dich nix angehen.« Mit diesen Worten macht er kehrt und lässt mich allein zurück.

Mein Herz rast. Äußerlich mag ich ruhig gewirkt haben, aber innerlich brodelt es gewaltig. Mir, der Kräuterrosi, drohen! Wo kommen wir denn da hin? Zorn kocht in mir auf wie in einem Druckkochtopf. Diesen Kopfingern muss ich wohl ordentlich die Köpfe zurechtrücken. Grantige Bauern kenn ich ja von daheim und unhöfliche Jugendliche ebenso. Aber dieser Walkner ist geradezu gewalttätig. Hinzu kommen die Buben, die ich vorgestern in die Mangel genommen habe. Die sind richtige Rabauken. Ich atme tief aus.

»Aber Rosi, was kochst du denn so?«

Ich drehe mich um. Sepp steht da und grinst. Wenn das Lächeln seine Augen derart erreicht, dass sie geradezu blitzen, dann ist er entweder in Kuschelstimmung oder er hat einen großartigen Erfolg erzielt. Ich tippe auf Letzteres.

»Waren sie gemein zu dir im Amt?«, fragt er noch immer schmunzelnd.

Ich schüttle den Kopf. »Nein, zum Glück nicht. Aber ich bin dort dem alten Walkner über den Weg gelaufen, und er hat versucht, mich einzuschüchtern.«

»Was demnach heißt, dass er etwas zu verbergen hat«, meint Sepp und zieht vielsagend die Augenbrauen hoch.

»Oder er ist einfach ein aufbrausender und – durch den Tod seines Sohnes – zur Aggression neigender Vater«, merke ich trocken an. Noch immer klopft mein Herz wild vor Aufregung.

Sepp legt beruhigend seinen Arm um meine Schultern und sagt im vollen Brustton: »Wenn du gesehen hast, was ich am Boden des Baumkronenwegs gefunden habe, dann wirst du den Walkner nicht verteidigen, sondern dich fragen, welche Geheimnisse der alte Bauer sonst noch unter den Teppich kehrt.«

»Am Boden des Baumkronenweges?«

Sepp nickt und zieht mich am Ärmel in Richtung Auto. Als wir drinsitzen, antwortet er endlich. »Ich dachte mir, den Baumkronenweg haben genug Menschen abgesucht und alles, was hoch oben ist, kommt auch irgendwann einmal herunter. Also bin ich am Boden den Weg abgelaufen, und stell dir vor, was ich gefunden habe …«

Er macht eine dramaturgische Pause und schaut mich dabei so selbstgefällig an, dass ich ihn am liebsten wachrütteln möchte. Aber die kleine Freude, mich kurz hinzuhalten und seinen Erfolg auszukosten, muss ich ihm wohl oder übel gönnen.

Endlich, nach einer gefühlten Ewigkeit, holt er etwas aus seiner Hosentasche. »Tadaaa«, jubelt er. »War nicht einfach zu finden. Das Schätzchen hat sich einen halben Meter über meinem Kopf im Gebüsch und Geäst versteckt. Aber wenn du eine Detektivnase hast, dann bin ich wohl der stolze Besitzer echter Adleraugen.« Er strahlt.

Ich drehe derweil das Foto zwischen den Fingern herum. Wasserflecken haben dem Bild stark zugesetzt. Die letzten Nächte hatte es immer wieder einmal kurz gewittert. »Ich verstehe nicht ganz«, sage ich, drehe das Bild dann aber um und lese vor, was darauf in alter Schulschrift steht: »Klein-Gustl mit Mama, Sommer '90.«

Ich wende das Bild wieder. Das speckige Baby mit dem Karottenbrei um den Mund ist also August. Und die Frau, die ihn hält und in die Kamera winkt, soll seine Mutter sein? Nie und nimmer kann sich ein Mensch so verändern. Da müsste die Anneliese schon in den Jungbrunnen und gleichzeitig in einen Trog voller Bleiche gefallen sein. Die Frau auf dem Bild ist Mitte bis Ende Zwanzig, füllig, braun gebrannt und so schwarzhaarig wie eine Griechin. Die Augenfarbe kann ich nicht erkennen, aber ich tippe stark auf Grün oder Braun. Außerdem sind die Gesichtszüge ganz anders. Wenn sie nicht das Jahreseinkommen eines Landtagsabgeordneten zum Schönheitschirurgen getragen hat, dann kann die Frau auf dem Bild unmöglich Anneliese sein.

»Und, was sagst du, Rosi? Entweder du leidest an Wahrnehmungsstörungen und hast mir eine gänzlich andere Frau Walkner beschrieben, oder der gute Theodor hat –«

»Eine neue Gattin«, beende ich Sepps Satz. Dieser nickt stolz. »Wenn nun der Gustl der Sohn dieser Frau auf dem Bild ist und … Warte mal, ich muss etwas nachschauen.«

Jetzt runzelt Sepp die Stirn. Ich kann aber leider nicht so

schnell handeln, wie ich denken kann. Rasch zerre ich die Grundbuchauszüge aus meiner Handtasche. Der Schweiß sammelt sich in meinem Nacken und bildet ein kleines Rinnsal den halben Rücken hinab. Ich atme tief ein. Unerträglich heiß ist mir plötzlich. Sepp startet den Wagen und macht die Klimaanlage an. Normalerweise halte ich nichts davon, die Luft zu verpesten, nur damit man es am Parkplatz angenehmer hat. Doch Ausnahmen bestätigen die Regel.

Ich blinzle Sepp dankbar an und suche weiter die Liste ab. »Da haben wir es ja«, murmle ich. »Laufende Grundstücksnummer 34, landwirtschaftliches Gebäude, Baugrund ...« Ich schlage mit der Hand auf den Zettel und starre Sepp an.

»Ja?«, fragt er.

Ich sehe ihm tief in die Augen. »Der Hof samt Grundstücken gehören dem Theodor und dem Gustl gemeinsam, aber der Wald ... nur dem Gustl.«

Sepp zieht lautstark die Luft zwischen die Zähne. Dann stößt er sie ebenso geräuschvoll wieder aus und fragt: »Aber wie ist das möglich?«

»Das kann ich dir erklären«, sage ich. Bevor ich weiterreden kann, klopft eine Frau gegen die Windschutzscheibe. Sepp lässt das Wagenfenster nach unten.

»Fahren Sie jetzt weg oder nicht? Ich hätte den Parkplatz gern«, sagt sie und deutet nach hinten. Da steht ihr fahrerloser VW Beetle und blinkt hektisch.

»Natürlich, tut mir leid«, meint Sepp versöhnlich. Die Frau zuckt nur die Schultern und eilt zurück zu ihrem Auto. Sepp parkt aus und fährt los. »Also, legen Sie los, Frau Kommissar«, scherzt er.

Ich boxe ihn sanft gegen den Oberarm. Der Stress von vorhin hat sich in Luft aufgelöst. Diese neue Spur ist noch vielversprechender, als bisher angenommen. Jetzt muss mir nur noch Raphael daheim am Computer helfen, dann weiß ich mit Sicherheit, ob ich richtigliege.

Beziehungschaos

Rosis Kräuter fürs Liebesleben

Die vier Wildkräuter der Liebe sind Brennnessel, Frauenmantel, Beifuß und Johanniskraut. Alle kann man als Tee zubereiten. Die besten Gewürze für mehr Lust an der Lust sind Zimt, Chili, Ingwer und echte Vanille. Bei den Nahrungsmitteln greift man am besten zu Feigen, Erdbeeren, Spargel und Sellerie.

Raphael sitzt vor dem PC und verschiebt das Bild. Es ist erstaunlich, wie leicht man heutzutage alles von jedem herausfinden kann. Der gläserne Mensch ist längst Wirklichkeit. Aktuell scrollt Raphael über eine Luftaufnahme von Kopfing und dem Sauwald. Ein Glück, dass mein Junge so geschickt mit dem Computer ist.

»Ich lass jetzt die Grundstücksgrenzen mit den Nummern aufscheinen«, sagt er.

Doris heißt das Zauberwerk, das dies möglich macht. Doris ist wider Erwarten keine Frau beim Gemeindeamt oder beim Grundbuchregister, sondern die Abkürzung für das Digitale Oberösterreichische Raum-Informations-System. Man kann wirklich jedes Stückchen Land anzeigen lassen. Meine kleine Hütte habe ich als Erstes angesehen und musste mit Erschrecken feststellen, dass man in der Vergrößerung sogar die Hühner in meinem Garten auf den Fotos erkennen kann. Zum Glück bin ich zum Zeitpunkt der Aufnahme nicht draußen gewesen.

»Da haben wir es ja schon.« Raphael legt die Stirn vor lauter Konzentration in Falten.

»Und, ist es der Bereich, wo die Windräder hinsollen?«, frage ich aufgeregt.

»Moment«, bittet Raphael, »ich muss es erst mit den Plänen des Zeitungsberichts vergleichen. Geduld, Geduld.«

Doris verschwindet, und stattdessen erscheint die Reportage der Oberösterreichischen Tageszeitung über den Windpark. Glücklicherweise mit Skizze, Plänen und genauer Ortsangabe.

»Mhm«, brummt mein Sohn. »Der Großteil des geplanten Windparks liegt auf dem Waldgrundstück dieses Gustl.«

»Ich wusste es«, sage ich und schlage begeistert die Hände auf den Schoß.

Raphael gähnt. »Wenn du jetzt also zufrieden bist, dann mache ich mich wieder an meine wirkliche Arbeit. Das Herzkastl führt sich nicht von allein, und Silvana will ihr Studio modernisieren. Sie will mir heute trotz laufenden Betriebs zeigen, wo man das Studio verbessern kann. Dann würde ich die Schwachstellen deutlicher erkennen, meint sie.«

»Danke, mein Junge«, sage ich.

Raphael klappt den Laptop zu und steckt ihn in die Tasche. Schnell steht er auf und verabschiedet sich.

Sepp, der sich während unserer Recherche im Hintergrund gehalten und lieber auf dem Sofa die gedruckte Zeitung durchstöbert hat, winkt Raphael zum Abschied. Dann klopft er auffordernd auf den Platz neben sich. Ich bin aber zu nervös. Wie ein aufgescheuchtes Huhn laufe ich auf und ab. Wäre nicht ein echter Perserteppich, sondern irgendein Billigimitat auf dem Boden, so hätte das Teil schon längst Spuren. Immer wenn ich aufgeregt bin, renne ich den gleichen Pfad quer durchs Wohnzimmer.

»Du weißt, was das bedeutet?«, frage ich schließlich und lasse mich aufs Sofa plumpsen.

»Natürlich«, meint Sepp und seufzt theatralisch. »Es bedeutet, dass du jetzt erst recht nicht lockerlassen kannst, meine Schnüffelnase.«

»Ich muss jetzt nur noch sichergehen, dass ich mit meiner Vermutung richtigliege. Dann muss auch Kurt wieder aktiv werden.«

»Deine Theorie klingt auf jeden Fall logisch. Der Theodor Walkner war schon einmal verheiratet, mit der Frau auf dem alten Foto. Gemeinsam hatten sie einen Sohn –«

»Den Gustl«, führe ich Sepps Zusammenfassung fort. »Ich nehme an, die erste Frau ist verstorben und Gustl hat geerbt.

Den halben Hof und den ganzen Wald. Zum Glück waren Horst und ich damals so vernünftig und haben uns abgesichert, sonst hätte es mir ähnlich ergehen können«, falle ich gedanklich zurück in alte Zeiten. Als mein Mann starb, war es schon schlimm genug. Durch das Testament musste ich mir aber wenigstens ums Geld keine Sorgen machen.

»Ja, das war klug. So gescheit waren die Walkner-Eheleute offenbar nicht. Schlimmer noch. Theodors erste Frau hat beim Wald sogar ihren Sohn als Alleinerben eingesetzt. Darum war Gustl der Waldbesitzer. Und das wurde jetzt durch den geplanten Windpark zum Problem.« Sepp schüttelt traurig den Kopf und sieht mich an. »Aber glaubst du wirklich, dass der Theodor und die Anneliese ihn deshalb getötet haben?«

Ich zucke die Schultern. »Vielleicht haben sie ihn nur mit den richtigen Worten dazu gebracht, es selbst zu tun. Er war ein labiler junger Mann. Es muss ein Grab, Dokumente oder sonst etwas über die erste Frau Walkner geben.«

»Ja, das muss es, mein Herz«, sagt Sepp und küsst mich auf die Wange. »Es gefällt mir ja, wenn du richtigliegst. Aber eine Sache setzt mir zu. Weißt du, was es ist?« Sanft streicht er meinen Hals entlang.

»Nein?«, gebe ich zu.

»Dass es dann kein Selbstmord mehr ist und damit alles andere als harmlos. Ich habe Angst um dich. Dieser Theodor Walkner …«, murmelt er und küsst mich abermals.

Es ist süß, wie sehr er sich um mich sorgt. Seine Lippen wandern meinen Hals entlang. Ich probiere wirklich, mich fallen zu lassen und auf seine Zärtlichkeit einzugehen, aber mein überaktives Gehirn erlaubt mir keine Pause. Halbherzig küsse ich Sepp zurück und winde mich dann aus seiner Umarmung.

»Rosi«, beschwert er sich traurig. »Wann bist du wieder einmal für mich da?«

»Ich kann momentan einfach nicht.«

Das schlechte Gewissen verfolgt mich ins Badezimmer und

anschließend in den Schlaf. Seit Monaten leben Sepp und ich nur noch nebeneinanderher, unterstützen uns in der Bewältigung des Alltags und reden wie Freunde miteinander. Die Liebesbeziehung hat unter dem Stress gehörig gelitten. Als Sepp das erste Mal zu mir in die Stube kam, konnte ich ihm bei seinem Problem mit dem nicht mehr stehenden kleinen Sepp helfen. Jetzt würde er zwar wieder stehen, aber ich schaffe es einfach nicht, mich auf ihn einzulassen. Manchmal durchlebe ich solch stressige Phasen. Während meiner Ehe hatten Horst und ich mehr als nur einmal eine monatelange Flaute zu bewältigen. Ich hoffe nur, dass Sepp sich ähnlich verständnisvoll zeigt, wie es Horst getan hat. Unruhig wälze ich mich hin und her. Sepp schnarcht neben mir. Er hat jeden weiteren Annäherungsversuch unterlassen und ist stattdessen schweigend ins Bett gekrochen. Endlich schlafe ich ein.

Nebelschwaden umschmeicheln die Baumstämme. Wie zarte Brautschleier liegen sie auf dem Moos. Ich sehe hoch. Die Sonne ist noch nicht aufgegangen. Es ist jener Moment eines jeden Morgens, der voller Mystik die Geburt eines neuen Tages verkündet.

»Der Wind weht, wo er will.«

Vor mir im feuchten Moos hockt Gustl. Obwohl sein Gesicht aufgedunsen ist und ein Strick seinen Hals schnürt, flößt er mir keine Angst ein.

»Die Liebe ist, wo sie will«, sagt er.

Ich lächle.

Dann aber blickt er mich mit blutunterlaufenen Augen an. »Du wirst es noch bereuen. Meine Liebe lebt. Aber deine ist tot.«

Plötzlich sitzt nicht mehr Gustl vor mir, sondern der Höllenhund der Walkners. Zwischen seinen Zähnen hängt eine menschliche Hand. Ich erkenne die Uhr daran. Sepps Uhr. Wütend stürze ich mich auf das Vieh. »Was hast du getan!«, brülle ich und werfe das Tier zu Boden. Da verwandelt es sich abermals. Sepp liegt unter mir. Leblos. Blutend.

»Die Frage lautet vielmehr, was tust du da?« Ich drehe mich um. Meine beiden Kinder stehen hinter mir und heben anklagend die Arme. »Was tust du da?«, fragen sie.

Ich schreie ... und wache endlich auf.

»Rosi, hör auf. Was tust du?« Sepp sitzt neben mir.

Ich richte mich auf. Schweißnass hängt das Nachthemd an mir. »Ich ... ich weiß es nicht«, stammle ich. »Wie spät ist es?«

»Halb vier. Hier, trink einen Schluck Wasser und dann leg dich wieder hin«, sagt Sepp und reicht mir das Wasserglas, das immer auf unserem Nachttischchen steht. Dankbar nehme ich einen Schluck und gebe es ihm zurück.

»Ich hatte einen schrecklich wirren Traum«, sage ich heiser.

»Das kann ich mir vorstellen. Du hast die ganze Zeit gejammert, dass du eine Mörderin bist.«

Verdattert starre ich Sepp an. Dieser nickt ernst. »Ich hab Sepp getötet. Sepp ist tot. Tot. Tot. Genau das hast du gekeucht. Ziemlich gespenstisch war das. Wenn ich dich nicht so gut kennen würde, dann hätte ich jetzt wahrscheinlich Angst vor dir«, sagt er.

Ich schaffe es nicht, etwas darauf zu antworten. Vielmehr drückt mich mein Herz. Töte ich tatsächlich unsere Liebe mit meiner Schnüffelei und meinem Helfersyndrom? Aber ich liebe Sepp doch. Ich will ihn bei mir haben. Wieso fällt es mir nur so schwer, ihm das auch zu zeigen? »Ich bin dumm«, stottere ich.

»Ja, das bist du, wenn du dich nicht schnell wieder hinlegst und versuchst, noch ein paar Stündchen Schlaf abzubekommen. Und jetzt weine nicht mehr, mein Röschen. Ich lebe ja, und du legst dich jetzt flott in meinen Arm und schlummerst friedlich.«

Sepp rückt sich das Kissen zurecht und öffnet seinen Arm. Ich lege mich zu ihm. Sanft wischt er mir die Tränen von den Wangen. Ich drücke mein Gesicht an seine Brust und sauge seinen Duft ein. Er erzählt von Trost und besseren Zeiten. Ich muss an meinen Traum denken. Die Stimmung im Wald.

Da fällt mir ein altes Lied ein. »Immer wieder geht die Sonne auf«, heißt der Titel. Es wird endlich auch in meinem Leben Zeit, dass die Sonne aufgeht und das Licht wiederkehrt.

»Schlaf ein, mein Herz, schlaf ein«, flüstert Sepp zärtlich. Ich schließe die Augen. Und tatsächlich: Der Schlaf übermannt mich und deckt mich traumlos zu.

Daniela sitzt bereits am Frühstückstisch, als ich nach unten komme. »Ich hab mir erlaubt, Brötchen mitzubringen.« Sie lächelt, aber das Lächeln erreicht ihre Augen nicht.

Es ist Freitag. Tag der Briochebrötchen beim Bäcker. Tag der Beerdigung in Kopfing. Ich habe mich noch unter der Morgendusche dazu entschlossen, zu dem Begräbnis zu gehen und anschließend die Gelegenheit zu nutzen, um mit dem Walkner zu reden. Vielleicht rückt er ja mit einer Erklärung heraus. Einen Versuch ist es jedenfalls wert.

»Kaffee?«, fragt Daniela.

»Immer, Liebes. Gut schaust du aus. Viel besser als die letzte Zeit. Die kürzeren Haare stehen dir«, bemerke ich und setze mich zu ihr an den Tisch.

»Silvana hat mich dazu überredet. Aber so ganz ich selbst bin ich nun nicht mehr. In der Früh hab ich mich im Spiegel gar nicht wiedererkannt.«

Sie streicht sich über das nun nur noch kinnlange, mit roten und rotbraunen Strähnen versetzte Haar. Auch die Locken sind stärker gekringelt. Sonst hat Dani nur leichte Wellen, und ihre Haare schimmern höchstens im Sonnenlicht. Durch die neue Frisur sieht man ihr nicht mehr an, dass sie um die zehn Kilo Gewicht verloren hat.

»Dennoch eine hervorragende Entscheidung. Du siehst jünger aus und gesünder.«

Daniela nickt. »Kommt Sepp nicht runter?«, fragt sie.

Ich hebe die Schultern. Als ich nach der Dusche einen Blick ins Schlafzimmer geworfen habe, hat er noch seelenruhig geschlummert. »Er ist etwas müde«, sage ich.

»Das sind wir alle«, antwortet Daniela gedankenversunken. »Ich möchte mit dir über eine Idee sprechen. Der Wimmer hat mich darauf gebracht«, kommt sie schließlich zur Sache.

Mir wird heiß. Wenn ich den Namen Hubert Wimmer höre, schrillen bei mir die Alarmglocken. »Wird das jetzt zum Standard, dass du dich wieder dauernd mit dem alten Schwerenöter abgibst? Ich halte es nämlich für keine gute Idee.«

»Dauernd? Mama, was soll das? Ich möchte mit dir etwas Ernsthaftes besprechen, und du regst dich darüber auf, dass der Hubert letzte Nacht bei mir war.«

»In der Nacht! Wo bitte war Kurt? Willst du dich tatsächlich wieder mit dem Hubert einlassen? Was sagt überhaupt die Herta dazu? Kind, komm zur Besinnung!«, wettere ich drauflos. Ich bin so aufgeregt, dass ich glatt den Kaffee verschütte. Meine Hände zittern wie Espenlaub.

»Mama!«, keucht Daniela. Tränen sammeln sich in ihren Augen. »Du willst gar nicht wissen, worum es mir geht?«

Ich atme tief durch. »Doch, Schätzchen. Ich erinnere mich nur zu lebhaft daran, wie schlecht es dir nach der Trennung von Hubert gegangen ist. Und jetzt, nach dem Tod deiner …« Ich stocke mitten im Satz.

Daniela weint endgültig. Ich habe übertrieben und die unsichtbare Grenze überschritten. Die Sorge hat mich gefühllos werden lassen. Zaghaft strecke ich meine Hand nach Daniela aus.

Sie wischt sie weg. »Der Hubert hatte recht. Es ist besser, ich rede mit niemandem. Am wenigsten mit dir. Du bist stur und altmodisch. Wie konnte ich nur erwarten, dass du Verständnis zeigen würdest.« Sie ballt die Hände. Nun sind es Zornestränen, die ihre Wangen herabfließen.

»Daniela, bitte, versteh mich doch«, beginne ich.

»Ich habe verstanden. Nur dass du es weißt, es ist mein Leben und meine Entscheidung. Jetzt hätte ich gern deine Meinung gehört, aber die Chance hast du vertan. Du und Kurt und überhaupt alle, die immer nur sagen, dass sie da sind, und dann bloß mit ihren eigenen Problemen beschäftigt sind … Ihr alle werdet die Konsequenzen erleben.« Sie steht auf.

Jetzt brodelt auch in mir die Wut, aber ich zwinge mich zur Ruhe. »Wer hat denn nächtelang an deiner Seite gesessen und hat Händchen gehalten, als du hilflos warst?«, frage ich.

Daniela dreht sich um und sieht auf einmal nur todtraurig aus. »Genau, Mama. Dafür bin ich dir auch dankbar. Aber du merkst eben nicht, wenn jemand nicht mehr bedürftig ist, sondern auf Augenhöhe mit dir reden möchte. Da liegt dein Problem.« Sie geht und schließt einfach die Tür.

Verdattert bleibe ich sitzen und weiß gar nicht, was ich fühlen soll. Daniela hat ein Chaos in mir zurückgelassen, das ich kaum ordnen kann. Und plötzlich wird mir klar, dass ich nicht den blassesten Schimmer habe, worüber Daniela eigentlich mit mir reden wollte. Ich habe mich auf Hubert und meine Phantasien versteift. Aber welche Flausen hat ihr der gute Herr Wimmer in den Kopf gesetzt? Ich sauge am Inneren meiner Wange. Der Gedanke, dass Daniela nun vielleicht auf dem Weg ist, eine große Dummheit zu begehen, nagt an mir. Voller Zorn auf mich selbst schlage ich auf den Tisch.

Sepp, der gerade hereinkommt, zuckt zusammen. »Soll ich lieber gleich gehen? Ich möchte nicht in ein Gewitter geraten«, sagt er.

Ich seufze. »Nein, schon in Ordnung. Ich habe heute bereits einen geliebten Menschen vergrault. Bitte bleib.«

Der Vormittag zieht sich wie Kaugummi. Zäh und klebrig vergehen die Minuten. Immer wieder blicke ich auf die Uhr.

»Vielleicht solltest du doch Daniela anrufen und dich aussprechen«, meint Sepp, der es offensichtlich leid ist, dass ich zum zehnten Mal das Gespräch mit Daniela durchkaue.

»Nein«, erwidere ich schnell. Beim Gedanken daran bildet sich sofort ein Riesenkloß aus Schuldgefühlen, Ärger und Selbstvorwürfen in meinem Hals. Nur mühsam schlucke ich ihn hinunter und hoffe, dass er nicht das fehlende i-Tüpfelchen zum Magengeschwür ist. Ich schaffe es einfach nicht, mich heute schon meiner Tochter zu stellen. Eine Rabenmutter bin ich. Eine feige noch dazu.

»Rede wenigstens mit Kurt. Das lenkt dich ab. Erzähl ihm von unseren Entdeckungen.«

Wieder schüttle ich den Kopf.

»Fein, dann mach ich es«, presst Sepp hervor.

Entsetzt starre ich ihn an.

»Du kannst mich nicht daran hindern. Ich habe dir gestern gesagt, dass ich Angst um deine Sicherheit habe.« Sepp schnappt sich das Handy aus der Kommodenschublade und zischt ab. Ich eile ihm hinterher, aber Sepp schließt sich ohne Rücksicht auf mein Schimpfen und Bitten im Bad ein.

Ich gebe auf. Was soll's. Dann ist eben Kurt im Bilde. Nach der Beerdigung hätte ich ihm sowieso erzählt, welche Spur Sepp und ich aufgedeckt haben.

Als Sepp wieder herauskommt, spiele ich dennoch die Beleidigte. Es ist einfach nicht schön, wenn der Partner über einen hinweg entscheidet, obwohl er weiß, dass man gegenteiliger Auffassung ist. Sepp schafft es, eine gelassene Ruhe an den Tag zu legen, die mich schon wieder fast auf die Palme bringt. Aber ich habe mich im Griff. Vielleicht liegt es ja gar nicht an uns, dass wir momentan so oft zusammenkrachen? Vielleicht ist das einfach nicht mein Jahr, oder es sind die Sterne schuld. Möglicherweise gibt es auch wieder erhöhte Sonnenstürme. Auf elektromagnetische Sturmzeiten habe ich schon immer gereizt reagiert.

Auf jeden Fall schaffen Sepp und ich es irgendwie, über Belanglosigkeiten zu reden, während wir zum Begräbnis fahren. Kurt erwähne ich mit keinem Wort, und auch Sepp schafft es, sein Telefonat gänzlich aus dem Gespräch herauszuhalten. Ich reiße mich zusammen und lächle. Dennoch schmerzt es tief im Herzen, dass er meinen Schwiegersohn eingeweiht hat. Ich weiß nicht einmal, was mich mehr verletzt, sein Verrat oder sein Schweigen.

Gestorben, begraben und vergessen

Wenn man lange stehen muss
Keine einschneidenden Strümpfe oder Socken tragen.
Ananas, Mango, Spargel und anderes Obst und Gemüse wirken entwässernd auf schwere Beine.
Vor dem Schlafen Beine mit Franzbranntwein abreiben.
Wechselfußbäder (mit Aromaöl) beleben die Beine.

Der Friedhof ist proppenvoll. Sepp und ich stellen uns bei den Trauergästen an, die der Familie ihr Beileid bekunden wollen. Ein paar Meter vor mir sehe ich die Schuldirektorin Viktoria Haferl. Auch ohne ihr Kostüm versprüht sie eine unverkennbare Exzentrik. Frauen wie sie fallen in jeder Situation durch ihre bloße Anwesenheit auf. Ich beobachte Viktoria Haferl, wie sie Gustls Vater, Mutter und Bruder die Hand reicht. Mit Peter redet sie mehr, als üblich ist, und ich glaube einen Moment lang echtes Amüsement in Peters Gesicht zu sehen. Sie verabschiedet sich schwungvoll. Er lächelt breit und schüttelt kräftig ihre Hand. Dann aber sieht er zufällig zu mir herüber und gibt seinem Vater einen Stoß. Der alte Walkner erblickt mich und ballt sofort die Hände. Sein Ärger ist wohl seit unserem letzten Zusammentreffen nicht abgeflaut. Wenn Theodor Walkner wüsste, dass ich ihm sogar noch stärker auf den Fersen bin, als er vorm Gemeindeamt ahnen konnte, dann würde es wohl nicht bei den geballten Fäusten bleiben. So aber nickt er brav allen Beileidwünschenden vor mir zu.

Als ich vor ihm stehe, beißt er die Zähne zusammen. »Du hast hier nix verloren«, zischt er.

»Mein Beileid«, sage ich nur und wandere zu seiner Frau weiter. Diese streckt mir ohne Scheu die Hand entgegen. »Es tut mir sehr leid, Anneliese. Gustl war für Sie bestimmt wie ein echter Sohn«, sage ich beiläufig.

Sie schlägt die Augen nieder. »Das ist wahr. Ich habe ihn geliebt wie eine Mutter. Und er fehlt mir. Er hat uns zusammengebracht. Durch ihn sind wir überhaupt erst zur Familie geworden. Danke für Ihr Mitgefühl, Frau Rosi.« Ihre Stimme ist kaum mehr als ein Flüstern, und doch steckt so viel Wärme darin. Ich glaube ihr. Schließlich reiche ich Peter die Hand.

»Mein Vater meint es nicht so«, murmelt dieser beschämt.

Ich nicke nur und verlasse dann zügig die Aufbahrungshalle. Sepp folgt mir. Ich suche den Friedhof ab, und da entdecke ich sie. Viktoria Haferl sieht mich auch und blinzelt mir zu. Ich nehme die Gelegenheit wahr.

»Noch immer auf Aufklärungsjagd?«, fragt sie und grinst, dass mich ihre strahlend weißen Riesenzähne blenden. Im Kontrast zu den blutroten Lippen wirken sie beinahe bedrohlich. Anscheinend hat nicht nur der amerikanische Weihnachts-Wahnsinn von ihr Besitz ergriffen, sondern auch der Trend zu gebleichten Zähnen. »Die Buben haben im ganzen Ort von ihrer Begegnung mit Ihnen erzählt. Sie und Ihr Sepp haben wohl ziemlich Eindruck gemacht.« Damit wirft sie ihre Haare zurück und gleichzeitig Sepp einen schmachtenden Blick zu.

Wenn ich es nicht besser wüsste, würde ich sagen, mein Liebster wird rot. So aber mache ich das Sonnenlicht für seinen Rotschimmer auf der Haut verantwortlich. »Meine Rosi kann auch sehr … nennen wir es respekteinflößend wirken«, sagt er.

Viktoria Haferl seufzt leise. »Wenn Sie die Buben noch immer unter Verdacht haben, kann ich Ihnen heute nach dem Begräbnis gern helfen. Ich kenne die Eltern der Jungs und habe mit ihnen gesprochen. Sie behaupten, ihre Bengel wären an dem Tag rund um die Uhr bei ihnen gewesen.«

»Aber?«, frage ich interessiert.

»Aber Jungs haben so ihre Maschen, wie sie sich unbemerkt davonschleichen können, und Eltern haben blinde Flecken, wenn es um ihre Sprösslinge geht. Wir können uns gern nach der Beerdigung mehr unterhalten. Ich warte vor dem Friedhof auf Sie. Wie ich bereits erwähnt habe, mache ich mir aus langen Wirtshausbesuchen nach so traurigen Anlässen nicht viel.«

»Sie möchten also auch ein wenig schnüffeln«, meint Sepp und grinst dabei schief.

»Vielleicht erwecken Sie einen besonderen Spürsinn bei den Damen, werter Sepp.«

Viktoria Haferl erdreistet sich doch glatt, mitten am Friedhof, beim Begräbnis eines ihrer ehemaligen Schüler mit meinem Sepp zu flirten, obwohl sie in festen Händen ist. Ich möchte mich bei Sepp einhaken, doch er weicht einen Schritt zur Seite. Eine schmerzhafte Enge umschließt meinen Brustkorb. Sepp plaudert ungeniert weiter. Ist das etwa die Retourkutsche, weil ich ihm gestern die kalte Schulter gezeigt habe? Oder ist es bloß Taktik? Ich beobachte ihn. Angst kriecht meine Kehle empor und versiegelt mir die Lippen. Dann aber, wie zur Erlösung aus meiner Not, fasst Sepp nach meiner Hand.

»Leider war ich mir meiner Wirkung auf Frauen nicht immer bewusst. Aber manchmal kommt die Liebe eben erst beim zweiten oder dritten Anlauf. Da sind ich und der Herr Walkner wohl nicht die Einzigen«, lenkt er das Gespräch geschickt in eine andere Richtung.

Viktoria Haferl schmunzelt. »Wohl wahr. Ich hoffe nur, dass Sie Ihre erste Liebe nicht ähnlich tragisch verloren haben wie der arme Theodor.«

Sepp schüttelt den Kopf. »Ich würde sagen, dass ich wohl bei meiner ersten Partnerin einfach noch nicht die nötige Reife hatte. Wo liegt eigentlich Gustls Mutter begraben? Wird er in ihrem Grab beigesetzt?«

Viktoria Haferl verneint vehement. »Nein, nein. Das würden der Theodor und auch unser Pfarrer nicht zulassen. Eine Ungläubige und ein Getaufter in einem Grab. Unmöglich.«

»Ungläubig?«, hake ich nach. Viktoria Haferl nickt heftig. Die Frau redet zum Glück gern, und ihre Zunge sitzt so locker wie die Schuhbänder eines Tafelklasslers.

»Die Lina war Muslima. Ihr Grab liegt dort drüben. Alina Moussek-Walkner.«

»Eine Muslima mit einem Erbhof? Ich habe ja gehört, dass der Theodor in den Hof eingeheiratet hat …«, spekuliere ich ins Blaue, treffe aber anscheinend genau den Punkt.

»Ja, das war damals auch ein Skandal, als Alinas Mutter, die alte Weissner-Bäuerin, sich den Youssuf aus Marokko geangelt hat. Und dann war sie auch gleich schwanger. Damals war das noch sehr, sehr ungewöhnlich. Die Zeiten haben sich geändert.« Viktoria Haferl zischt leise. »Tsss. Ach herrje, der Herr Pfarrer kommt. Jetzt müssen wir leise sein, sonst gibt's Schimpf und Schande.«

Der Priester, ein alter, griesgrämig guckender Herr mit Vollglatze und Bierbauch, erscheint, und neben ihm im Messnergewand steht zu meinem Erstaunen Herr Simoni. Die Messnerrobe steht ihm wieder besser zu Gesicht als das Elchkostüm, und er fühlt sich auch sichtlich wohl darin. Mit gestrafften Schultern und aufrechter Haltung lässt er seinen Blick durch die Runde streifen. Während der Pfarrer nur mit zusammengekniffenen Augen die Anwesenden mustert, lächelt mir Simoni einen Moment lang zu, als er mich in der Menge sieht. Dann schlägt er dem Pfarrer das Messbuch auf und hält es ihm vor die Nase. Die Zeremonie beginnt. Viktoria Haferl steht nun still und steif wie ein Surfbrett da und spricht kein Wort mehr. Eigentlich wollte ich sie noch nach der finanziellen Lage der Familie fragen. Aber auch die bisherigen Informationen sind hochinteressant. Ob es noch mehr über die Beziehung zwischen Theodor und Alina zu erfahren gibt? Ich kaue an meiner Unterlippe. Der Pfarrer beginnt zu beten. Ich betrachte Viktoria Haferl. Sie bewegt sich kein Stück. Aber bei ihrem Mitteilungsbedürfnis werde ich nur bis nach der Messe warten müssen, bis ich die ganze Geschichte kenne. Während der Pfarrer seine Litaneien herunterbetet, rattern die kleinen Rädchen in meinem Gehirn unaufhörlich weiter.

Immer wieder mustere ich verstohlen die Trauerfamilie.

Wenn mich Theodor Walkners Blick trifft, läuft mir stets ein kühler Schauer den Rücken hinab. Der Bauer wird mir immer weniger geheuer. Ich bin froh, als der Trauerzug endlich in die Kirche marschiert und ich einige Bankreihen hinter ihm Platz finde. Ich bin nicht empfindlich oder gar ängstlich, aber wenn einem jemand mit jeder einzelnen Faser Hass und Wut entgegendonnert, dann wird selbst mir flau im Magen.

Das Begräbnis dauert fast zwei Stunden. Schließlich kommt Walkner nach vorne zum Ambo und spricht ein paar letzte Erinnerungsworte. Ich spitze die Ohren. Mit keinem Wort erwähnt Theodor Walkner seine erste Frau. Gerade so, als würde er die Erinnerung an die leibliche Mutter seines Sohnes auslöschen wollen.

»Auch wenn mich jetzt einige falsch verstehen werden. Der Tod is a Erlösung für mein Bubn. I werd ihn vermissen. Aber immer wenn i in den Wald schau, werd i an ihn denken, auch wenn alle andren ihn vergessen.« Seine Stimme bricht.

So ergriffen habe ich Theodor Walkner bisher noch nicht erlebt. Mit gesenktem Haupt verlässt er das Rednerpult und setzt sich wieder in die Bank. Die Totengräber tragen den Sarg nach draußen. Die Familie und die Anwesenden folgen dem Zug zurück zum Friedhof. Ich suche die Gegend mit den Augen ab. Wo ist die Direktorin? Ich muss noch mehr erfahren. Sepp will mich zurückhalten, aber ich dränge mich durch die Menschenmenge und suche weiter.

Plötzlich fasst mich jemand am Ellenbogen. Ich hoffe schon, Viktoria Haferl gefunden zu haben, sehe aber nur in das verheulte Gesicht von Johanna Vormoser. »Ja?«, sage ich zu ihr.

»Ich wollte Sie darum bitten, wenigstens heute den Theodor und den Peter in Ruh zu lassen.«

Mich wundert ihre plötzliche Sorge um die beiden Walkner-Männer.

»Die Anneliese war gestern bei mir und hat mir gesagt, dass der Theo ganz aufgelöst ist.«

»Aha?«, sage ich bloß und warte, bis Johanna Vormoser mehr Information preisgibt.

»Ja. Er meint, dass Sie ihn grundlos verdächtigen.«

»Grundlos?« Ich schüttle den Kopf. »Weil er pleite ist und der rettende Wald Gustl gehörte …«, sage ich frei heraus, was ich mir denke.

Johanna Vormoser reißt die Augen auf. »Woher wissen Sie das? Nur ganz wenige Leute sind in die finanziellen Probleme von Anneliese und Theo eingeweiht.«

»Ich kann selbstständig denken und habe mir einen Reim auf so manche Ungereimtheiten gemacht«, antworte ich.

Johanna Vormoser möchte eigentlich etwas erwidern, aber hinter ihr erinnert sie ein anderer Trauergast, zurück zum Grab zu gehen.

Nachdenklich mache ich mich wieder auf die Suche nach Viktoria Haferl. Die gute Frau kann sich doch nicht in Luft aufgelöst haben? Vielleicht wartet sie schon auf dem Parkplatz auf mich.

Dicke Wolken verdunkeln den Himmel. Während der Messe hat das Wetter umgeschlagen, und die Sonne hat sich, als würde sie ebenfalls um Gustl trauern, hinter der dicken Wolkendecke versteckt. Ich blicke nach oben. Das dichte Grau erzählt von einem heftigen Regen. Sommergewitter sind die schlimmsten. Ich muss umgehend fündig werden. Wenn das Unwetter erst einmal losbricht, dann löst sich die Trauergesellschaft schneller auf als eine Brausetablette in lauwarmem Leitungswasser. Ich sehe mich um.

Dort! Zwischen den Häusern verschwindet eine schwarze Gestalt. Ich blinzle. Das könnte Viktoria Haferl gewesen sein. Die Figur passt. Die geschmeidigen Bewegungen auch. Schnell eile ich hinterher. Zig Fragen rasen mir durch den Kopf. Noch so viele Dinge sind im Unklaren. Ich will Klarheit und erhalte nur Dunkelheit. In jedem Ort gibt es solche Winkel und Gassen, die unheimlich wirken und eine kalte Düsternis ausstrahlen. Ich setze einen Fuß in die unbekannte Finsternis. Was will

Viktoria Haferl hier? Sie hat doch gesagt, dass sie vor dem Friedhof auf mich wartet.

Plitsch. Der erste Regentropfen. Ich sehe nach oben. Unheil schwebt über mir. Ich spüre das Unwetter, die Gewalt des Windes und die Kraft des Regens, noch bevor es richtig anfängt zu wettern. Die Temperatur scheint um zehn Grad gefallen zu sein. Moderduft steigt aus den feuchten Hauswänden. Es hat keinen Sinn, hier weiterzusuchen. Möglicherweise haben mich meine Augen getäuscht und es war jemand anderes oder vielleicht sogar nur ein Schatten, der sich in diese Gasse verirrt hat.

Du hast hier nichts verloren, Rosi, kehr um, höre ich Horst in meinem Innern sagen.

Plitsch. Plitsch. Der Regen wird stärker. Ich schlinge die Arme um meinen Körper und will umdrehen. Plitsch. Pl… Donner. Schmerz. Dunkelheit. Vergessen.

Die süßesten Früchte hängen an ...

Rosis Tee für eine gute Stimme
20g Ehrenpreis, 20g Bibernelle, 10g Thymian, 10g Veilchen (wohlriechend), 20g Meisterwurz und 10g Spitzwegerich. Kräuter gut mischen. Für einen Aufguss 2–3 TL mit ½ l Wasser aufkochen, abseihen, abkühlen lassen und lauwarm trinken. 1 TL Honig verstärkt die Wirkung auf die Stimmbänder.

Gott. Wo bin ich? Diese Schmerzen. Ich blinzle. Alles fühlt sich falsch und verkehrt an. Mir ist schlecht. Magensäure schießt mir die Kehle hoch. Ich öffne den Mund, doch die Säure läuft mir seltsamerweise in die Nase. Ich möchte sie wegwischen, aber ich kann nicht. Bin ich gefesselt? Irgendwie kann ich keinen klaren Gedanken fassen. Es ist, als würde die Welt kopfstehen. Vielleicht bin ich umgekippt? Ich erinnere mich noch vage an die Beerdigung und dass ich etwas suchte. Aber dann reißt der Film ab, und zurück bleibt ein verschwommenes Durcheinander. Ich blinzle wieder, doch das Bild ist weiter unscharf. Warum ist mein Kopf so unglaublich schwer und dumpf? Ich öffne die Augen, obwohl es mir einen schmerzhaften Stich in die Schläfe versetzt. Aber was ich sehe, ist falsch. Der scharfe Geruch nach Zedern und Kiefern strömt mir in die Nase. Unnatürlich, viel zu intensiv. Mir ist schwindlig. Erneut Dunkelheit.

Das Dröhnen in meinen Ohren weckt mich auf. Es ist, als würde ein ICE in Dauerschleife um meinen Kopf rasen. Wie lange war ich weg? Die Zeit ist mir abhandengekommen. Endlich gelingt es mir, die Augen zu öffnen. Die Dunkelheit ist nicht nur in mir, sondern auch um mich herum. Nur langsam und mühevoll erschaffe ich mir ein Bild aus den Eindrücken. Das Rauschen. Die Nässe. Der Geruch. Der Druck im Kopf. Ich bewege mich oder versuche es zumindest. Es ist nur ein leises Zucken. Die ganze Welt schaukelt mit mir. Wenn etwas so unglaublich ist, dass es der Verstand nicht fassen will, dauert es eine Unendlichkeit voller Schmerz und Angst, bis man schließlich doch das Undenkbare wahrhaben kann.

Ich hänge. Verkehrt herum. Schwer und träge. Der Wind schaukelt mich. Ich strenge mich an. Sehe nach oben, was eigentlich mein Unten ist. Kurz erhasche ich einen Blick auf meinen Körper, bevor mein Kopf wieder nach hinten kippt. Es sind keine Fesseln, die mich halten, sondern feste, breite Stoffbinden, wie aus alten Kissen und Bettenbezügen geschnitten. Wenn es nicht so absurd wäre und ich nicht solche Angst und Schmerzen hätte, dann würde ich lachen. Wie passend. Rosi hängt in Blumentücher gewickelt, einer bunten Mumie gleich, im Wald. So aber kämpfe ich nur mit den Tränen. Ich darf nicht weinen. Wenn meine Nase verstopft und ich mich von der Schaukelei übergeben muss, ersticke ich. Aber ich will leben. Ich muss leben. Sepp. Daniela. Raphael. Alle, die ich liebe, fallen mir ein. Ich möchte schreien. Vor Wut toben. Aber niemand würde mich hören. Ich bin allein.

Mühsam drehe ich erneut den Kopf, sodass ich nach oben schaue, wo nun meine Füße sind. Schon ist es zu anstrengend. Den Regen spüre ich nur noch im Gesicht. Und dennoch ist mir unsagbar kalt. Wie lange hänge ich schon hier? Es ist noch nicht wirklich dunkel. Ich kann die Bäume sehen. Der Schrei eines Käuzchens schrillt anklagend durch die Luft. Ein Totenruf oder ein Hilferuf? Unter mir sind Bretter. Plötzlich erkenne ich den Ort. Ich weiß, wo ich bin, aber wissen es die anderen auch, oder muss ich hier in den Wipfeln der Bäume sterben? Ich denke an den armen Gustl. Erneut verlassen mich die Kräfte. Das Atmen strengt mich an. Ich schließe die Augen, doch selbst das fällt mir schwer.

Gustl streckt die Hand nach mir aus. »Ich kann in den Bäumen gehen. Komm mit!«, fordert er.

Ich zögere. Eigentlich darf ich nicht mit Fremden spielen. Meine Mutti ist da sehr streng. Aber dieser Gustl. Ich kenn ihn. Doch woher? Ich sehe nach unten. Meine kleinen Zehen. Das Rüschenkleid mit den Röschen drauf. Nur am Sonntag darf ich es anziehen. Es sieht aus wie der Tuchentbezug meiner Mutter. »Ist heute Kirche?«, frage ich den Jungen, an dessen

Namen ich mich noch erinnere, aber nicht mehr weiß, woher ich ihn kenne. Gustl lacht. Er ist viel älter als ich. Eigentlich schon erwachsen, aber irgendwie auch nicht.

»Wo du hingehst, ist immer Kirche und nie. Komm mit. Lass los. Es ist eine Erlösung.« Er schwingt ein Seil, als wäre es ein Lasso. Auffordernd sieht er mich an und streckt mir seine freie Hand erneut entgegen.

Ich will nicht. Schnell ziehe ich meine Hand zurück und deute nach oben. Himmelhoch ragen die Baumriesen empor. Furcht kriecht meine Kinderkehle hoch. »Ich will erst wissen, warum du dorthin gehst.«

»Es ist nur ein Spiel. Alle spielen es. Dann gehört man dazu. Willst du nicht auch dazugehören?« Gustl lacht.

»Nein. Ich habe Angst«, sage ich.

»Dann eben nicht. Ich spiele aber, und ich gewinne. Dann regnet es nämlich für alle Gold. Alle werden reich, und ich kann fliegen«, erwidert er gleichgültig und legt sich die Schlinge um den Hals. »Du aber musst gehen. Wach auf. Rosi, wach auf!«, sagt er streng und sieht überhaupt nicht mehr wie ein großes Kind aus.

Ich kann mich nicht bewegen. Fasziniert und gleichzeitig voller Furcht starre ich Gustl an. Er zwinkert mir zu. Dann springt er in die Tiefe. Ich möchte schreien, aber ich kann nicht. Tränen laufen mir über die Backen. Ich blicke nach unten. Meine Füße sind plötzlich die einer alten Frau. Verdattert sehe ich hoch. Träume ich? Wo ist der Junge? Ist er gar nicht gesprungen? Ich sehe mich um. Aber Gustl ist weg. Stattdessen hängt plötzlich Kurts Gesicht über mir. Ich will wieder schreien. Aber nur ein Krächzen bricht aus meinem Hals hervor. Ich bin ein heiseres Käuzchen.

»Sie ist wieder bei uns!« Kurt streichelt mir übers Gesicht.

Jetzt sehe ich auch Sepp. Er sitzt bei meinen Beinen und rubbelt sie mit einem Tuch ab. Ich zittere am ganzen Leib, trotz der Decken unter und über mir. »Der Krankenwagen ist gleich da«, sagt Sepp mit brüchiger Stimme.

Ich versuche, mich aufzurichten, aber falle zurück. »Kein Krankenhaus! Nicht schon wieder«, presse ich hervor. Mir wird angst und bange bei dem Gedanken.

»Himmel, Rosi! Du bist kopfüber in den Bäumen gehangen. Da musst du untersucht werden«, wettert Kurt.

Jetzt erst wird mir richtig bewusst, dass mein Schwiegersohn in spe hier ist, obwohl er es gar nicht sein sollte. »Mir geht es gut. Ich brauch nur meine warme Stube. Warum bist du überhaupt da? Was ist geschehen?«, frage ich.

Kurt mahlt mit dem Kiefer. »Sei froh, dass ich hier bin. Du könntest tot sein, Mensch! Und erklär du mir lieber, was passiert ist. Wer hat dir das angetan?«

Ich rapple mich auf. Mein ganzer Körper kribbelt. Tausend Ameisen mit eiskalten Füßen krabbeln durch meine Adern. Sie kratzen mich im Inneren mit ihren scharfen Beinchen. Ich friere, aber gleichzeitig brennen meine Beine.

»Bringt mich bitte nach Hause«, stöhne ich. Ich bin den Tränen nah. Das Schlucken fällt mir schwer. Die Verzweiflung fühlt sich eisig, rau und unüberwindbar an. Meine Kehle ist eine offene Wunde, und die Luft, die durch meine Nase nach unten strömt, ist voller kleiner Dolchspitzen. Es tut so weh. Da schallt das Martinshorn durch das Dickicht.

»Du lässt dich zumindest vom Notarzt untersuchen«, sagt Kurt bestimmt. Ich will etwas entgegnen, aber er hält den Finger hoch. »Polizeiliche Anordnung«, murrt er.

Ich lasse mich erschöpft auf die silberne Schockdecke zurücksinken.

Die armen Sanitäter müssen mit der Trage den Baumkronenweg hoch und mit mir obendrauf wieder runter. Der Abstieg über die Holztreppe erscheint mir gefährlicher als mein Vorschlag, es doch selbst zu versuchen. Ja, ich spüre meine Beine nicht wirklich. Aber das Gewackel auf der Trage und die steilen Stufen sind lebensgefährlich. Ich schließe die Augen. Im Krankenwagen untersuchen mich die Sanitäter und eine junge Notärztin.

»Und?«, fragt Sepp.

»Sie ist bis auf die Beule am Kopf und eine leichte Unterkühlung in erstaunlich guter Verfassung«, meint die Ärztin.

»Wie lange hing sie wohl kopfüber?«, fragt Sepp. »Wir haben sie seit dem Begräbnis vermisst, das war vor rund dreieinhalb Stunden.«

Die Ärztin verzieht nachdenklich den Mund. »Ich kann Ihnen mit ziemlicher Sicherheit sagen, dass sie nicht länger als zehn bis fünfzehn Minuten dort gehangen ist. Sonst würde es ihr schlechter gehen oder sie wäre tot. Frau Beingruber befindet sich für ihr Alter in einem ausgesprochen fitten gesundheitlichen Zustand. Dieses Herz-Kreislauf-System würde sich jeder wünschen.«

»Kann ich also nach Hause?«, werfe ich ein.

»Eine Nacht im Krankenhaus zur Überwachung wäre empfehlenswert. Wenn sich aber einer Ihrer Angehörigen um Sie kümmert, spricht auch nichts gegen eine Erholung im eigenen Heim.«

»Ich mach das«, bietet Sepp an.

Seine Mimik spricht Bände. Es ist, als würde ein innerer Ringkampf stattfinden und direkt in sein Antlitz projiziert werden. Einerseits wünscht er sich bestimmt, dass ich zur Sicherheit eine Nacht im Krankenhaus verbringe, und andererseits kennt er mich zu gut. Er weiß, wie stur ich sein kann und dass ich lieber halbtot zu Hause bin als auch nur eine Stunde im Krankenhaus. Es ist sogar egal, ob ich als Patient oder als Besucher dort bin. Die letzten Male im Spital haben mir so zugesetzt, dass ich einen großen Bogen um das Gebäude mache. Und das liegt nicht an den Ärzten oder den Schwestern, nein, es sind nicht einmal die Behandlungen schuld, sondern die Verluste, die ich erlitten habe. Sobald man die Ende fünfzig überschritten hat, geht man nicht länger auf Hochzeiten und Taufen, sondern auf Beerdigungen. Und wenn dieser Punkt erreicht ist, hält einen das Alter in seinen unbarmherzigen kalten Händen gefangen. Mit jedem Toten im Bekanntenkreis wird man sich klarer, dass auch das eigene Leben nicht endlos währt. Ich schlucke. Sepp ist da. Er ist zu meinem Fels geworden, wenn rund um mich die Erde bebt. Und auch jetzt steht er mir zur Seite. Ich nicke ihm zu. Unendliche Dankbarkeit durchströmt mich.

Kurt zeigt sich wenig begeistert, hat aber auch keinen zwingenden Einwand. Ich darf nach Hause. Erleichtert atme ich aus. Die Ärztin spritzt mir noch ein Schmerzmittel und »etwas für die Nerven«, wie sie es nennt. Angenehme Ruhe breitet sich über die Armvene in meinem ganzen Körper aus. Das kalte Kribbeln wird von wohliger Wärme abgelöst. Mir fallen die Augen zu. Nur am Rande bekomme ich mit, wie Sepp mich in sein Auto schleppt. Im Wageninneren übermannt mich der Schlaf endgültig. Ich bin bald zu Hause, und dann wird alles gut, verspreche ich mir selbst.

Zu Hause erwarten mich keine selige Ruhe und heimelige Wärme, sondern meine aufgeregten Kinder. Auch Gitti ist gekommen. Trotz zartrosa Lockenpracht wirkt sie kein bisschen freundlich. Sie hat geweint. Die roten Augen in Kombination mit den Haaren sehen furchteinflößend und gleichzeitig hoffnungslos aus. Ich wende mich schnell ab. Doch egal, in welches Gesicht ich blicke, alle sehen entsetzt, traurig, besorgt und sogar wütend aus. Sie fragen, wie es mir geht, aber ich bin zu keiner Antwort fähig. Die gesamte Fahrt habe ich geschlafen, und auch jetzt bin ich todmüde. Das Mittel der Ärztin wirkt besser, als es sollte. Ich kann mich kaum bewegen, so schlapp fühle ich mich. Sepp stützt mich den Weg ins Wohnzimmer. Meine Gäste bilden ein Spalier voller Vorwürfe und Angst, durch das ich hindurchhumpeln muss. Endlich kann ich aufs Sofa sinken. Ich fühle meinen Körper nicht richtig. Es ist, als würde ich an ihm dranhängen und nur eine gefilterte, gedämpfte Version des physischen Zustands mitbekommen. Es ist wahrscheinlich die Kombination aus einem Schutzmechanismus und den Medikamenten. Weil der ganze

Schmerz zu viel für mich sein würde, empfinde ich nur den faden Abklatsch der Realität. Ich seufze. Doch aus meinem Mund stöhnt nur ein heiseres Quietschen.

»Ich brühe dir einen Tee, Mama«, sagt Daniela und bricht damit das Schweigen.

Auch sie, die mich bisher bei meinen Ermittlungen stets unterstützt hat, kämpft mit den Tränen. Ich muss wirklich ein Schreckensbild abgeben, wenn alle so betroffen sind. Meine Liebsten nehmen ebenfalls Platz. Noch bevor Daniela mit dem Tee wiederkommt, stürmt Kurt herein. Er ist in Uniform und in Begleitung von Andrea.

»Kann die Befragung nicht bis morgen warten?«, will Sepp wissen. Er drückt meine Hand.

Kurt aber schüttelt den Kopf. »Sie weigert sich, ins Krankenhaus zu gehen, also kann sie auch eine Aussage machen.«

»Kurt«, zischt Andrea und rempelt ihn an. Dann schenkt sie mir ein aufmunterndes Lächeln. »Es ist einfach wichtig, dass wir unser Wissen über den Tathergang bündeln. Dann fassen wir die Schuldigen schneller, und du bist in Sicherheit, Rosi.«

»Gut«, krächze ich. Ich bin ja selbst neugierig, was geschehen ist. Außerdem geht es mir langsam etwas besser, und ein neues Gefühl kämpft sich mit jedem kräftigenden Atemzug an die Oberfläche – ich bin zornig, mehr noch, richtig fuchsteufelswild, das bin ich. Und wenn ich erst wieder auf meinen Beinen stehe, dann zeige ich den Verantwortlichen für diese Untat, dass mit der Kräuterrosi nicht zu spaßen ist. Niemand hängt mich an einen Baum als wäre ich eine Christbaumkugel. Niemand! Auch kein sturer, grantiger Walkner-Bauer.

»Ich kann mir schon vorstellen, dass es der Theodor war«, sage ich heiser.

Endlich kommt Daniela mit einer Tasse frisch gebrühten Tees zur Tür herein. Mein Rezept bei Heiserkeit. Hoffentlich wirkt er schnell. Dankbar nehme ich einen Schluck.

Kurt blickt in die Runde. »Wollt ihr etwa alle bei einer polizeilichen Vernehmung dabei bleiben?«

Einheitliches Nicken, als wäre es völlig selbstverständlich. Kurt macht Anstalten, sie doch zum Gehen zu bewegen, aber Raphael antwortet streng: »Rosi ist meine Mutter. Ich will wissen, was passiert ist.«

Gitti lässt sich auch nicht das Wort verbieten und meint: »Außerdem kann die Rosi eh schlecht reden. Sie ist heiser, das hörst du doch. Soll sie etwa, nachdem sie mit euch fertig ist, alles noch einmal erzählen? Was bist du für ein herzloser Schwiegersohn.«

Kurt funkelt sie wütend an. »Ich bin vor allen Dingen ein erfahrener Polizist.«

»Darum schickst du auch meine Mama nach Kopfing und bringst sie in solche Gefahr!«, erbost sich Raphael.

Ein handfester Streit droht auszubrechen, als auch noch Daniela verbittert sagt: »Ach, Raphael! Der Kurt hat für niemanden mehr Zeit, weder für mich noch für unsere Probleme. Er hängt nur noch in der Direktion und in diesem einen Fall. Als wäre der Wirtshausmord wichtiger als der Baumkronenmord.« Daniela ist rot vor Zorn. Kurt macht einen Schritt auf sie zu. Ich sehe die Ehekrise, die sich drohend wie ein wütender Bär zwischen den beiden aufbaut. Daniela verschränkt die Arme vor der Brust. »Du brauchst dich gar nicht so vor mir großmachen, Kurt. Mich beeindruckst du damit kein bisschen. Wenn du dich nämlich nicht schuldig fühlen würdest, dann hättest du dieses aufgeblasene Getue gar nicht nötig.«

»Kinder«, stöhne ich, aber niemand nimmt Notiz von mir.

Stattdessen lässt Kurt die Schultern fallen. »Natürlich hab ich Schuldgefühle«, gibt er zu.

Ich bin mir nicht sicher, weswegen er sich nun schuldig fühlt. Ist es, weil er Gustls Tod falsch eingeschätzt hat, oder doch wegen Daniela? Auf jeden Fall nimmt Daniela seine Entschuldigung an und löst ihre verschränkten Arme, um Kurt zu tätscheln.

»Dann tu was dagegen«, flüstert sie. Ich fühle, wie sich die hinkelsteinschwere Anspannung im Raum in Luft auflöst.

Die Fronten sind vorerst geklärt, und alle kommen etwas zur Ruhe.

Andrea hat den Laptop hochgefahren und sitzt bereit zum Tippen am Wohnzimmertisch.

Kurt rückt sich einen Stuhl in Position. »Rosi, erzähl!«, fordert er ganz unprofessionell.

Aber er weiß, dass ich das Prozedere kenne. Ich nenne meinen vollen Namen und meine Adresse. Andrea schreibt mit. Dann beginne ich mit dem Letzten, an das ich mich erinnere. »Ich war auf dem Begräbnis vom Gustl und habe dort jemanden gesucht. Aber ich weiß nicht mehr, wer es war. Und dann hat es zu regnen begonnen. Mir wurde schwindlig, und als ich wieder aufgewacht bin, hing ich kopfüber an einem Baum.«

»Die Schuldirektorin hat sie gesucht. Weil sie nämlich recht hatte, meine Rosi. Du musst den Theodor Walkner festnehmen, Kurt! Rosi hatte den richtigen Riecher mit dem Waldstück und der Erbschaft«, fällt Sepp mir ins Wort.

»Ist bereits geschehen. Und den Peter haben wir ebenfalls verhaftet. Beide werden gerade vernommen«, antwortet Kurt.

Auch bei mir kommt die Erinnerung langsam wieder. Alina Walkner, die erste Frau und Mutter von Gustl. Ich beginne zu wiederholen, was Viktoria Haferl mir über die erste Walkner-Bäuerin erzählt hat.

Kurt notiert sich einige Stichwörter zusätzlich auf einen Schreibblock, obwohl Andrea fleißig mitschreibt. Er hat ja durch Sepps Telefonat am Morgen schon einige Dinge gewusst, aber nicht alles. Immer wieder brummt er zustimmend.

»Das ergibt Sinn«, sagt er schließlich und rückt sich die Kappe zurecht. »Ich war übrigens nicht untätig. Es war keinesfalls so, dass ich mich nicht mit dem Fall beschäftigt habe, wie einige es behaupten.«

Kurt sieht in Richtung Daniela. Meine Tochter lässt schuldbewusst die Schultern sacken. Kurt wendet sich wieder mir und Sepp zu. »Nachdem du, Sepp, mir am Vormittag euren Verdacht berichtet hast, habe ich die Finanzen der Walkners gecheckt. Wusstet ihr, dass vor drei Jahren der ganze Stadl vom Walkner-Gut abgebrannt ist? Ein Großteil des Viehs ging dabei zugrunde. Seither sitzen die Walkners kinnhoch im Schuldensumpf. Das Geld vom Waldverkauf für den Windpark könnten der Theodor und der Peter bestimmt gut gebrauchen.«

»Aber waren sie nicht versichert?«, fragt Gitti von hinten. Sie puhlt konzentriert in der Mulde einer ihrer Hals-Kaffeekapseln. Hoffentlich hat ihre Enkelin den Alumüll ordentlich ausgewaschen. Nicht dass plötzlich George Clooneys Lieblingskaffeepulver auf Gittis zartrosa Seidenbluse rieselt. Ich muss kichern. Alle richten entsetzt ihre Blicke auf mich. Ich hebe nur ahnungslos die Hände. Wahrscheinlich spielen meine Nerven langsam verrückt. Medikamente habe ich noch nie sonderlich vertragen und nehme daher nur sehr selten eine Schmerztablette. Vielleicht geht durch den Drogencocktail der Notärztin meine Phantasie mit mir durch, aber ich kann nur mühsam ein weiteres Kichern unterdrücken, als Gitti auch noch die Kaffeeschrott-Kette an ihrem Hals zurechtschüttelt. Ich fühle mich, als wäre ich in einem Film und würde mein eigenes Leben spielen.

Tief atme ich durch und reiße mich am Riemen. »Schon in Ordnung. Also, was ist mit der Versicherung?«, presse ich hervor.

»Wenn der Verdacht auf Brandstiftung besteht, steigt jede Versicherung aus.« Kurt zieht vielsagend die Augenbrauen zusammen.

»Gustl«, mutmaße ich. Kurt sagt nichts, aber sein Schweigen erzählt mehr, als er mit Worten ausdrücken könnte.

»Also haben die Walkners den Schaden lieber mit der Hilfe der Bank repariert, als ihren Sohn hinzuhängen. Das finde ich dann aber wieder sehr aufrichtig und warmherzig«, beteiligt sich Daniela erneut am Gespräch.

»Für die Kinder tun Eltern alles«, sinniere ich und reibe mir das Kinn. »Und deshalb kommt mir das Ganze auch irgendwie komisch vor. Wenn sie zuerst Gustl geschützt und lieber Schulden gemacht haben, weshalb sollten sie ihn dann jetzt wegen dieser Schulden getötet haben? Da passt doch etwas nicht zusammen.«

Kurt brummt zustimmend. »Wir konnten die Handynummer und dadurch wahrscheinlich auch den Anrufer identifizieren.«

»Welchen Anrufer?«, frage ich.

»Derjenige, dem du dein Leben zu verdanken hast. Ohne einen anonymen Tipp, wo du abhängst, hätten wir dich nicht so schnell gefunden«, antwortet Kurt und kassiert für seine unglückliche Wortwahl sofort einen festen Rempler von Andrea. »Er hat es aber wortwörtlich so gesagt!«, verteidigt sich Kurt.

»Und?«, will ich wissen.

»Es war das Handy von Peter Walkner. Auch der Anruf bei dir zu Hause wurde von diesem Gerät getätigt.«

Ich schüttle ungläubig den Kopf. »Aber warum?«, frage ich.

Kurt zuckt die Schultern. »Das wollen wir eben herausfinden.«

»Kurt, bei allem Respekt. Das passt nicht. Der Peter ist ein junger Kerl. Er wäre nie so blöd und würde ein registriertes Handy für einen Anruf bei der Polizei verwenden«, gebe ich zu bedenken.

Kurt schafft wieder nur ein Schulterzucken. Langsam glaube ich, er weiß rein gar nichts, sondern tappt wie ein blindes Huhn im Dunkeln herum. Doch auch ein blindes Huhn findet mal ein Korn. Wie auf Befehl klingelt Kurts Handy. Er geht ran.

»Sehr gut«, sagt er und grinst. Dann legt er auf und meint froh: »Wir haben ein Geständnis. Zwar ein falsches, aber wie heißt es so schön, ein schlechter Lügner erzählt mehr von der Wahrheit, als ihm lieb ist.«

»Hä?«, fragt Gitti.

»Der Theodor hat gestanden, aber der Peter war's. Das müssen wir nur noch beweisen.«

Jetzt stehe auch ich auf der Leitung. Sepp scheint aber den Durchblick zu haben. »Ist logisch. Der Theodor muss gestehen, wenn er seinen Sohn liebt. Du hast es selbst gesagt, Rosi. Eltern tun für ihre Kinder alles.«

Das Gleichnis vom guten Vater

Bei Fieber hilft:
Hildegard von Bingen: Himbeerwasser mit einer Prise Galgant.
Wadenwickel: In lauwarmes Essigwasser getauchte Tücher noch nass um die Waden wickeln. Regelmäßig wechseln.
Absenkendes Vollbad (nicht bei Erkältungen oder Kreislaufproblemen): Über einen Zeitraum von 10–20 Minuten immer wieder kühles Wasser zufließen lassen, bis eine Wassertemperatur von unter 30 Grad erreicht ist. Gut abtrocknen und ins Bett gehen.

Der Schüttelfrost lässt meine Zähne klappern wie von einem tollwütigen Fuchs. Fehlt nur noch der Schaum vorm Mund. Ich habe nie Fieber. Das letzte Mal schlotterten mir mit Ende dreißig die Knie wegen einer Mandelentzündung. Seither war ich mit einer Rossnatur gesegnet und konnte sogar bei Wind und Wetter nach draußen zu meinen Henderl gehen, um sie zu füttern. Heute liege ich aber flach. Meine schwere Wintertuchent kann genauso wenig gegen die irrationale Kälte ausrichten wie die zwei Wolldecken, die Sepp mir in der Nacht noch geholt und übergeworfen hat.

»Willst du nicht doch eine Tablette nehmen?«, fragt Sepp. Er reicht mir das Glas mit Himbeerwasser.

Ich verneine. »Das kommt bestimmt nur von der Anstrengung gestern.«

Sepp lacht freudlos auf. »Anstrengung? Du hast dem Tod ins Auge gesehen, Rosi.«

Ich ziehe die Augenbrauen hoch und nippe am Wasser. »Es ist lieb von dir, dass du dir solche Sorgen machst. Danke«, sage ich. Meine Stimme ist noch ein wenig brüchiger als gestern Abend.

Sepps Augen füllen sich mit Tränen. Er weint nie richtig, sondern immer nur fast. Sein Kehlkopf hüpft aufgeregt auf und ab, so sehr bemüht er sich um seine Fassung. Männer sind seltsame Wesen. Als Buben weinen sie viel leichter als Mädchen, doch irgendwann einmal schlägt das um, und die

Frauen werden rührselig, während die Mannsbilder scheinbar eine harte Schale bekommen. Im Inneren bleiben sie aber die kleinen Jungs, die sie einst waren. Sepp ist alles andere als hart. Schon bei unserem ersten Zusammentreffen habe ich in sein weiches Herz blicken können.

Aber seinen Gefühlen freien Lauf zu lassen, das schafft er nicht. Stattdessen strafft er die Schultern und richtet sich auf. »Du bist stur, mein Röschen«, sagt er.

»Hartnäckig trifft es wohl besser. Nur durch meine Vehemenz habe ich den Walkners genug Druck gemacht, und jetzt widerfährt dem armen Gustl doch noch Gerechtigkeit. Das war meinen Einsatz doch wert, oder?«

Sepp lässt sich in Horsts Ohrensessel plumpsen. Noch immer versetzt es mir einen kleinen Stich, wenn ich ihn darin sitzen sehe. Für einen Moment ist es so, als wäre Horst wieder da, und ich brauche stets einen Atemzug, bis ich die Täuschung erkenne und Sepp wirklich sehe. Er lehnt sich zurück und schließt die Augen, als wollte er einfach nur abschalten und mich samt meiner Sturheit ausblenden. Eine Minute unseliger Stille liegt im Raum. Ich höre mein fiebergetriebenes Herz schlagen und Sepps laute Atemzüge.

»Weißt du, Rosi, so will ich nicht weiterleben. Ich respektiere dich und deinen Wunsch zu helfen. Deinen Gerechtigkeitssinn bewundere ich sogar, und dein Gespür für die richtige Fährte ist geradezu beängstigend eindrucksvoll, aber ...« Er stockt mitten im Satz.

»Aber?«, frage ich nach dem unaufhaltsamen Einwand.

»Wenn du nicht aufhörst, dich ständig in Gefahr zu bringen, kann ich nicht länger an deiner Seite sein.«

Mir bleibt die Luft weg. Tausend Gedanken auf einmal trommeln auf mich ein. Ein wilder Hagelsturm aus Ängsten und Phantasien. Ich kann mir ein Leben ohne Sepp nicht mehr vorstellen. Horst zu verlieren war schrecklich, aber ich habe es überwunden. Einen zweiten derartigen Verlust kann ich nicht wegstecken, vor allem, wenn Sepp von sich aus geht und nicht das Schicksal schuld ist. Ich will mir nicht ausmalen, wie es wäre, wieder jeden Morgen allein aufzuwachen und nachts niemanden zu haben, der mir die Füße wärmt. Von den Tagen ganz zu schweigen. Wie unendlich trostlos ist die Zeit zwischen den Besuchen meiner Kinder und meinen Patientenstunden, wenn Sepp nicht da ist. Ich vermisse ihn, und ich liebe ihn.

»Das meinst du nicht ernst«, keuche ich.

Sepp sieht mich an. Seine bergseeblauen Augen sind so klar wie seine Worte. »Das meine ich todernst.«

Die Zeit steht still. Ich ziehe mir die Decken dichter um den Körper. »Ich wusste doch nicht, dass es mehr als ein Selbstmord ist«, lüge ich gleichzeitig mich selbst als auch Sepp an. Ich will die Lüge aber glauben, weil sie die einzige Entschuldigung ist, die ich zu bieten habe.

Sepp seufzt deprimiert. »Das stimmt bis zu dem Moment, als du das Foto und den Grundbuchauszug vor dir hattest. Und ich muss leider zugeben, dass ich es tief im Inneren ebenfalls gewusst habe. Doch ich war einfach nicht stark genug, um dich von dort fernzuhalten. Ich mache mir solche Vorwürfe, Rosi. Dich zu verlieren könnte ich nicht ertragen.«

Sepp lehnt sich vor und stützt die Arme auf die Knie. Genauso hat mein Horst immer im Sessel gehockt, wenn er Raphael zurechtgewiesen hat. Ich schlucke. Auch wenn aus Sepp hauptsächlich die Sorge spricht, so ist sein Ansinnen doch auch klar. Er will mir verbieten, weiter in Kriminalfällen herumzustochern.

»Und weil du mich nicht verlieren willst, drohst du mir damit, mich zu verlassen?«, flüstere ich.

Sepp blickt auf, doch er geht auf mein Argument kein bisschen ein. Stattdessen sagt er: »Ich habe mir gestern Kurt ebenfalls zur Brust genommen. Er sieht ein, dass er dich nicht mehr um Hilfe bitten darf, egal, wie banal und eindeutig ein Fall erscheint. Wenn deine Nase juckt, steckt etwas dahinter. Du bist ein wandelnder Lügendetektor, und du kannst nicht aufgeben oder lockerlassen. Auch auf die Gefahr hin, dass du dich selbst opferst.«

»Nein«, wehre ich mich tonlos. »Wann hast du mit Kurt gesprochen? Ich war doch den ganzen Abend bei euch.«

»Als du im Bett warst, haben wir uns alle abgesprochen.«

»Alle? Wer?«

»Daniela, Raphael, Kurt, Gitti und ich.«

»Nein«, wiederhole ich fassungslos.

»Doch. Wir sind alle miteinander besorgt. Wir lieben dich. Und wir sind zu einem Entschluss gekommen: Wenn du weiter auf deine Familie und mich zählen willst, dann musst du die Finger von gefährlichen Situationen lassen. Oder du verlierst uns. Entscheide dich.«

»Das kannst du nicht machen, das könnt ihr nicht machen«, schreie ich. Das Fieber kostet mich zwar eine Menge Kraft, aber meine Wut ist stärker. »Ihr hintergeht mich und sprecht euch heimlich ab? Und dann erwartet ihr ernsthaft von mir, dass ich mich erpressen lasse?« Ich deute Sepp empört einen Vogel.

Traurig lässt er sich zurücksinken. »Du bist mir gestern beim Begräbnis einfach so davongelaufen. Ich hatte keine Chance, dich einzuholen. Wenn ich dich begleitet hätte, wäre dir der Täter wahrscheinlich gar nicht so nahe gekommen. Weißt du, wie ich mich gefühlt habe, als ich dich nicht finden konnte? Und dann lag da nur deine Handtasche in der Pfütze. Ich habe Blut geschwitzt vor Angst, Rosi!«

In Sepps Augen kann ich noch immer einen Splitter dieser Angst sehen. Ich schweige. Sepp redet weiter. »Später der Anruf mit der Drohung, dass du genauso hängst wie Gustl … Ich dachte wirklich, ich hätte dich verloren. Und jetzt wirfst du mir vor, dass ich dich hintergehe?«

Die Wahrheit tut weh. Sie schmerzt so sehr, dass alle Wut verraucht und ich mich zurücksinken lasse. Müde schließe ich die Augen. Als ich sie wieder öffne, ist der Ohrensessel leer. Sepp hat mich mit meiner Entscheidung allein gelassen.

Aber kann ich tatsächlich reinen Herzens versprechen, meine Finger von jeglicher Gefahr zu lassen? Ich tappe doch nicht absichtlich in solche Situationen. Sie überrumpeln mich, überfallen meinen ruhigen Alltag … Es ist geradezu so, als hätte das Alter diese Fähigkeit mitgebracht. Vielleicht habe ich eine gewisse Erfahrung, eine Art Weisheit gebraucht, um den Dingen auf den Grund gehen zu können. Ich wurde nicht als Schnüfflerin geboren, das Leben hat mich zu einer gemacht.

Ich schwitze. Und mir ist heiß. Beides sind gute Zeichen. Was auch immer meinen Körper schwächt, ich brenne es aus. Es ist wie die Rodung eines Feldes. All das Gestrüpp und Unkraut wird vom Feuer aufgefressen und zurück bleibt neuer, fruchtbarer Boden. Sepp sieht immer wieder nach mir. Er bringt mir klare Hühnerbrühe und immer wieder etwas Himbeerwasser mit Galgant. Ansonsten aber habe ich meine Ruhe. Zwischen den Nickerchen quälen mich die Gedanken. Aber langsam, ganz langsam kristallisiert sich meine Entscheidung heraus. Es ist früher Nachmittag, als ich endlich auf die Beine komme. Ich werfe mir den Morgenmantel um und schlurfe nach unten.

In der Stube sitzt eine erlauchte Frauenrunde rund um einen Berg Kapselmüll. Gitti, Daniela und zu meiner Überraschung auch Domina Silvana puhlen Kaffeereste aus den Aludingern und unterhalten sich angeregt. Der ganze Boden ist schon von Kaffeesatz übersät.

»Was macht ihr denn da?«, frage ich mittelmäßig entsetzt.

»Wir reinigen deinen Abfall für die Neue Mittelschule«, erklärt Daniela, als wäre es das Selbstverständlichste der Welt, an einem sonnigen Nachmittag im Halbdunkeln zu sitzen und bunte Kapseln durchs Wasser zu ziehen.

»Ihr seht fast aus wie Goldwäscher«, bemerke ich schmunzelnd.

»Und du wie ein kranker Zombie«, antwortet Silvana augenzwinkernd. »Hast du etwa Grippe?«

Ich schüttle den Kopf und setze mich auf einen Stuhl.

Silvana war immer schon eine imposante Frau, aber nun, da sie die fünfzig gerade überschritten hat, haftet ihr etwas Divenmäßiges an. Nur echte Größen erreichen diese Eleganz. Schnurgerade sitzt sie, gestützt durch ihr enges schwarzes Lederkorsett, am Tisch und kratzt elegant mit den Fingernägeln den Kaffee ab. Gitti kann hingegen anziehen, was sie will. Sie wirkt immer irgendwie schrullig. Auch die Art, wie sie unbeholfen auf die Kapseln klopft und ihr ständig Pulverreste auf den Schoß fallen, sieht recht lustig aus. Daniela arbeitet hingegen mit dem Geschick eines Bastelprofis. Da haben sich die drei Jahre Studium auf der Pädagogischen Hochschule bezahlt gemacht. Gelernt ist eben gelernt. Ich nehme mir auch eine Kapsel und beginne automatisch zu putzen.

»Wo ist Sepp?«, frage ich.

»Er ist bei Kurt auf der Polizeidirektion«, antwortet Daniela. Das überrascht mich. »Er muss noch seine abschließende Aussage machen. Immerhin ist auch er ein Zeuge der Geschehnisse.«

»Gibt es denn neue Erkenntnisse?«, frage ich weiter.

»Der Fall ist aufgeklärt. Wenn Kurt heimkommt, erzählt er uns bestimmt alles ganz genau.«

»Aha«, gebe ich unzufrieden von mir.

Silvana klopft mir auf die Schulter. »Such dir eine Hobby. Oder frische Liebe auf. Nicht immer nur Polizeiarbeit.«

»Ich versuche es ja.«

»Fein. Das wird Sepp auch freuen. Wir hatten schreckliche Angst um dich. Schon wieder«, sagt Gitti vorwurfsvoll. Jetzt plumpst ihr eine noch volle Kapsel auf den Schoß. »Mist. Das nächste Mal sage ich meiner Enkelin nicht so schnell zu. Tausend Kapseln für die Basteleien zum Schulabschlussfest hab ich ihr versprochen. Ist das zu fassen. Ich bin ziemlich dämlich.« Sie schüttelt den Kopf. Selbst aus ihren Locken rieselt der Kaffee.

Ich lege die erste saubere Kapsel zur Seite. »Ach was, Gitti. Mir gefällt es. Vielleicht wird Kaffeekapsel-Säubern mein neues Hobby. Wirklich gefährlich kann der Kaffeestaub auch nicht sein, und somit sind alle zufrieden.«

»Bei dir weiß man nie. Du entdeckst noch, dass feiner Kaffeestaub in der Luft eine tödliche Waffe sein kann«, sagt Gitti.

Ich höre Sepps Tritte im Vorraum. Er kommt herein, und als er mich sieht, verzieht er kurz seinen Mundwinkel. »Solltest du nicht im Bett bleiben, Röschen?«, fragt er und drückt mir einen Kuss auf den Scheitel. Dann rückt er sich einen weiteren Stuhl heran und setzt sich.

»Ich bin fieberfrei und wollte nicht länger faul herumliegen. Verrate mir lieber, wie es auf der Polizeidirektion war, bevor ich vor Neugierde den nächsten Fieberanfall bekomme.«

»Meine Rosi. Einfach unverbesserlich.«

Schnell lege ich meinen Arm um ihn. »Nein, mein lieber Sepp. Ich habe nachgedacht und verspreche feierlich, dass ich mich nicht ohne dich in Gefahr begebe. Wäre das ein Kompromiss?«

Sepp sieht mir in die Augen und schweigt. Ich spüre, wie mir das Blut in die Wangen schießt. Wer zum Erröten neigt, neigt eben dazu. Da kann man machen, was man will. Nicht einmal das Alter bietet Schutz davor. Es ist nur so, dass ich seltener der Liebe wegen erröte. Stattdessen zeigt sich Angst, Scham oder auch Freude in erweiterten Gesichtsäderchen und zu guter Durchblutung. »Sag doch etwas zu meinem Vorschlag. Du kennst mich und weißt, dass ich mich schwer zurückhalten kann, wenn ich eine Spur entdeckt habe. Aber ich kann dich mit einbeziehen.«

Sepp legt den Kopf schief und fixiert mich weiter mit seinen hellblauen Augen. »Du willst uns also beide töten«, sagt er trocken.

War das ein Scherz, oder meint Sepp es ernst? Ich schlucke. Obwohl ich meine Plapperei normalerweise unter Kontrolle habe, bricht nun ein gewaltiger Wortschwall hervor. »Ich dachte mir halt nur, wenn ich dich ganz verlässlich informiere und meistens sogar mitnehme, dann könnte ich doch …«

Silvana kichert als erste. Ich sehe mich um. Alle drei Frauen sind kurz davor, in schallendes Gelächter auszubrechen.

»Was ist los?«, frage ich verärgert.

»Du hattest mich bereits beim ersten Angebot«, sagt Sepp. »Ich meine, wer könnte Nein sagen, wenn du anbietest, mit ihm ins Verderben zu reiten.« Jetzt lacht auch Sepp.

»Du hast mich extra hingehalten und auch noch einen Scherz gerissen, du Fiesling«, schimpfe ich nur halbherzig. Sepp küsst mich auf meine vom Fieber spröden Lippen. Ich küsse ihn zurück und muss jetzt auch lächeln. »Du bist also einverstanden?«

Sepp brummt leise. »Ich habe wohl keine Wahl, wenn ich dich nicht verlieren will.«

»Und ich auch nicht, wenn ich dich alten Schuft behalten möchte«, sage ich und drücke ihm meinen Finger auf die Brust.

»Junge Liebe, schön. Alte Liebe, schöner«, sagt Silvana mit rauchiger Stimme.

»Nun, da dies geklärt wäre, möchte ich aber schon wissen, welcher Walkner-Bauer im Gefängnis sitzt und was genau passiert ist.« Gitti reibt sich die Hände. Ihr Gesicht strahlt vor Begeisterung.

Wenn jemand noch mehr mit der Sünde der Neugierde geschlagen ist, als ich es bin, dann ist es meine beste Freundin. Nur dass sie die interessanten Dinge immer nur aus zweiter Hand erfährt und selten etwas Spannendes erlebt. Schuld daran ist zu einem Teil ihr stubenhockender Ehemann Alfons und zum anderen sie selbst. Gitti liebt aufregende Geschichten und stürzt sich immer wieder gern in ihrer ersten Euphorie ins Neue, um dann einen Rückzieher zu machen. Auch jetzt sitzt sie am Tisch und wartet auf die nächste Story. Mein Angebot, mich und Sepp zur Beerdigung zu begleiten, hatte sie aber ausgeschlagen.

»Nur Geduld, meine Liebe. Die Polizei, unser Freund und Helfer, wird gleich da sein. Kurt holt nur schnell die bestellten Pizzen ab, bevor er herkommt«, beruhigt Sepp sie.

»Pizza?«, frage ich.

Sepp nickt. »Ich dachte, die fleißigen Frauen könnten eine Stärkung vertragen, und dir hätte ich auch ein Stück ans Bett gebracht. So aber ist es noch besser. Ich freu mich, dass du schon gesünder bist.«

Es dauert nur noch Minuten, und Kurt steht mit einem ganzen Stapel Pizzakartons in der Stube. Der Kapselmüll muss weichen. Stattdessen gibt es Pappsalat auf dem Tisch. Ich und Silvana sind in der Unterzahl mit unseren Porzellantellern und dem Besteck. Alle anderen essen mit den Fingern direkt aus den Schachteln.

»Guter Stil endet nicht bei Pizza«, haucht Silvana in ihrem unverkennbaren Akzent.

Es hätte mich auch nicht verwundert, wenn sie nach einem Glas Rotwein verlangt hätte. Aber dazu ist der Nachmittag selbst für sie nicht weit genug fortgeschritten. Außerdem beginnt ihre Arbeitszeit dann, wenn unsereiner ins Bett huscht. Ich schneide mir ein Stück Pizza. Der Geruch von Oregano, Basilikum und geschmolzenem Mozzarella steigt mir in die Nase. Mein Magen zieht sich gierig zusammen. Der Appetit hat mich wieder. Es gibt schon einen Grund, warum mich mein Hausarzt immer als seine schlechteste Kundin bezeichnet. Wenn ich denn doch einmal kränkle und mit meinen Kräutern nicht weiterkomme, dann hole ich mir höchstens ein Rezept oder statte ihm einen Blitzbesuch ab. Andere Damen in meinem Alter sehen den werten Herrn Doktor öfter als ihren Ehemann. Ich erhole mich einfach schnell.

Nach der Pizza kommen Gitti und ich endlich auf unsere Kosten.

Kurt lehnt sich zufrieden zurück und streichelt gewohnheitsmäßig über seine geschrumpfte Leibesmitte. »Es hat uns etwas Zeit gekostet, aber nun ist der Fall endgültig geklärt.«

»Was ist geschehen?«, frage ich und beuge mich wissbegierig nach vorne.

»Die Walkners waren durch den Brand hoch verschuldet

und hatten Probleme, die Raten bei der Bank zu bezahlen. Dazu kam, dass der Wald nur dem Gustl gehörte und nicht belastet werden durfte.«

»Seine Mutter hat ihm allein den Wald vererbt, oder?«, frage ich nach.

Kurt nickt. »Das war eine hässliche Geschichte, eine richtige Ehetragödie damals.« Ich spitze die Ohren, aber Kurt zerschlägt mit seiner Handbewegung meine Hoffnung auf Details. »Der genaue Hergang der Erbschaft tut für den jetzigen Fall nichts zur Sache. Die Walkners waren verschuldet, die Bank wollte ihnen keinen weiteren Aufschub gewähren, und dann kam – wie vom Himmel gesendet – das Angebot von der Energiefirma. Das Stückchen Land für ein Leben ohne Schulden.«

Kurt seufzt und nimmt einen Schluck Cola aus dem Glas. Ich ahne, was als Nächstes kommt. »Das Problem aber war, dass sie den Wald auch nicht veräußern konnten, einerseits gesetzlich, andererseits emotional. Der Gustl liebte seine Bäume. Sein Vater liebte und schützte wiederum den Gustl so sehr, dass es schon absurd ist. Der alte Grantscherben ist nur nach außen hin so hart und ungehobelt. In der Vernehmung habe ich klar gesehen, dass er ein herzensguter Vater ist, der alles für seine Söhne tun würde. Er hat den Gustl geschützt, als dieser der Brandlegung beschuldigt wurde, und nun tut er das gleiche für den Peter, weil dieser in der Bredouille sitzt.«

»Der Peter hatte tatsächlich seine Finger im Spiel?«, frage ich ungläubig.

»Ja, das hatte er. Aber der Theo hat, als er merkte, wie sich die Schlinge nun auch um den Hals seines zweiten Sohnes zuzog, gestanden, den Gustl aufgehängt und dich entführt zu haben. Nur dass das nicht sein konnte. Er hat laut Zeugenaussagen die Begräbnisfeier nie verlassen, während der Peter für Stunden verschwunden war. Außerdem konnten wir trotz unterdrückter Rufnummer das Handy zurückverfolgen. Wie ich schon sagte, gehört das Handy dem Peter. Peter hat auch für die Tatzeit bei Gustls Tod kein Alibi. Er war es. Er wollte seine Familie vor dem finanziellen Untergang retten und hat dafür seinen behinderten Bruder geopfert. Dabei hat er sich wahrscheinlich sogar als Gustls Erlöser gesehen. Und als du, liebe Rosi, nicht aufgehört hast, im Ort herumzustochern, ist er nervös geworden und hat dich entführt.«

»Bist du dir wirklich sicher, Kurt?«, will ich wissen. Die Bilder des Videos und wie Peter seinen Bruder verteidigt hat, gehen mir nicht aus dem Kopf. Kann es sein, dass ein Junge sich so verstellen kann? War Peter gleichzeitig der fürsorgliche Bruder und ein Mörder?

»Es gibt keinen Zweifel. Wir haben im Kofferraum von Peters Auto das Smartphone, die Reste eines Stricks und Stoffstreifen gefunden. Wir müssen zwar die Analyse des Labors noch abwarten, aber bei den Stoffstreifen handelt es sich augenscheinlich um dieselben Bettlaken, die verwendet wurden, um dich zu fesseln. Beim Seil gehe ich einfach von einer Übereinstimmung aus. Es ist bestimmt dasselbe, das beim Gustl benutzt wurde. Das klären wir noch.«

»Hat Peter gestanden?«, nimmt mir Gitti meine nächste Frage aus dem Mund.

»Nein, er spielt den Stummen und Verwirrten. Aber bei der Beweislage muss er das auch nicht.«

»Und was ist mit Theodor Walkner?«, frage ich.

»Der gute Vater ist am Boden zerstört, dass er trotz seines Geständnisses auf freiem Fuß ist und sein Sohn in Haft. Er hätte sogar den Mord an John F. Kennedy gestanden, um Peter zu befreien. Der arme Kerl hat geheult wie ein Schlosshund. Aber er wusste nicht einmal, welche Materialien er bei Rosis Entführung eingesetzt hat.«

»Aber Peter wusste es?«, mischt sich nun auch Daniela ein.

»Peter sagt auch dazu nichts. Er redet weder mit uns noch mit seiner Anwältin. Der Junge ist wie paralysiert, zittert am ganzen Körper und murmelt immer nur den Namen seines Bruders. Selbst die Anwältin weiß nicht, wie sie ihm helfen soll. Vielleicht würde ihn ja ein Geständnis von der seelischen Last befreien. Ich habe es erlebt, dass die schlimmsten Verbrecher sich danach besser fühlten.« Kurt zuckt die Schultern und nimmt dann abermals sein Glas, um den letzten Rest amerikanisches Zuckerwasser zu trinken.

»Unglaublich«, sage ich nur und lehne mich zurück.

Sepp legt seinen Arm um mich. »Ja, das ist es wirklich. Du hast wieder deinen richtigen Riecher unter Beweis gestellt. Es war kein Selbstmord, sondern Brudermord. Und Schuld war traurigerweise wieder das liebe Geld.« Sepp streichelt mich sanft.

»Und jetzt, da der Fall aufgeklärt ist, brauchen wir uns auch keine Sorgen mehr um dich machen«, fügt Daniela lächelnd hinzu.

»Genau, nun könnt ihr euch angenehmeren Dingen widmen. Sepp erzählte etwas von einem Urlaub am Meer«, meint Gitti strahlend.

Ihre Wissbegierde ist gestillt, und sie ist gedanklich schon wieder zwei Schritte weiter, als ich es bin. Ich muss erst die neuen Erkenntnisse verdauen, bevor ich mich dem nächsten Projekt widmen kann. Mein Versprechen an Sepp habe ich die letzten Tage erfolgreich verdrängt. Aber nun fehlen mir die Ausreden. Ich sehe Daniela an. Sie wirkt wesentlich gesünder, wenn auch noch immer blass um die Nase.

»Ich weiß nicht recht. Möchtest du nicht lieber, dass ich hierbleibe? Kurt hat doch so viel Arbeit um die Ohren.«

»Nein, nein, Mama. Mir geht es besser. Du kannst beruhigt mit Sepp auf Urlaub fahren. Wirklich.«

»Ich hatte gehofft, dir wieder mehr zur Seite stehen zu können«, wage ich einen letzten Versuch, aber Daniela schüttelt den Kopf.

»Danke, Mama. Ich hoffe darauf, dass es weiter so schnell mit mir bergauf geht. Hubert sagt immer, die Hoffnung stirbt zuletzt. Und mit der Hoffnung kommt neues Leben in die Welt.« Danielas Augen leuchten geheimnisvoll.

Ich schlucke. Was will sie mir damit sagen, und weshalb kommt dauernd Hubert zur Sprache? Ich blicke in die Runde. Niemandem scheint aufzufallen, dass meine Tochter verräterisch oft den Alt-Schuldirektor Wimmer erwähnt. Selbst Kurt schaltet auf taube Ohren. Daniela ist aber mit ihren Gedanken ganz woanders. Verträumt starrt sie ins Leere. Ich hoffe einmal, ihre Phantasien treiben sie nicht zurück in Huberts Arme. Der notgeile Bock soll sich seine Hörner lieber im Herzkastl abstoßen oder mit seiner Herta in einem dieser Swingerclubs die neue sexuelle Freiheit feiern.

Ich fasse einen Entschluss. Bevor ich ans Meer düse, muss ich dringend ein ernstes Wörtchen mit Herta Wimmer reden. Ob sie überhaupt davon weiß, dass sie und Hubert neuerdings eine offene Ehe führen? Oder fällt ihr werter Ehegatte bloß in alte Muster zurück und läuft jungen Dingern hinterher wie ein liebestrunkener Gockel?

Von Müttern, Vätern, Söhnen und Mördern

Was tun bei Ameisenlaufen, Durchblutungsstörungen oder Kribbeln?
Ein Bad des betroffenen Armes oder Beines in kühlem Wasser regt die Durchblutung und die Nerven an.
Linsen, Rote Beete, Walnüsse, Erbsen oder Mangold haben viel Eisen. Manchmal ist ein Eisenmangel Schuld am Kribbeln.
Nicht zu lange in einer Position verweilen.
Vitamin-B12-Mangel durch ausreichend Fleisch, Milch oder fermentiertes Gemüse wie Sauerkraut vorbeugen.

Ich liege in eine Wolldecke gewickelt auf dem Sofa. Sepp sitzt vor dem Laptop und studiert Reiseportale. Gitti hat ihn auf den Geschmack gebracht, und sobald wir wieder allein waren, hat Sepp sich vor den Computer gehockt.

»Ich freue mich, dass wir endlich Zeit für uns haben werden, aber …« Ich stocke mitten im Satz.

Sepp hat schon beim ersten Anklang meines »Abers« die Schultern sinken lassen. Er klappt den Laptop zu und dreht sich um. Mit der kreisrunden Nickelbrille auf der Nase und den schütteren, zerzausten Haaren sieht er aus wie eine stark gealterte Version dieses Zauberjungen Harry Potter. Sepp rückt sich die Lesebrille zurecht. Vor dem Bildschirm braucht er sie, aber im Alltag wirkt die Brille wie ein Requisit am falschen Platz. Ich presse die Lippen fest aufeinander und verkneife mir, weiterzureden.

»Kein Aber, Rosi. Versprochen ist versprochen«, sagt er streng und schiebt die Brille wieder den Nasenrücken hoch.

»Wir fahren auch. Ich halte, was ich versprochen habe. Ich mache mir nur Sorgen wegen Daniela. Ihre neue Fröhlichkeit ist nicht echt, befürchte ich.«

Sepp legt den Kopf schief. Die Brille macht die Bewegung nicht mit, und nur noch ein Auge ist hinter Glas. Jetzt muss ich doch lachen. Sepp runzelt die Stirn. Ich deute auf meine Nase, und er nimmt das unsägliche Ding endlich ab.

»Ihr geht es besser. Sei doch froh, Rosi«, sagt er ruhig.

»Bin ich ja. Aber ich glaube, sie verrennt sich da in eine Sache. Hubert hat ihr noch nie gutgetan. Er ist ein Schwerenöter und nutzt Danielas labile psychische Lage aus.«

»Menschen ändern sich«, gibt Sepp zu bedenken.

»Hubert nicht«, sage ich und werfe verzweifelt die Arme in die Luft.

»Dann habt ihr beide ja etwas gemeinsam«, sagt Sepp nicht mehr so freundlich.

»Wie meinst du das jetzt?«

Sepp lässt die Mundwinkel hängen. »Du kannst nicht loslassen, Rosi. Immer suchst du dir einen Grund, nicht mit mir in den Urlaub zu fahren. Zuerst ging es dir schlecht, dann Daniela. Kaum geht es ihr besser, verstrickst du dich in einen Kriminalfall, und nun, da dieser gelöst ist, hast du wieder Angst, dass eine mögliche Liebeskatastrophe bei deiner Tochter droht.«

Ich lasse betroffen den Kopf fallen und mustere meine Hände. »Vielleicht habe ich einfach nur Angst«, gestehe ich. »Was ist, wenn wir uns nach dem Urlaub nicht mehr verstehen? So lange Zeit war ich noch nie von meiner Familie getrennt und mit einer einzigen Person zusammen, außer mit Horst.«

»Das kann ich freilich verstehen. Mir geht es nicht anders. Aber lass es uns doch versuchen. Wir können jederzeit kehrtmachen, und dann kannst du dich ja um Danielas Privatleben kümmern. Vorher aber beschäftigst du dich mit deinem eigenen, in Ordnung?«

»Das mach ich. Daniela hält wahrscheinlich sowieso nicht viel davon, wenn ich mich bei ihr einmische. Ich hoffe nur, dass Kurt sich besser um sie kümmert. Eine weitere Wimmer-Episode überstehe ich nicht.«

Sepp grinst. »Ich kann Hubert ja einen Halbpreis-Gutschein vom Herzkastl in den Postkasten werfen. Dann kommt er bestimmt schnell auf andere Gedanken.«

»Du garstiger Mann«, lache ich. Aber eigentlich ist die Idee gar nicht schlecht.

Das Telefon läutet. Sepp steht auf und schlurft zum Apparat. Ich höre an seiner Stimme, dass es sich weder um Gitti noch um eines meiner Kinder handelt. Sepp spricht selten Hochdeutsch und noch seltener so aufgebracht. Also stehe auch ich auf und folge ihm.

»Frau Walkner«, sagt Sepp streng.

Am anderen Ende wird geredet. Ich höre Schluchzen. Vorsichtig lege ich meine Hand auf Sepps Schulter, dass er mich bemerkt. Er zischt mir zu. Ich halte still und lausche.

Sepp atmet tief ein. Er bemüht sich um Ruhe. »Ich verstehe Ihre Aufregung, Frau Walkner. Aber Rosi ist wirklich die falsche Person.«

Wieder Geplapper.

»Auch wenn Ihre Nachbarin meint, dass Sie mit meiner Rosi reden sollen – Rosi kann Ihnen da nicht helfen. Wenden Sie sich an die Polizei.«

Schluchzen. Flehen. Wenige Worte.

»Nein. Ich hole sie nicht her. Rosi ist krank. Sie hat einiges durchgemacht. Dank Ihrem Sohn. Auch wenn Sie das nicht glauben wollen. Also lassen Sie uns bitte in Frieden und reden Sie mit der Polizei.«

Ein letztes Flehen am anderen Ende.

Sepp seufzt. Ein trauriger Schatten huscht über sein Gesicht. Erneut wiederholt er seine Worte. »Ich verstehe Ihre Not. Aber wir sind die Falschen für Ihre Probleme. Guten Abend, Frau Walkner.« Sepp legt auf. Er wendet sich mir zu und legt seine Hände auf meine Schultern.

Ich koche innerlich, weil ich eigentlich selbst mit Anneliese hätte reden wollen. Aber ich zeige meinen Ärger nicht, sondern warte nur ab.

»Die arme Frau ist verzweifelt. Sie will nicht wahrhaben, dass Peter Gustl ermordet hat. An seine Schuld bei deiner Entführung will sie auch nicht glauben. Sie meint sogar, du könntest ihr doch helfen, die Unschuld ihres Bengels zu beweisen … weil du doch so ein Gespür und bereits so viele Geheimnisse aufgedeckt hast.«

»Was bringt sie auf die Idee, dass ich etwas anderes herausfinde als die Polizei?«

Sepp drückt mich an sich. Ich höre sein Herz schlagen. Es poltert schneller und kräftiger als sonst, gerade so, als hätte er Angst. »Diese Nachbarin hat etwas angedeutet. Von wegen, ihr Leon sei so komisch seit Gustls Tod.«

Ich drücke Sepp zurück und sehe zu ihm hoch. »Der Junge – stimmt. Beinahe hätte ich ihn vergessen, weil Kurt den Fall so sonnenklar dargestellt hat. Dabei hatte ich bei Leon ein seltsames Gefühl. Und bevor wir das mit dem Grundbuch und der Erbschaft herausgefunden haben, waren wir doch hinter den Jungs her. Ich habe gar nicht mehr ausführlich mit der Schuldirektorin gesprochen …«

Meine Gedanken drehen sich wie ein Wirbelsturm. Im Auge eines solchen Sturmes herrscht scheinbare Windstille, während außen die Vernichtung unbemerkt weiterwütet. Ist Gustls Tod die Mitte eines Tornados, der uns weismachen will, dass alles still und geklärt ist? Ich schlucke. Sepp sieht mich hoffnungsvoll an. Er glaubt an die Ruhe, ich aber spüre den zarten Windhauch, der flüsternd von einer anderen Wahrheit erzählt.

»Die Jungs sind aber nun unwichtig geworden. Kurt hat mit deiner Hilfe den Fall aufgeklärt. Wir können uns entspannen, Rosi«, sagt Sepp.

Ich mache bei seinen Worten aber das genaue Gegenteil. Die Anspannung greift auf die kleinsten Muskelfasern über. Sepp bemerkt es natürlich und fährt im ruhigen Ton fort: »Frau Walkner hält sich einfach an jedem Strohhalm fest, der ihre Familie retten könnte. Kein Wunder. Der eine Sohn tot, der andere im Gefängnis und der Mann droht, mit allem Schluss zu machen, weil er nicht einmal seine Kinder schützen kann. Die arme Frau kann einem leidtun.«

Ich mache einen Schritt zurück. »Theodor Walkner droht mit Selbstmord? Das hast du vorhin gar nicht erwähnt.« Sepp brummt zustimmend. »Sepp! Wir müssen Anneliese helfen. Stell dir vor, wenn sie jetzt auch noch ihren Mann verliert!«

»Rosi. Nein. Das ist nicht länger unser Problem. Hör auf. Bitte.« Er fleht richtig. Ich schüttle stumm den Kopf. »Komm, Röschen. Es ist spät. Du hast viel Schlimmes hinter dir. Lass uns ins Bett gehen und morgen weiterdiskutieren. Ich bin müde.«

Sepp nimmt meine Hand. Ich folge ihm ins Schlafzimmer, doch in meinem Inneren trage ich einen Kampf der Grundsätze aus. Wer ist wichtiger? Wem soll ich folgen? Wem helfen? Mir selbst – oder jemand anderem?

Meine Träume sind wirre Fetzen. Doch erstaunlicherweise bin ich mir jede Sekunde bewusst, dass es nur Träume sind.

Die Dorfleute von Kopfing tanzen durch die düsteren Waldlandschaften, und jeder, wirklich jeder scheint ein Motiv oder zumindest Geheimnis mit sich zu tragen. Wie kostbare Seide haben sie ihre Schuld um die Arme gewickelt. Dunkle Gestalten, mehr tot als lebendig. Ich bin nur Zuschauer dieser traurig-finsteren Prozession des Todes. Stock und steif wie ein Baum stehe ich da, rühre mich nicht und beobachte stumm das Treiben. Sie alle pilgern in die Mitte des Waldes, wo ein goldenes Windrad sich erhebt. Viktoria Haferl kommt als Erstes an, sie streckt die Hände empor und schreit: »Nimm mein Opfer an!« Neben ihr stehen die Jungs und Peter mit seinem Vater. Auch Herrn Simoni, Anneliese und Johanna mit ihren Kindern erblicke ich in der Menge. Alle erheben nun die Hände. »Nimm es an!«, rufen sie vereint. Simoni klatscht aufgeregt. Die Lüfte erheben sich. Victoria Haferls Haare flattern wie wild. Sie färben sich rot. Die Direktorin lacht begeistert. Das Windrad dreht sich. Zuerst langsam, dann schneller.

Blutige Stoffbahnen lösen sich von den Ärmeln der Umstehenden und wirbeln empor. Die Rotorblätter wickeln die Bahnen. Sie drehen und winden, flechten und zwirbeln. Das

Surren erfüllt die Luft wie ein Schwarm angriffslustiger Bienen. Noch immer erstarrt zu einem Stück Holz schaue ich empor. Die Leute tanzen rund um das Rad. Sie summen ein Lied. Erst mit dem Wind fügen sich die Töne zu einer Melodie. Ich erkenne sie und summe unwillkürlich mit. Oh, du lieber Augustin, Augustin, Augustin … Da steht er plötzlich vor mir. »Das Opfer ist vollbracht, die Bilder sind gemacht«, sagt er grinsend. Ich höre es, bevor mein Gehirn die Bilder richtig deuten kann. Das Windrad. Die Rotorblätter. Der Stoff, aus dem das Verderben gestrickt ist. Die Rotorblätter lösen sich. Es knarrt. Dann pfeift es. Sie segeln durch die Luft. Zerschneiden den Gesang und schließlich Gustl, der eben noch neben mir grinste.

»Die Bilder sind gemacht!«, jubeln Leon, Luca und Julian. Sie halten ihre Smartphones hoch. Ich kann nicht schreien. Es ist nur ein Traum. Ich bin nur ein Baum. Ein Baum, der träumt. Ein Baum, der sich selbst ermahnt. Rosi, wach auf!

Ich schlage die Augen auf. Meine Kehle ist trocken. So seltsam träume ich sonst nie. Ich wusste die ganze Zeit, dass es nicht real, sondern nur ein Hirngespinst meines erschöpften Geistes war. Langsam setze ich mich auf und greife nach dem Wasserglas. Die ersten Vögel singen ihr Morgenlied. Das bläuliche Licht der noch nicht aufgegangenen Sonne kündigt einen neuen Tag an. Ein Kuckuck schreit. Ich hoffe, es ist ein Glücks- und kein Trauerruf. Sepp murrt leise und dreht sich um. Keinen Wimpernschlag später schnarcht er wieder seelenruhig. Ich bin aber hellwach. Leise schleiche ich mich aus dem Schlafzimmer. Es ist seltsam. Manchmal hat man einen Entschluss gefasst, ohne es zu wissen. Erst wenn man es tut, wird es einem klar.

Es läutet nur zweimal.

»Walkner.« Annelieses Stimme ist schwach. Sie klingt nicht müde, eher erschöpft.

»Beingruber Rosi«, sage ich und warte.

Sie schluchzt. Ich höre leises Schnäuzen. Es dauert gut eine Minute, bis sie endlich wieder reden kann. »Schön, dass Sie anrufen. Die Polizei will nicht zuhören. Ihr Mann meinte, ich soll mit den Beamten reden, aber …«

»Was ist passiert?«, frage ich ins plötzliche Schweigen.

»Können Sie nicht einfach herkommen?«

»Warum sollte ich?«

»Weil, weil … ach, ich weiß auch nicht. Der Peter war's nicht. Da bin ich mir sicher. Genauso wenig wie der Theodor. Meine zwei Männer sind unschuldig.«

»Das behauptet jeder Verbrecher von sich, und Mütter neigen sowieso dazu, in ihren Kindern stets die Unschuldslämmer zu sehen«, sage ich trocken.

»Bitte, kommen Sie her. Ich weiß nicht mehr weiter.« Sie weint wieder.

Ich beiße mir auf die Lippen. Hat Sepp recht, und Anneliese ist einfach nur eine verzweifelte Frau, die nach jedem Rettungsanker greift? »Sepp meinte, Ihre Nachbarin hat etwas angedeutet …«

»Ja, ja. Genau. Der Leon verhält sich seit Gustls Tod merkwürdig. Er hat Alpträume, geht kaum mehr vor die Haustür und hat Angst vor seinen Freunden. Und Johanna sagte, dass Leon damals am Baumkronenweg war, an dem Tag, als man den Gustl fand.«

Ich schließe die Augen und denke nach. Meine Nase juckt, und meine Finger kribbeln. Normalerweise lässt mich eine Sache los, wenn sie abgeschlossen ist, aber diesmal nicht. Vielleicht ist es Mitleid oder auch ein Schuldgefühl Anneliese gegenüber, aber ich schaffe es nicht, ihr abzusagen.

»Helfen Sie mir?«

»Ich rede mit Sepp darüber.«

»Danke«, sagt Anneliese, als hätte ich ihr schon versprochen zu kommen. Ich lege auf. Das seltsame Gefühl in meinem Bauch bleibt, und auch Kribbeln begleitet mich bis in die Stube. Ich brühe Kaffee auf. Ob ich Sepp dazu überreden kann, mit mir noch ein letztes Mal nach Kopfing zu fahren?

Mit dem Kopf durch die Wand

Bei Krampfadern und Besenreißern
Rosskastanien und Weinlaubsalben.
Keine hochhackigen Schuhe tragen.
Langes Sitzen und Stehen vermeiden.
Wickel mit Quark oder kühlem Ringelblumentee.

»Nein!« Sepp stemmt die Hände in die Hüften.

»Mir tut Anneliese leid. Wenn ich ihr vielleicht einfach nur gut zurede? Oder mit Theodor spreche, dass er nichts für Peter tun kann? Bitte, Sepp.« Erneut lege ich alle Kraft in meine Stimme. Oftmals funktioniert es, und ich kann die Menschen umstimmen.

»Wir waren uns einig, Rosi. Der Fall ist abgeschlossen, und nun haben andere Dinge Priorität. Du und ich zum Beispiel.«

»Ich möchte aber ein letztes Mal nach Kopfing fahren. Bei dem Gedanken, Anneliese ganz allein mit ihrem Kummer zu lassen, kann ich nicht schlafen.«

»Wenn du fährst, dann ohne mich.«

»Du zwingst mich damit, gegen unsere Abmachung zu handeln«, sage ich. Ich greife nach Donalds Schlüssel.

Sepp schüttelt den Kopf. »Ist dir diese fremde Frau so wichtig, dass du sogar selbst mit deiner altersschwachen Ente fahren willst?«

Mir drückt es die Tränen in die Augen. Natürlich will ich nicht allein los. Sepp soll mit mir kommen. Aber mehr als ihn bitten kann ich nicht.

Sepp nimmt seinen Mantel vom Haken. »Es tut mir leid, Rosi. Deine Hartnäckigkeit ist mir zu viel. Ich brauche eine Pause. Meine Sachen hole ich später und bringe sie ins Herzkastl«, sagt er. Dann drängt er sich an mir vorbei und wirft die Tür ins Schloss.

Da stehe ich nun mutterseelenallein im Vorhaus und halte zitternd die Autoschlüssel in den Fingern. Verlässt mich Sepp tatsächlich? Ich kann es gar nicht richtig fassen. Wahrscheinlich ist alles nur ein böser Traum. Und wenn nicht, dann erkennt Sepp bestimmt bald seinen Fehler. Jawohl. *Seinen* Fehler.

Du bist eine Löwin, Rosi. Eine Kämpferin. Stur wie ein Ochse, aber auch fest überzeugt. Ich konnte dich nicht verbiegen, und Sepp kann es auch nicht.

Horst. Ich höre ihn so deutlich, als würde er direkt hinter mir stehen und mir ins Ohr flüstern. Es ist so tröstend, ihn bei mir zu haben.

»Aber ich habe es ihm zugesagt, mich niemals wieder ohne ihn in Gefahr zu bringen«, flüstere ich.

Gefahr? Welche Gefahr ist denn noch vorhanden, wenn der Mörder gefasst ist?

Ich grinse in mich hinein. Horst hat recht. Es gibt keine Gefahr, außer vielleicht die Fahrt mit Donald durch den ganzen Bezirk. Ich breche also weder ein Versprechen, noch brauche ich ein schlechtes Gewissen haben. Ich bin eine erwachsene Frau. Wenn Sepp meint, mich erziehen zu können wie eine Fünfjährige, dann hat er sich gründlich getäuscht. Ich fahre, wann und wohin ich will. Sepp hat es bestimmt nicht so gemeint und nur überreagiert. Er wird sicherlich bald seinen Fehler erkennen und ein Einsehen haben. Eine kleine Pause hat noch niemandem geschadet, und deswegen ist auch noch keine Beziehung zu Ende gegangen. Es wird sich, mit Gottes Hilfe, schon alles zu unserem Wohle fügen.

Mit neuem Selbstbewusstsein gehe ich hinaus und hole Donald aus seiner Garage. Schon beim Losfahren fühle ich mich besser. Die Angelegenheit mit Sepp kläre ich später. Jetzt aber mache ich mich auf den Weg, jemandem zu helfen, der meine Hilfe braucht und will.

Kein Gebell, keine zähnefletschende Begrüßung. Es herrscht Totenstille am Hof. Nur der Wind pfeift durch das Tor. Es ist aber noch jemand hier. Ein mir wohlbekanntes, nagelneues Mercedes-Coupé steht im Innenhof. Neben dem Flitzer sieht meine Ente wie ein trauriges Relikt aus dem vergangenen Jahrtausend aus.

Ich sehe mich um. »Frau Walkner? Anneliese?« Ich rufe lauter. Keine Antwort. Da biegt Theodor Walkner in Begleitung von Simoni um die Ecke. Er sieht mich, reagiert aber kaum. Nur das leichte Zucken seiner Mundwinkel lässt mich darauf schließen, dass es ihm recht ist, mich zu sehen. Ich nicke zurück. Theodor Walkner gibt Simoni die Hand. Der Wind trägt mir jedes Wort, das sie sprechen, ans Ohr.

»Danke, Volker. Es ist wirklich 's Beste so. Ich bin da wos schuildig, und zwoar net nur wegn heit. Du host uns scho a paarmal gholfen. Des vergiss i net.«

Simoni grinst und legt dabei seine blendend weißen Zähne frei. Bisher sind sie mir nicht aufgefallen, weil mir beim einen Mal das Elchkostüm und beim anderen die Beerdigung alle Konzentration abverlangt haben. Nun aber strahlen sie mich geradezu an. Schon wieder ein Mensch mit gebleichten Beißern. Ich finde dieses unnatürliche Weiß immer etwas seltsam. Wie die Haut eines Menschen haben normalerweise auch die Zähne unterschiedliche Schattierungen, aber der Trend geht eindeutig dahin, sich die Zähne aufzuhellen, bis der Zahnschmelz kracht.

»Ich mache dir ein faires Angebot. Wofür hat man sonst Freunde«, sagt Simoni und schüttelt fest Theodor Walkners Hand. Dann geht er und steigt in seine Nobelkarosse. Mit quietschenden Reifen braust er davon.

Theodor Walkner schlurft derweil zu mir herüber. »Kommst, um mitanzusehen, wie das Schiff endgültig untergeht?« Er spricht erstaunlich leise. In seinen Augen glüht kein Feuer mehr, weder aus Wut noch ein aus Trauer geschürtes. Vor mir steht ein gebrochener Mann, der resigniert hat.

»Anneliese hat mich angerufen. Sie macht sich Sorgen um Sie.«

Er blickt auf und sieht mir direkt in die Augen. »Das muss sie nicht. Ich habe gestern wohl überreagiert und so manches gesagt, das ich nicht so gemeint habe.« Einen Atemzug lang schweigt er. »Es is sinnlos, wenn i mi aus dem Leben stehl. Da geh i lieber und mach aus dem, was bleibt, des Beste für de Annelies und mi. Unsere Buam sind beide weg. Der eine tot, der andre eingsperrt. Wir haben nur nu uns. Des seh i jetzt. I lass den Hof zruck, und dann fangen wir neu an. De Annelies und i. Da Volker holt sicher das Beste aus dem Hof raus. Er war a schon damals für uns da, als da Gustl die Scheun abgefackelt hat. Ohne eam wärn wir damals schon abghaust.«

Ich schlucke meine Überraschung hinunter. Mit so viel Offenheit habe ich nicht gerechnet. Theodor Walkner sieht mich mit verzweifeltem Gesichtsausdruck an. Es schimmern sogar Tränen in seinen Augenwinkeln. Am liebsten würde ich seine Hand nehmen, aber damit würde ich einen alten, hainbuchenen Kerl wie ihn nur verschrecken. Ich kenne diese Art Mann nur zu gut. Wenn ich daheim wäre, würde ich ihm einen oder zwei Klare einschenken, aber ich bin hier und mein Marillenschnaps zig Kilometer entfernt. Also bleibt mir nichts anderes übrig, als mein Bedauern mit einem leisen Brummen zu äußern. Theodor Walkner seufzt.

»Will die Anneliese das überhaupt auch? Den Hof verkaufen?«, frage ich.

Er zuckt die Schultern. »I kann hier nimma bleibn. Entweder so, oder i werd verrückt.« Sein Kehlkopf hüpft hektisch auf und ab. Mit aller Mühe hält er nun die Tränen zurück.

Ich strecke jetzt doch meine Hand aus und lege sie ihm tröstend auf den Arm. »Ihre Frau meinte aber, sie ist sicher, dass der Peter unschuldig ist.«

Abermals fixiert mich Theodor Walkner mit traurigen Augen und schüttelt dann den Kopf. »Er hat aber angrufn. Die Polizei hat sein Handy zruckverfolgt. Da Peter is a bei der Beerdigung plötzlich nimma da gwesn. I mog es ja a net glaubn, dass er wirklich den Gustl und di aufghängt hat, aber …«

Er atmet tief ein, und es braucht eine Weile, bis er weiterredet. »Wenn die Polizei doch mi eingsperrt hätt. Mi hätten s' behalten kinna. Der Bub hat des ganze Lebn nu vor sich. I bin schon älter und hab vü Schens und vü Schiachs erlebt. I hätt an Peter a nie erzähln dürfn, wie schlimm es um unsren Hof steht. Da bin i doch quasi schuld, wenn der Bub zum Mörda wordn is, oder? Und ehrlich, fürn Gustl war's a Erlösung. Er is ja nur ausgelacht und sekkiert worden. Es hat ihm scho imma des Herz brochen, wenn er am Baumkronenweg war und de Leut ihren Dreck zu die Bäume gworfn habn. Der Windpark hätt an Gustl umbracht. Uns hätt er geldmäßig gerettet, und ihn umbracht.«

Langsam ziehe ich meine Hand zurück. Theodor Walkner holt noch einmal tief Luft und richtet sich dann etwas auf.

»Wieso war eigentlich der August der alleinige Waldbesitzer? Waren Sie mit Ihrer verstorbenen Frau zerstritten?«, wage ich mich in gefährliches Gewässer vor. Aber so menschlich habe ich den alten Walkner noch nie erlebt und will daher die Gunst der Stunde nicht verstreichen lassen. Eine kurze Regung in seinem Gesicht verrät sein Unbehagen. Doch meine Menschenkenntnis hat mich wieder gut beraten.

Er presst die Kiefer fest aufeinander und meint dann resigniert: »Gehn ma rein und reden ma bei an Kaffee weita. I kann den Hund net so lang eingesperrt lassen, sonst zbeißt er mir alles. Da Volker mag den Hund net bsonders. Beim vorigen Mal hat er wegn an Rambo fast so gschreckt gschaut wie ihr zwoa.« Theodor Walkner lacht trocken.

Ich kann es nicht verhindern, bei dem Gedanken an den zähnefletschenden Höllenhund läuft auch mir wieder ein kalter Schauer den Rücken hinab. Ich folge ihm nach drinnen. In der Stube ist es dunkel. Rambo liegt überraschenderweise seelenruhig unter dem Tisch und kaut auf einem Gummiknochen. Er winselt, als wir hereinkommen.

»Da Gustl geht ihm ab«, kommentiert Theodor Walkner meinen Blick. »Da Bub war ganz vernarrt in alle Viecha. De Viecha und de Bäume, des war Gustl sei Leben.« Er nimmt eine Kanne mit bereits fertig gebrühtem Kaffee mit zum Tisch.

Unbenutzte Tassen stehen schon dort. »De Annelies is vorm Kaffee schon zur Nachbarin gegangen. Wir halten es net mehr aus daheim.«

Ich nicke nur und setze mich auf einen der Stühle. Theodor Walkner gießt Kaffee ein. Ich bin nicht heikel, aber diese Brühe ist ihren Namen nicht wert. Da schmeckt mein Reinigungswasser nach mehr als dieser Sud. Dennoch nippe ich höflicherweise am Kaffee. Theodor Walkner schüttet sich eine ganze Tasse voll hinter die Lippen.

Dann seufzt er. »Mich wundert's, dass die Polizei mi net stärker auf die Alina angredet hat«, beginnt er freiwillig.

Ich horche auf. Auf einmal wirkt er nicht mehr wie ein herzloser, grantiger Bauer auf mich, sondern nur noch wie ein gebrochener Mann, der sich endlich den Kummer von der Seele reden möchte.

»Die Alina und ich warn zwei ganz verschiedne Leut. Aber drum haben wir a irgendwie zusammenghört. Sie hat des südliche Temperament ghabt, i net. Sie wollt immer in der Weltgschicht herumreisen, i war froh, dass i in an Hof eingheiratet hab. Aber wir haben uns geliebt, egal, was die Leut so gsagt haben. Und irgendwie hat's auch wieder ganz gut passt. I hab sie träumen lassen, und sie hat mi den Hof führen lassen.« Er schüttelt traurig den Kopf.

Ich muss an Sepp denken, und mir wird eng ums Herz. Auch wir beide sind in manchen Dingen wie Tag und Nacht, und dennoch liebe ich ihn. Das schlechte Gewissen nagt an mir, und ich wünsche mich an seine Seite. Wäre er doch hier. Wären wir doch beide weniger stur. Doch es nützt nichts. Ich konzentriere mich und blicke Theodor Walkner aufmunternd an.

Er erzählt weiter. »Dann is der Gustl geboren wordn. I sag's ehrlich, dass i mit dem Bubn am Anfang Probleme ghabt hab. Die Alina aber net. Sie hat ihn so nehmen können, wie er war. Und da Gustl war a der Grund, warum sie nimma so arg Fernweh ghabt hat.«

»Das hört sich doch alles gut an. Was ist passiert?«, hake ich nach.

Er fährt sich mit der Hand durchs Haar. »Unser Beziehung is eingschlafen. I war dumm. A wirklicher Depp war i. I hab net gemerkt, was i an da Alina ghabt hab, und war sauer auf Gott und de Welt, weil da Gustl net der Sohn war, den i ma vorgstellt hab … und dann hab i an Fehler gmacht und mi auf a Gspusi einglassen.«

»Sie sind fremdgegangen?«, frage ich.

Er nickt. »Es war nix Ernstes, aber die Alina war a gscheite Frau und hat's bemerkt. Doch sie hat nix gsagt, sondern des Testament geändert und si dann an Anwalt gnommen. Als sie mir dann des Scheidungspapierl aufn Tisch glegt hat, bin i ausflippt. I hab gschrien und plärrt wie a Wahnsinniger. Zum Überfluss hab i ihr a Watschn geben. Des werd i ma a Leben lang net verzeihen. Dann hat die Lina ihre Sachen und an Gustl packt und ist weggefahren. A bsoffener Lkw-Fahrer hat sie auf der Bundesstraßen gerammt. Die Alina is drei Tag drauf im Krankenhaus gstorben. Der Gustl war hinten im Auto und hat unverletzt überlebt.«

Ich schlucke schwer. Seine Augen haben sich mit Tränen gefüllt, aber er blinzelt sie schnell weg. »Damals wollt i nimma leben. I hab mi nimma bei ihr entschuldigen können. Sie is net einmal aufgwacht. Bis heit bereu i, dass i damals so ein Depp gwesen bin. I hab glaubt, dass de Welt untergeht.«

Ich nehme seine Hand. Draußen fällt die Haustür ins Schloss. »De Annelies is wieder da«, bemerkt Theodor und blickt zur Tür. »Sie hat mi und a den Gustl damals gerettet. Und de Leut haben wieder was zum Reden gehabt. Zuerst bringt er sei Frau ins Grab und dann nimmt a sich a halbes Kind als zweite.« Er lacht traurig und schaut nach oben. »I glaub aber, dass uns der Herrgott de Annelies gschickt hat als zweite Chance. Sie war unsre Familienhelferin nach dem Tod von da Alina, und meine Güte, wir haben uns halt verliebt. Eins is zum andren gekommen, und wir haben gheiratet und an Peter gekriegt. A Zeit lang hat's jetzt ganz fesch ausgschaut. A des mit dem Brand hab i irgendwie hinbekommen, dass da Gustl net als Schuldiger dasteht. Aufs Geld von da Versicherung habn mia halt verzichten müssn, doch es is scho irgendwie gegangen. Aber schlussendli hab i's wieder verbockt. Net einmal meine Buben hab i gscheit beschützt. Jetzt is alles hinüber.«

Anneliese kommt in die Stube. Sie sieht mich und wie ich Theos Hand noch immer halte. Ein Lächeln huscht über ihre Lippen. »Rosi, Sie sind da«, sagt sie nur und setzt sich zu uns.

Mit Annelieses Ankunft wandelt sich das Gespräch. Nicht mehr die ferne Vergangenheit ist unser Thema, sondern das Hier und Jetzt. Anneliese ist so überzeugt von Peters Unschuld, dass sie es fast schafft, auch mich dazu zu bringen, an einen uns noch unbekannten Hergang des Mordes zu denken.

Immer wieder bittet sie mich, nochmals Nachforschungen zu betreiben. Sie kämpft mit allen Mitteln, und ich verstehe sie voll und ganz. Eine Mutter tut alles für ihre Kinder. Die Zeit schreitet voran, und ich sehne mich immer stärker nach Sepp. Ich brauche seine Meinung.

»Johanna ist sich sicher, dass Leon an Gustls Todestag mit ihm zusammen war. Der Junge redet im Schlaf, und sie hat ihn in der Nacht schreien gehört. Außerdem hat Leon mal sein Handy liegen lassen, und es hat geläutet. Johanna hat abgehoben, und am anderen Ende war jemand mit verstellter Stimme. Der hat gedroht, wenn Leon etwas über Gustls Tod erzählt, dann hängt er als Nächstes am Baum.« Anneliese greift verzweifelt nach meinen Schultern. »Bitte, Rosi. Der Peter war es nicht. Hilf uns.« Sie lehnt sich wieder zurück und unterdrückt ein Schluchzen.

»Aber ein weiterer Anruf mit verstellter Stimme würde zu den Ermittlungen passen. Peters Smartphone wurde doch sichergestellt, vielleicht hat er Leon gedroht«, erhebe ich einen Einwand, obwohl mich mein Mitgefühl ständig dazu drängt, spontan meine Hilfe zuzusagen.

Anneliese schüttelt den Kopf. »Peter hat den Vertrag inklusive Nummer gewechselt, damit er das neue iPhone billiger bekommt. Alle Anrufe kamen von seiner alten Nummer. Ich hab das alte Handy gesucht und nirgends gefunden. Das hat ihm bestimmt jemand abgenommen und für die Anrufe missbraucht.«

»Haben Sie das der Polizei gesagt?«, frage ich überrascht.

»Natürlich, aber man hat mich nicht ernst genommen. Ich bin halt nur die Mutter eines Verdächtigen und halte klarerweise zu meinem Sohn.«

Ich wende mich Theodor Walkner zu. Der Bauer hat die ganze Zeit geschwiegen und zugehört. »Was meinen Sie dazu, Herr Walkner?«, frage ich.

Sein Kehlkopf hüpft. »Ich hoffe, Anneliese hat recht«, antwortet er tonlos.

Noch vor Stunden hätte ich mir nicht träumen lassen, dass ich einmal so etwas wie Sympathie für ihn empfinden könnte. Aber nun, da ich hinter seine Fassade blicken durfte und den besorgten Vater gesehen habe, hat sich das geändert. Ich will der Familie unbedingt helfen, auch wenn es bei der Beweislage wohl unrealistisch ist, dass der Peter ganz und gar unschuldig ist.

»Gut«, sage ich und klopfe mir auf die Oberschenkel, »ich rede mit meinem Schwiegersohn. Wenn er nicht nachbohren will, dann nehmen Sepp und ich uns die Jungs vor.«

Die Walkners atmen erleichtert auf. Ich habe das Schlimmste getan, was man in solch ausweglosen Situationen tun kann. Ich habe das gierige Untier namens Hoffnung gefüttert, und nun muss ich für weiteren Nachschub sorgen, ansonsten verwandelt es sich in Verzweiflung.

Es ist bereits später Nachmittag, als ich zu Hause ankomme. Mein Magen knurrt, und vor meiner Haustür warten bereits die ersten Hilfesuchenden. Ich schaffe es nicht, die Krämer Marie und den Rauchfang Rudi wegzuschicken. Zu selten war ich in letzter Zeit für die Menschen da. Also esse ich nur schnell eine Kleinigkeit und mache mich dann an Rudis Venenentzündung und an Maries ewigen Hexenschuss. Auch jetzt ist die Krämerin wieder besser informiert als jedes Lokalblatt.

Noch während ich ihr das Kreuz richte, plappert sie munter drauflos. »Rosi, sag, stimmt es, dass der Sepp zurück ins Herzkastl ist?« Ich drücke fester zu als nötig, doch bei einem Tratschweib, wie es die Marie eins ist, hilft das nicht viel. Ihr Mundwerk funktioniert auch bei Schmerzen. »Gott, wie schade ist das, wenn ihr euch trennt. Vielleicht bekommst du die Kurve ja noch irgendwie hin. Der Sepp ist ein Prachtkerl. Wenn ich nicht so mit dem Laden beschäftigt wär, dann könnt er mir glatt gefallen, dein Sepp.«

»Na, zum Glück geht dir die Arbeit schon nicht aus.«

Marie schnalzt mit der Zunge. »Ja, hoffen wir, dass es wenigstens die Daniela und der Kurt schaffen. Ist schon tragisch, was passiert ist. Mir persönlich ist der Kurt ja viel lieber als der Hubert.« Als ich diesen Namen höre, verpasse ich Marie einen letzten festen Ruck. Die Lendenwirbel knacksen. Marie beißt kurz die Zähne aufeinander, dann streckt sie sich erleichtert. »Mei, mei, mei. Das tut gut, wenn es so richtig knackt und alles wieder an seinem Platz sitzt«, meint sie unbeeindruckt. Vergnügt zwinkert sie mir zu. »Vielleicht rückt sich deine Beziehung auch wieder zurecht. Ich würd's euch gönnen«, sagt sie scheinheilig und wartet darauf, ob ich ihrem Klatschmaul noch etwas Nachschub bereite.

Ich halte aber still und lächle ebenso katzenfreundlich, wie sie es tut. »Danke. Ich hoffe, ich sehe dich nicht so schnell wieder mit deinen eingezwickten Bandscheiben«, sage ich.

Marie zuckt die Schultern. »Na ja, hat halt jeder sein Kreuz zu tragen. Grüß mir den Sepp, wenn ihr euch seht«, sagt sie und geht.

Ich lasse mich auf den Stuhl fallen und starre zur Tür. Es ist Abend, und ich verspüre das dringende Bedürfnis, zum Telefonhörer zu greifen und mit Sepp zu reden. Manchmal darf eine Frau auch schwach sein. Früher mussten sich anstandshalber immer die Männer melden, aber heute ist es anders. Frauen machen Heiratsanträge und verabreden sich zwanglos mit Männern. Ich bin kein schüchternes junges Ding, sondern eine fest im Leben stehende Frau. Also kann auch ich den ersten Schritt tun. Ich stehe auf und gehe zum Telefon, wild entschlossen, die Misere mit Sepp wieder hinzubiegen. Ich wähle. Silvana nimmt ab.

»Sepp nicht da. Kommt später wieder«, sagt sie und schweigt einen Moment. »Er hat heute schon paarmal bei dir angerufen. Er liebt dich«, offenbart sie schließlich. Ich schlucke. »Ich sag ihm, dass du zurückgerufen«, meint Silvana. Dann wird ihre Stimme mit einem Mal weich. »Keine Sorge, Rosi. Jede Liebe braucht Konflikte. Das wird schon wieder. Reibung erzeugen Wärme, nicht wahr?« Sie lacht, und auch ich muss schmunzeln.

Es ist schon seltsam, wenn die Situation einmal andersherum liegt und ich Rat von jemandem erhalte. »Danke«, sage ich und lege auf. Nun, da ich schon vor dem Telefon stehe, nutze ich die Gelegenheit und wähle auch Kurts Nummer. Dieses Gespräch ist aber schneller wieder beendet, als ich bis drei zählen kann. Kurt wehrt ab. Fall geklärt, alles berücksichtigt, ich soll mich um andere Dinge kümmern, sagt er lapidar.

Auf meine Frage, ob mit Daniela alles passt, murrt er nur, dass sie schon wieder bei den Wimmers sei. Die beiden müssten etwas erledigen. Wahrscheinlich für die Schule, vermutet Kurt. Ich erspare mir und Kurt einen Kommentar. Müde lege ich auf. Mein Bett ruft. Aber vorher will ich mir noch einen warmen Tee gönnen. Ich nehme das Handy mit. Vier Anrufe in Abwesenheit. Dreimal Sepp, einmal Gitti. Meine Freundin erreiche ich, und noch ehe wir richtig ins Gespräch kommen, steht sie auch schon höchstpersönlich vor der Tür. Gitti hat süße Seelentröster in Form von Linzer Torte und Esterhazy-Schnitten dabei. Langweilig war ihr den ganzen Nachmittag, da ihr Alfons vor dem Fernseher gehockt ist und Formel 1 geguckt hat. Als Zeitvertreib hat die Gitti den Rührhaken an den Mixer gesteckt. Zumindest habe ich jetzt jemanden, der zuhört, und als Draufgabe gibt es Leckereien. Einer Aussprache mit Sepp hätte ich zwar den Vorzug gegeben, aber auch Gittis Nähe ist schön. Stolz erzählt sie vom Voranschreiten des Kapsel-Säuberungs-Projektes und von ihren Enkeltöchtern Leonie und Emilie. Und sie redet mir gut zu. Ihre Tortenstücke und netten Worte machen mir Mut.

»Schau mal, Rosi, jede Liebe macht Phasen durch. Als junges Mädchen weiß man das und nimmt es hin, aber in unserem Alter hat man es bereits vergessen. Du und Sepp seid gerade in der Überprüfungsphase angekommen.« Interessiert an Gittis bestimmt gleich folgender Theorie, blicke ich von meinem Tee hoch. »Zuerst ist man verliebt. Alles ist rosa, man klebt aneinander wie zwei Kussfische und sieht nur den anderen. Diese Zeit hattet ihr die letzten Monate. Jetzt aber schwimmt jeder in seinem eigenen Gewässer und schaut, wo und wie er den anderen braucht und wie sehr einen die Liebe zueinander zieht.« Bedeutungsschwanger zieht Gitti nun die Augenbrauen hoch. »Da machen einige den Fehler und schwimmen ganz davon. Aber wenn man diese zweite Phase aushält, kommt die dritte und beste. Man schwimmt miteinander, küsst sich dann und wann und sieht auch den Rest der Welt. Da müsst ihr zwei jetzt hinschwimmen.«

»Und woher hast du deine Ozeanweisheit?«, frage ich lachend.

Gitti grinst. »Arielle«, sagt sie und nickt bekräftigend. »Für Leonie putze ich Kaffeekapseln aus, und mit Emilie guck ich Disneyfilme und spiel dann die Geschichten mit Barbiepuppen nach. Enkelkinder eben.«

Gitti und ich plaudern noch fast bis Mitternacht. Freundinnen sind wichtig im Leben einer Frau. Wenn alles andere wankt und schwankt, sind sie da und weisen einem den Weg.

Im Sumpf der Gefühle

Reflux und saures Aufstoßen
Zwieback und altes Brot langsam kauen kann helfen.
Nüsse und Samen können ebenso helfen.
Ulmenrindentee wirkt lindernd auf Magenschleimhäute.
Eine Heilerde-Kur tut ebenso gut.

Am nächsten Morgen mache ich schnell. Gittis Besuch und das Gespräch mit ihr haben mir gezeigt, dass ich wieder ein wenig in Sepps Richtung schwimmen muss, wenn ich nicht in einem gänzlich anderen Gewässer stranden will. Also frühstücke ich eilig und versorge die Hühner. Dann verlasse ich mit dem Vorsatz, Sepp zu besuchen und ihn wieder für mich zu gewinnen, das Haus und falle direkt dem Wimmer in die Arme.

»Rosi, Rosi. Das erinnert mich an alte Zeiten. Du und ich vorm Bierzelt. Du bist noch immer so feurig wie damals.«

Das Würgen kommt so unvermittelt wie Huberts entsetzter Schritt zurück. Ich falle beinahe. Halbherzig schnappt Hubert meinen Ellenbogen und hält mich fest. Ich spucke das noch unverdaute Kipferl auf die Erde. All meine wirren Gefühle haben sich gemeinsam mit dem hastig hinuntergeschlungenen Marmeladekipferl in meinem Magen angesammelt. Huberts feistes Gesicht war das i-Tüpfelchen, welches das Fass zum Überlaufen brachte.

»Du könntest mir auch auf nettere Art und Weise zeigen, dass ich kein willkommener Gast bin.«

»Das weißt du!«, sage ich und wische mir mit einem Taschentuch den Mundwinkel trocken.

»Ich bin eigentlich auf der Suche nach Daniela«, fährt er unverwandt fort.

Meine Alarmglocken schrillen. War Daniela laut Kurts Aussage nicht erst gestern mit ihm unterwegs? Hatten die beiden im Anschluss etwa … und Dani ist mit dem Erwachen klar geworden, was sie angestellt hat, und ist geflohen? Ich mag mir nicht länger vorstellen, was vielleicht geschehen ist, und wehre Wimmer unfreundlich ab. »Sie ist nicht da. Was willst du von ihr – am Wochenende?«

Wimmer tippt auf seine Aktentasche. »Ich kann die Entscheidung nicht treffen und habe nur eine Vorauswahl zusammengestellt. Jetzt muss Daniela ran.« Irgendwie hört er sich anzüglich an. Mein Bauch rumort. Ich verstehe nur Bahnhof. Hubert verengt die Augen zu Schlitzen. »Daniela hat dir nichts erzählt?«, fragt er mit einem ungläubigen Unterton in der Stimme.

Ich bin nicht stark genug zu antworten. Meine Angst ist zu groß, dass ein neuer Schwall Galle hochkommt und ich diesmal treffsicherer bin.

»Dabei dachte ich, ihr hättet ein gutes Mutter-Tochter-Verhältnis. Nun denn. Ich mache mich lieber auf die Suche nach Daniela. Die Uhr tickt.« Er deutet auf sein leeres Handgelenk. Wieder so eine Geste, die sich so in der Gesellschaft verinnerlicht hat, dass ein jeder sie macht und versteht, obwohl die Uhren der Neuzeit auf Touchscreens und nicht länger am Handgelenk zu finden sind.

Wimmer macht kehrt. Beinahe zu spät erwache ich aus der Erstarrung und hechte ihm hinterher. Mein Kopfkino spielt gerade einen Horrorfilm. Wimmer hat die Hauptrolle inne.

»Welche Entscheidung soll Daniela treffen?« Ich fasse nach dem Koffer, um Hubert zurückzuhalten. Er hält ihn aber so locker, dass er mir entgegenfällt und ich mich verhaspele. Der Koffer fliegt mit einem Rums auf die Schotterstraße und klappt auf. Ich kann gerade noch mein Gleichgewicht halten.

»Rosi!«, zischt der Wimmer und wird lila wie eine Aubergine. Wut hat viele Farben. Huberts Zorn ist violett.

»Tut mir leid«, stammle ich und möchte den Koffer wieder zusammenklappen, doch der Anblick des Inhalts lässt mich stocken. »Gott, Hubert. Ich wusste schon immer, dass du ein sexsüchtiger alter Knacker bist, aber das!« Ich deute auf die

Mappe und die herausgefallenen Blätter. Jetzt ist sogar mein Kopfkino überfordert, und der Film reißt.

Ich starre Hubert an, Hubert zuckt nur die Schultern. »Was ist das? Ein Bestellkatalog für besondere Dienste? Reicht dir das Angebot im Herzkastl nicht? Und bei welcher Entscheidung um Himmels willen soll dir Daniela helfen?«

Hubert beginnt zu lachen. Das Lila seines Gesichtes wird rosig. Er brüllt geradezu vor Lachen. Ein überdimensionales grunzendes Riesenschwein. Ich hebe ein Blatt auf und beginne zu lesen. »Mona. Ein Meter fünfundsiebzig, sechsundzwanzig Jahre, neunundsechzig Kilo. Hobbies: Literatur, Schwimmen, Reiten …« Beim Wort Reiten wird mir wieder schlecht. Meine Phantasie geht endgültig mit mir durch. Ich sehe Hubert ernst an, aber dieser kichert immer noch.

»Du glaubst tatsächlich, ich will mir eine Frau bestellen? Das habe ich nicht nötig. Meine Herta und ich führen jetzt eine offene Beziehung, und wir haben beide keine Probleme, Gleichgesinnte zu finden, die weniger verklemmt sind als du. Ziemlich traurig und armselig finde ich das von dir. Du machst auf konservativ und rechtschaffen, obwohl du mit einem ehemaligen Bordellbetreiber in wilder Ehe lebst. Und bei diesen Fotos denkst du nur an das Eine.«

Ich stemme die Hände in die Hüften. »Woran soll ich bei dir sonst denken? Wer ist Dauergast im Herzkastl und hat weder vor meiner Tochter noch vor der Putzfrau der Volksschule haltgemacht? Du hast das halbe Dorf durch dein Bett gezogen und erwartest von mir, dass ich nicht an das Eine denke? Außerdem kommst du mit eindeutigen Frauenfotos und willst, dass Daniela dir hilft? Wobei denn bitte? Bei einer Auswahl für einen flotten Dreier? Oder noch mehr, jetzt, wo die Herta ach so offen ist? Ich bin vielleicht alt, aber nicht von vorgestern.«

Hubert wird mit einem Mal ganz ernst. »Du täuschst dich, Rosi. Ich habe meinen Frieden gefunden, auch im Liebesleben. Und nicht ich bin es, der Hilfe braucht, sondern Daniela.« Er hebt die Fotos auf und legt sie in den Koffer zurück. Als er alle verstaut hat, hält er fordernd die Hand hin. »Bitte. Mona fehlt«, sagt er schneidend. Ich gebe ihm das Bild.

»Hubert, ich verlange von dir, dass du die Finger von meiner Tochter lässt, verstanden? Daniela hat genug durchgemacht. Auf einen Hallodri wie dich, der sie ins Unglück stürzt, kann sie verzichten.«

»Ich denke, Daniela ist alt genug, um zu wissen, wessen Gesellschaft sie schätzt«, erwidert Hubert und grinst dabei so selbstgefällig, dass ich es bereits bereue, ihm vorher nicht direkt aufs Hemd gespuckt zu haben.

»Du lässt sie in Ruhe, oder ... oder ...«

»Oder du holst die Polizei?«, fragt Hubert.

Ich fühle mich von ihm verspottet. Meine Wut auf ihn ist berghoch. Gleich rollt eine Lawine los, und ich kann nicht für Überlebende garantieren.

Hubert weicht einen Schritt zurück. »Ich sage dir etwas, Rosi. Es wäre sogar hilfreich, wenn du die Polizei rufen würdest. Daniela bräuchte ihren Polizisten ebenso wie ihre Mutter. Aber ihr seid ja so mit euch beschäftigt, dass ihr gar nicht bemerkt, wie sehr sie euren Rat und eure Unterstützung benötigt.« Wie ein Nashorn baut Hubert sich vor mir auf. »Daniela steht vor einem großen Schritt in ihrem Leben. Und ich bin leider der Einzige, der ihr dabei hilft. Aber vielleicht ändert sich das ja jetzt. Ich hoffe es zumindest.« Damit dreht er sich um und geht zu seinem Auto. Beim Einsteigen tippt er sich zum Abschiedsgruß an die Stirn.

Ich stampfe auf den Boden. Wenn ich nicht grundsätzlich gegen jede Art von Flucherei wäre, dann würde ich jetzt Himmel und Hölle zusammenschimpfen. Meine Hühner spüren anscheinend, dass es mir schlecht geht. Sie streichen wie Kätzchen rund um meine Beine und glucksen und gackern beruhigend. Ich gehe in die Knie und nehme die fette Berta auf den Arm. Nur kurz hält die Henne still und lässt sich streicheln, dann hüpft sie hinunter und läuft aufgeregt im Zickzack davon. Ich verziehe den Mund und brumme. Es ergeht mir wie der Henne. Das Leben scheucht mich wild durch die Gegend. Eben noch war ich fest entschlossen, und nun muss ich mich wohl oder übel umorientieren.

Meine Kinder haben Vorrang. Ich grüble, wo Daniela stecken könnte. Mir fällt nichts ein, aber vielleicht weiß Raphael Bescheid. Er hatte schon immer einen dicken Draht zu seiner Schwester, und wenn er erfährt, dass der Wimmer hinter Daniela her ist, unterstützt er mich bestimmt. Alle anderen Pläne lege ich auf Eis. Sepp muss warten. Anneliese auch. Eine Mutter muss ihre Kinder schützen. Dafür hat sie bestimmt Verständnis. Zuerst kümmere ich mich um meine Familie, dann um die von Anneliese. Ich stampfe zurück ins Haus.

Raphael nimmt erst nach dem zehnten Läuten ab. Ich höre, dass er im Stress ist. »Mama, muss das jetzt sein? Ich habe wahnsinnig viel um die Ohren. Silvana wartet«, meint er seufzend auf meine Bitte, Daniela zu suchen. Wo sich seine Schwester aufhält, weiß mein lieber Sohn nämlich ausnahmsweise nicht. »Wenn es wirklich sein muss, soll Sepp für mich einspringen«, sagt er schließlich.

Ich bedanke mich bei ihm. Söhne sind meiner Erfahrung nach stets leichter zu überreden als Töchter. Vielleicht hat es etwas mit der Erziehung zu tun. Immerhin bemühen wir Mütter uns seit Jahrzehnten, dass wir unsere Jungs zu sensiblen Männern erziehen und nicht länger zu Paschas und Machos, wie es unsere Mütter noch taten. Die Mädchen hingegen trimmen wir auf selbstbewusst und emanzipiert. Bei Daniela habe ich mit meinen Bemühungen aber versagt. Sie wird offenbar nach einem kurzen Hoch wieder rückfällig und hechelt dem Wimmer hinterher. Bei Raphael kann ich aber einen Erfolg verbuchen. Zwischenzeitlich wurde ich zwar von Zweifeln geplagt, als mein Junge sich lieber mit Prostituierten an der bulgarischen Adria vergnügte, anstatt ordentlich zu arbeiten, aber er hat sich schließlich zu einem fähigen Geschäftsmann und Familienmenschen gemausert. Und trotz seines Erfolges hört er immer noch auf mich.

»Treffen wir uns bei Dani?«, hake ich zufrieden nach.

»Bin in fünfzehn Minuten dort«, sagt Raphael.

Ich schaue auf die Uhr. Bei so viel Zeit kann ich sogar zu Fuß gehen und Raphael bitten, mich später heimzufahren. Ich kontrolliere noch schnell den Inhalt meiner Handtasche. Geld, Taschentücher, Handy, Schlüssel – alles da.

Raphael klopft zum dritten Mal. »Sie ist nicht da. Ans Handy geht sie auch nicht ...«

»Ich schleiche mal ums Haus und hol den Schlüssel«, schlage ich vor.

Raphael verzieht das Gesicht. »Muss das sein, Mama? Vielleicht ist Daniela einfach nur unterwegs. Das wäre doch normal.«

»Am Sonntag? Und nicht einmal Kurt weiß Bescheid?« Ich schüttle den Kopf. Ohne weiter auf Raphaels Einwände zu hören, mache ich mich auf den Weg.

Jeder hat so seine Lieblingsverstecke für den Haustürschlüssel. Bei dem einen ist es der Blumentopf, beim nächsten die Türmatte oder der Autoreifen. Daniela war schon immer etwas übervorsichtig und zudem kreativ. Bei der Auswahl des Versteckes ist diese Kombination leider ziemlich unappetitlich. Seit Dani in ihrem Häuschen zur Miete wohnt, hinterlegt sie den Schlüssel in Mister Bubbles Stall. Wer nun denkt, dass Kaninchen immer süß und niedlich sind, hat Bubble noch nicht gesehen. Erstens heißt das Karnickel so, weil seine Blase undicht ist und daher jede Streicheleinheit unweigerlich zu einem urindurchtränkten Hemdsärmel führt, und zweitens ist Mister Bubble so fett, dass es eine Kunst ist, den Schlüssel aus seinem Stall zu angeln. Überdies beschließt der werte Mister immer, sich keinen Millimeter aus dem Häuschen zu bewegen, wenn man gerade den Schlüssel braucht. Sollte man aber trotz Harnverlust den Wunsch verspüren, Mister Bubble zu streicheln, dann hoppelt das Vieh gewiss in ungeahnter Geschwindigkeit durchs Gehege. Ich stehe vor dem Stall. Und natürlich liegt das tröpfelnde Mastkarnickel breit wie ein Brett im Streu und verdeckt mit seinem feuchten Hintern die Futterschale. Ich schiebe den Hasenarsch zur Seite und fische das Schälchen heraus. An der Unterseite klebt doppelt und dreifach abgesichert der Schlüssel.

»Danke, Herr Pinkel«, sage ich und schiebe die Schale wieder zurück. Meine Hände sind tropfnass. Hoffentlich hat Daniela nicht nur diese unparfümierte Öko-Seife im Haus, sondern auch etwas richtig Scharfes, am besten mit Zitronengeruch. Ich möchte nicht den restlichen Tag mit Pipifingern herumlaufen.

Ich kehre zur Haustür zurück. Raphael lehnt gegen den Türpfosten und telefoniert. »Na gut. Und mehr weißt du auch nicht?«, fragt er ins Telefon. »Ich verstehe. Es ist wirklich eine harte Zeit. Bis später.« Dann sieht Raphael mich an und sagt: »Das war Kurt. Er sagte, dass Daniela etwas von einem Termin in Salzburg erzählt hätte, er aber nicht weiß, um was es geht.«

»Am Sonntag? Will sie zur Beichte oder was?«

»Auf jeden Fall besteht kein Grund zur Sorge, meint Kurt. Du kannst also wieder nach Hause und ich an die Arbeit.« Ich halte den Schlüssel hoch. »Ach, Mama, kannst du nicht ein Mal zufrieden sein? Kurt macht sich keine Sorgen, also sollten wir auch entspannter sein, oder?«

»Zufrieden ist man früh genug, wenn man schön eingefriedet am Friedhof in Frieden ruht«, scherze ich. Raphael lacht und macht eine wegwischende Handbewegung. Auch ich winke mit den Händen. »Ich will Daniela gar nicht hinterherspionieren, sondern Mister Bubbles Gestank loswerden. Ich habe das dringende Bedürfnis, mir die Hände zu waschen.«

Raphael grinst noch immer. »Das verstehe ich. Eau de Mister Bubble hat eine ziemlich stechende Duftnote. Aber wehe, du schnüffelst herum. Ich verpfeife dich.« Drohend erhebt er den Zeigefinger.

»Du und Daniela habt schon als Kinder immer unter einer Decke gesteckt. Ich beeile mich. Versprochen.«

Schnell schließe ich auf. Das Badezimmer ist zum Glück der erste Raum im Haus. Überraschenderweise steht auch eine Packung Flüssigseife am Waschbecken. Ich seife gleich doppelt ein. Der Geruch ist zwar etwas herb und deutet darauf hin, dass diese Seife Kurt gehört, aber die Seife ist wirkungsvoll gegen Hasenpipi. Mit der Waschlotion hört meine Glückssträhne aber auch schon wieder auf. Das Handtuch fehlt. Ich hasse es, mir die Hände mit Klopapier trocknen zu müssen. Noch mehr hasse ich es, wenn danach ein solcher Papierklumpen das Klo verstopft und kein Stößel da ist. So ein Mist! Ich sehe mich um. Der Stößel und auch die Klobürste fehlen, dafür steht aber seltsamerweise eine Packung Einweghandschuhe neben der Dusche. Ich nehme mir ein Paar, ziehe sie an und fische den Klumpen heraus. Dann öffne ich den Treteimer und erstarre. Das Wasser tröpfelt vom Papier auf den Boden, doch es ist mir egal.

»Raphael!«, schreie ich laut.

Raphael streckt den Kopf zur Tür herein. »Was machst du denn da?«, will er wissen und deutet auf das tropfnasse Klopapier in meiner Hand.

»Das ist nicht wichtig. Schau lieber hier!«, befehle ich.

Raphael tritt ein und blickt in den Eimer. »Teufel aber auch«, stößt er aus.

Ich remple ihn an. »Siehst du auch, was ich sehe?«, frage ich.

»Wenn du die Einwegspritzen und blutigen Tupfer meinst, dann ja.«

Ich lasse das Papier zurück ins Klo fallen. »Glaubst du, dass …?« Ich wage es nicht, zu Ende zu sprechen.

Raphael ist genauso perplex wie ich. Er reibt sich über den Kopf. »Es ist schwer vorzustellen, aber es würde auch einiges erklären. Warum Daniela so plötzlich besser drauf ist, zum Beispiel.«

»Oder was sie an einem Sonntag in Salzburg will«, füge ich hinzu.

Raphael legt seinen Arm um mich und zieht mich fest an sich. »Wir müssen sie finden. Meine Schwester und Drogen? Ich kann es nicht glauben«, stottert er.

Ich auch nicht, denke ich stumm. Doch die Spritzen sprechen für sich.

Das Leben ist eine Achterbahnfahrt

Blockaden in der Wirbelsäule
Nach Hildegard von Bingen hilft Schröpfen.
Ebenso eine Weizenpackung. Dafür Weizen weich kochen und noch warm und feucht in Baumwolltücher schlagen. Drauflegen und so lange liegen bleiben, wie es dem Rücken guttut.
Ein warmes Vollbad, eventuell mit Wacholder, Arnika, Thymian, Kampfer oder Rosmarin als Badezusatz, entspannt.
Einen warmen Baumwollumschlag mit gemahlenen Chilischoten auf den Rücken legen.
Alternativ eine selbst gemachte Chili-Schmerzsalbe verwenden (Rezept folgt).

Kurt geht nicht ran. Wahrscheinlich denkt er, dass Raphael nur lästig ist, weil ich die hysterische Übermutter mime, die durch plötzlichen Arbeitsmangel ihre Tochter im Visier hat. Woher soll Kurt auch wissen, dass ich keineswegs in ein Loch gefallen bin, nur weil Gustls Mörder hinter Gittern sitzt?

»Was machen wir jetzt?«, frage ich Raphael.

Er klopft nervös einen unrhythmischen Takt am Lenkrad. Dann starrt er mich an. »Am besten ist, wir teilen uns auf. Ich suche die Bars und einschlägigen Plätze in der Innenstadt ab, und du durchkämmst mit Sepp das Bahnhofsviertel. Wenn wir Glück haben, verschafft sich Dani den Stoff auf dem üblichen Weg. Wenn sie aber einen Privatdealer kennt und in dessen Wohnung ist, haben wir keine Chance.«

Ich schlucke schwer. Raphael bemerkt mein Unbehagen. Natürlich hat er den Streit zwischen Sepp und mir mitbekommen. Es wäre illusorisch, wenn der Geschäftsführer des Herzkastls nicht merken würde, dass der Seniorchef plötzlich wieder im Haus ist.

»Es ist keine Zeit für irgendwelche Rosenkrieg-Spielchen zwischen dir und Sepp. Was auch immer es war, das den armen Kerl zurück in die Wohnung über meinem Puff getrieben hat … ich verlange von dir, dass du über deinen Schatten springst und dich aussöhnst. Immerhin geht es hier um meine Schwester.«

Raphaels Standpauke trifft mich härter als erwartet. Normalerweise stecke ich Kritik gut weg. Ich nicke nur stumm, während in meinem Inneren ein grauenerregender Film abläuft. Ich sehe Daniela, wie sie in einer dunklen Ecke liegt, die Spritze in der Armbeuge, die Augen verdreht und ihr ganzer Körper verdreckt wie der einer abgewrackten Straßendirne. Natürlich weiß ich, dass es so nicht sein kann. Immerhin hat Daniela Geld und es nicht nötig, sich am Bahnhofsklo oder in einer Nebengasse einen Schuss zu setzen. Aber die Bilder aus dem Fernsehen sind zu präsent.

Ich kenne aber auch die offiziellen Statistiken und Berichte. Es sind mehr Drogenabhängige unter uns, als wir glauben möchten. Eine Vielzahl von ihnen arbeitet und lebt ein ganz normales, manchmal auch wohl situiertes Leben. Vom Manager über den Chirurgen bis hin zur normalen Bankangestellten kokst, spritzt und schluckt das Land, was das Zeug hält. Drogensüchtige sind nicht länger nur schmutzige Gestalten in dunklen Hinterhöfen, sondern verkaufen einem Autos, verarzten Schnittwunden oder unterrichten an Universitäten.

Vom übermäßigen Kokaingehalt im Abwasser Antwerpens hat jeder gehört, ebenso von den schneebestäubten Geldscheinen innerhalb der gesamten EU. Bei neunzig Prozent aller Scheine kann man Reste vom Koksen auf der Papieroberfläche finden.

In Salzburg ist die Situation nicht viel besser. Immer wieder berichten die Medien von Drogenringen und Straßenbanden, die kräftig mit der Sehnsucht der Menschen abkassieren. Die Zeiten sind schwer für die Jungen. Einerseits haben sie alles und leben im Überfluss, und andererseits müssen sie in allen Bereichen des Lebens kämpfen. Schneller, stärker, brutaler lautet das Überlebensmotto der Jugend. Der Stärkere gewinnt. Das beginnt schon im Kindesalter und hört bis zum Tod nicht auf.

Dennoch frage ich mich, wie Daniela so rasch in diese Szene geraten konnte, und vor allem, warum Kurt nichts bemerkt hat. Er ist doch eigentlich vom Fach. Vor einigen Tagen lag meine Tochter noch einem Häufchen Elend gleich auf meiner Couch, und jetzt geht sie sonntags in der Stadt spazieren, um sich Drogen zu besorgen. Ich grüble nach, während Raphael mich zum Herzkastl fährt. Immer wieder taucht Wimmers Gesicht vor mir auf. Ich traue Hubert ja einiges zu, und wenn er und Herta tatsächlich eine offene Beziehung führen, dann sind sie vielleicht auch in zwielichtigen Kreisen unterwegs. Ich kann mir den alten Bock auch bei allen möglichen Liebesspielen vorstellen, aber Drogen? Ich denke, wenn ein Mensch schon so neben der Spur ist wie Hubert, dann würden ihn Kokain, Heroin oder auch dieses synthetische Zeugs so aus der Bahn werfen, dass er binnen weniger Wochen ein Fall für die Klinik wäre. Der Hubert hat aber auf seine durchgedrehte perverse Art und Weise ganz normal gewirkt. Ich sauge an meiner Wange, als Raphael mich aus meiner Gedankenwelt reißt.

»Gut. Wir sind hier. Ich möchte gleich nach Salzburg weiterfahren. Vielleicht erwische ich Kurt ja noch und er hat eine Idee, wo wir suchen können. Wir hören uns, okay?«

»Ganz bestimmt sogar«, keuche ich und steige aus. Mein Herz rast, der Blutdruck schießt hoch. Hätte ich – wie eine Comicfigur – eine Fabrikpfeife am Kopf eingebaut, dann würde jetzt ein Daueralarm schrillen.

Schon der Eingangsbereich erscheint anders als noch zu Sepps Zeiten. Raphael hat die roten Vorhänge und Samtbezüge durch ein angenehmes Cremeweiß ausgetauscht. Rote Lampen und anspruchsvolle Fotoakte an den Wänden sorgen nun dafür, dass es nicht zu kühl wirkt. Am Sonntagvormittag herrscht selbst im Herzkastl noch kein Betrieb. Die Männer hocken normalerweise im Wirtshaus beim Frühschoppen, und die Frauen kochen den Sonntagsbraten.

Manu, eine der Frauen, sitzt gelangweilt hinter dem Empfangstresen, guckt auf ihr Smartphone und lässt in regelmäßigen Abständen Kaugummiblasen platzen. Sie ist eines der neuen Mädchen und sieht trotz ihrer vierundzwanzig Jahre aus wie eine Achtzehnjährige. Nur kurz blickt sie auf und nickt in Richtung Salon. Ich glaube, zwischen den Platzgeräuschen ein gemurmeltes »Unten« zu hören und nehme an, dass Sepp sich im neu gestalteten Wellnessbereich aufhält. Der Salon und die Bar sind von Raphaels Renovierungswut noch unangetastet geblieben. Möglicherweise will er diesen Bereich auch so belassen. Die alte Holzeinrichtung, die Samtstühle und Lederhocker wie auch die großen, schweren Gemälde an der Wand erzählen von anderen Zeiten. Ich bin davon überzeugt, dass ein gewisser Kundenkreis gerade deswegen immer wieder gern kommt. Man fühlt sich wie in einen alten Hollywoodfilm zurückversetzt, als die Welt noch glaubte, genau so müsse ein Bordell ausschauen. Irgendwann einmal wird jedes Klischee zum Kult und schließlich, mit etwas Glück, sogar zur Kunst.

Ich sehe mich um. Niemand ist hier, und auch der schönste, klischeehafteste Puff der Welt ist ohne die dazugehörigen Damen nur eine fade Kulisse. Ich schleiche mich weiter nach unten. Bisher habe ich die neuen Saunen, Dampfbäder und Whirlpools nur auf Raphaels Homepage gesehen, jetzt aber schreite ich höchstpersönlich durch die neu gefliesten Bereiche. Ich lausche ins Nichts. Kein Sepp zu sehen oder zu hören. Nur der Whirlpool blubbert leise vor sich hin. Vielleicht habe ich mich doch getäuscht und habe Manu falsch verstanden. Worte sind auch schwer zu verstehen, wenn jemand den Mund voll hat und derart desinteressiert dahermurmelt. Ich presse die Lippen aufeinander. Der Gedanke daran, gleich zwei Stockwerke nach oben steigen zu müssen, erfreut mich gar nicht. Eine alte Frau ist eben keine Hochleistungssportlerin. Wenn ich mit Raphael das nächste Mal rede, bringe ich ihn auf die Idee, einen Lift einzubauen, statt weiter die Inneneinrichtung des Herzkastls zu verändern. Wenn mir das Treppensteigen schwerfällt, dann ergeht es den betagteren Herren ebenso. Ich mache mich auf den Weg zur Stiege, als ich ein lautes »Aua« und ein darauffolgendes tiefes Lachen höre.

Silvana lacht so rauchig und voll, wie sie spricht. Aber die andere Stimme … Kann es tatsächlich Sepp gewesen sein? Ich halte inne und lausche.

»Halte nichts mehr aus«, höre ich durch den Gang. Die Stimme klingt tatsächlich verdächtig nach Sepp. Ich hadere noch einen kurzen Moment mit mir. Soll ich in Silvanas Reich vordringen? Ihr Studio liegt am Ende des Ganges, und ich war bisher nur einmal dort. Das war, als ich und Sepp uns gerade kennengelernt hatten und Gitti unbedingt wissen wollte, wie sich so ein Folterstündchen anfühlt. Der Anblick meiner damals noch silberblau gelockten Freundin am Andreaskreuz hätte mir bis an mein Lebensende gereicht. Einen weiteren Eindruck von Silvanas Arbeitsweise brauche ich eigentlich nicht mehr. Sosehr ich Silvana auch als Mensch schätze, ihre anderweitigen Vorlieben teile ich nicht. Meiner verrückten Gitti hat es aber so gut gefallen, dass sie seither wöchentlich zu Silvana kommt, um sich kopfüber ans Kreuz hängen zu lassen. Nicht etwa aus Lustgewinn, sondern für ihr verbogenes Kreuz. Vor Gittis neuer Therapie habe ich mich um ihre Wehwehchen in der Lendenwirbelsäule gekümmert.

»Da knacken die Wirbel besser als bei dir auf der Liege«, behauptet Gitti überzeugt und demonstriert mir nach jeder Abhängeeinheit bei Silvana, wie beweglich sie danach ist.

Wieder Gelächter. Jetzt halte ich es nicht mehr aus. Ich mache kehrt und gehe zu Silvanas Studio. Die Tür ist nur angelehnt.

»Und, wie fühlt sich an? Besser?«

Ich gebe der Tür einen leichten Stoß. Silvana steht breitbeinig, ganz in einen engen Lederoverall gehüllt und mit Gerte in der Hand vor einer Liege. Ihre dunklen Haare schimmern rot im weichen Licht des Studios. Selbst ihre Rückenansicht lässt mich erschaudern. Ihre Muskeln zeichnen sich unter dem hautengen Leder ab. Silvana ist keine Bodybuilderin, aber sie hat Kraft. Sie schafft es rein durch ihre Körperhaltung, eine Dominanz und Strenge auszustrahlen, die sogar den Höllenhund der Walkners zum Winseln bringen würde. Auf abstrakte Art und Weise ist Silvana eine unwirkliche Schönheit, die jede Frau vor Neid erblassen lässt. Ich fühle mich wie ein ungebetener Eindringling. Hier habe ich wahrlich nichts verloren. Vermutlich behandelt Silvana gerade einen Kunden, und ich stehe wie eine abartige Spannerin in der Tür und spähe. Schämen sollte ich mich.

»Sag, Sepp! Besser als Alte?«, haucht Silvana. Sie lässt die Gerte niedersausen. Sepp stöhnt.

Mir entfährt ein Schreckensschrei.

Silvana dreht sich um. »Rosi?«, fragt sie verdattert. Ihre blutrot geschminkten Lippen sehen für mich aus wie die Monsterlippen einer riesigen fleischfressenden Pflanze. Ich sehe nur das Rot. Alles andere verschwimmt hinter dem Tränenschleier. Silvana – die menschgewordene Venusfliegenfalle und ich – das kleine, hilflose Insekt. Die Mahlzeit ist angerichtet. Ich schlucke schwer. Mein Atem geht wie eine Rassel.

»So ist das also. Ich hoffe wirklich, dass Silvana besser für dich ist als ich … deine Alte«, bringe ich wie durch ein Wunder hervor. Dann schluchze ich nur noch. Sepp sehe ich nicht durch meine verheulten Augen. Aber ich höre ihn, wie er immer wieder »Nein« murmelt. Schnell rede ich weiter, bevor es mir völlig die Sprache verschlägt. »Wir streiten uns, und du schmeißt dich schon im nächsten Moment in die Arme deiner Ex. Und das jetzt … wo Dani Drogen nimmt … ich zu dir krieche, um mich zu entschuldigen und um dich um Hilfe zu bitten …« Ich weine wie ein kleines Kind. Meine Erklärung zu Ende zu führen, schaffe ich nicht. Die ganze Welt ist ein Karussell, eine Achterbahn, die mich hin- und herwirft und gerade ins Bodenlose stürzen lässt.

»Rosi, warte. So ist es nicht«, höre ich Sepps scheinheiliges Gerede.

Aber ich warte nicht. So schnell ich kann, renne ich los. Hinter mir klirrt es. Ich habe einen Dreibeintisch umgeworfen, doch es ist mir egal. Soll doch jemand anders das Chaos beseitigen, das Massageöl aufwischen, die Scherben kehren. Sollen Silvana und Sepp doch ihren Dreck wegputzen. Ich haste und laufe. Hinter mir ruft Silvana. Dann schreit Sepp auf, und diesmal ist es ein echter Schmerzensschrei.

»Hilfe, Sepp ausgerutscht. Hilfe«, plärrt Silvana. Ihre Stimme hat nichts Erotisches mehr an sich. Kein Hauch von Sünde, sondern reine Panik.

Einen Wimpernschlag lang bleibe ich auf der vorletzten Stufe stehen und horche, was geschehen ist. Hin- und hergerissen von meinen Gefühlen stehe ich da.

Sepp heult auf. »Mein Bein«, jammert er.

Ich bin gleichzeitig erleichtert, dass er sprechen kann, und dennoch voller Zorn. Hoffentlich ist es gebrochen, denke ich. Einen Atemzug später schäme ich mich dafür.

Manu stürzt mir entgegen. »Was ist los?«, will sie wissen.

»Ein Unfall«, sage ich.

Manu eilt nach unten. Alle schreien und reden durcheinander. Ich schlucke die Tränen hinunter und gehe weiter. Ich muss hier raus. Raus aus diesem unglücklichen Ort. Vor der Tür sinke ich auf die Eingangsstufe nieder.

Zu viel, denke ich nur, mir ist alles zu viel. Ich lege meinen Kopf auf die Knie und schließe die Augen. Wie hat es nur so weit kommen können? Ich liebe Sepp doch, aber Herrgott noch mal! Muss ich denn alles so hinnehmen? Ich bin doch die Kräuterrosi und hab schon so einiges gestemmt im Leben. Dass die Leute rund um mich herum plötzlich alle ausflippen, ist doch wirklich nicht meine Schuld. Meine Tochter versinkt zuerst in Trauer und rastet dann völlig aus, anstatt mit mir anständig zu reden. Und jetzt erliegt auch noch mein Sepp den Versuchungen seines ehemaligen Geschäftes. Und ich soll dabei ruhig und brav zusehen? Eine verdammte Sauerei ist das! Ich balle die Fäuste und blicke nach oben. Plötzlich fühle ich mich nicht mehr verzweifelt, sondern nur wütend. Am liebsten würde ich meinen Zorn in die Welt schreien.

Doch da fliegt wie ein Zeichen Gottes eine weiße Taube vorbei. Die Stärke, die eigentlich stets mein Begleiter war, kehrt zurück. Ich nicke und stehe auf. Ich bin die Rosi. Ich habe den Moormord geklärt und mich in der Schmolln einem wahnsinnigen Frauenmörder und Kinderschmuggler gestellt. Mich bekommt man so schnell nicht unter. Ja, ich mag einige Zeit an mir gezweifelt haben, und der Gefühlssumpf der anderen ist zu meinem eigenen geworden. Aber das bin ich nicht. Ich bin eine gestandene Frau, eine Heilerin, eine Löwenmutter und die Partnerin eines Puffbetreibers. Aber vor allem habe ich Instinkt. Und genau der treibt mich immer in die Gefilde des Verbrechens.

Mit einem Mal spüre ich die Wahrheit, als wäre sie schon immer direkt vor meinen Augen gewesen. Ich stolpere nicht über Probleme, Schicksale oder Verbrechen. Nein, die Vorsehung gibt sie mir in die Hand, weil ich stark genug bin, sie zu lösen. Und auch diesmal werde ich nicht scheitern. Alles wird gut.

Drogen, Gott und Topfengolatschen

Rezept Chili-Schmerzsalbe
100 ml hochwertiges Pflanzenöl, 12 g Bienenwachs, 25 g frische Chili oder 12 g getrocknete Chili, 12 Tropfen ätherisches Rosmarin- oder Thymian-Öl.
Zuerst Chiliöl herstellen, dazu die Chilis 5 Wochen in Öl einlegen. Danach Öl abseihen. Öl mit Wachs im Wasserbad erwärmen und rühren. Beim Abkühlen das ätherische Öl beimengen.

Die Sonne brennt heiß vom Himmel. Ich habe mich wieder im Griff. Der Krankenwagen ist alarmiert. Silvana, Manu und ein mir unbekannter Herr haben Sepp nach oben geschleppt. Sepp sitzt auf einem Klappstuhl, den Silvana vor die Tür gestellt hat, und verzieht schmerzgeplagt sein Gesicht.

»Lass mich gucken«, sage ich schließlich. Sepp blickt auf und nickt. Mir wird schwer ums Herz, und gleichzeitig bin ich wieder wütend auf ihn. In Sepps Augen schimmert Liebe, aber ich will nicht vergessen, was ich eben im Keller des Bordells gesehen habe. Sepp streckt mir sein Bein entgegen. Er ist so gut wie nackt, und ich kann sein Bein problemlos untersuchen. Auf eine Folterliege gefesselt zu sein, hat im Falle einer Verletzung auch seine Vorteile. Nur einen leichten Bademantel trägt Sepp jetzt. Ich schlucke und verdränge den Gedanken an die Behandlung, die Sepp eben noch genossen hat. Zu zornig macht mich die Vorstellung daran, und dann würde ich zu grob werden. Stattdessen betrachte ich sein Bein, die krausen ergrauten Haare auf der sich stark rötenden Haut. Vom Knöchel aufwärts ist sie rot. Ich streiche darüber. Sepp keucht.

»Ist wahrscheinlich nur stark verstaucht. Gebrochen ist nichts. Ich hoffe, es ist keine Sehne gerissen«, sage ich.

»Fast wie damals, nach unserem ersten Tanzabend, erinnerst du dich? Nur dass du es warst, die nicht gehen konnte«, meint er.

Ich schaue ihm in die Augen. Sie sind wässrig und mehr grau als blau. Es tut ihm leid, das sehe ich.

»Rosi, ich will dich nicht verlieren. Es ist alles ganz anders, als du jetzt denkst. Es war nur Arbeit.«

Der Krankenwagen saust in die Einfahrt. Zwei Sanitäter springen heraus. Es ist keine Zeit mehr zu reden. Silvana berichtet den Rettungskräften von Sepps Ausrutscher auf dem von mir angerichteten Ölteppich. Die Sanitäter stabilisieren Sepps Knöchel und setzen ihn auf einen Tragestuhl.

»Kommst du mit?«, fragt Sepp voller Hoffnung, als sie ihn hochheben. Ich will antworten, aber da redet er weiter. »Nein, lass mal. Mach du, was du tun musst. Meinen Segen hast du. Es war falsch von mir, dich verändern zu wollen. Ich verstehe, dass du enttäuscht und wütend auf mich bist.«

»Stinksauer bin ich«, sage ich mit strenger Stimme.

Sepp zuckt zusammen. »Über das vorhin? Was du im Keller gesehen hast?« Ich schüttle den Kopf. Tränen steigen mir wieder in die Augen. »Lass uns später reden, ja?«, fügt Sepp hinzu.

Die Sanitäter schieben den Sessel in den Wagen. »Ja, später!«, sage ich schnell, bevor sie die Tür ganz schließen. Sepp winkt. Dann braust das Rettungsauto mit meinem Sepp davon. Silvana tippt mich an, bereit, mit mir zu reden, aber ich wehre ab. »Jetzt nicht. Ich habe Wichtigeres zu tun!«

Auch ich kann dominant sein, und ich habe wieder ein Ziel vor Augen. Ich muss die Klarheit zurück in unser Leben bringen. Silvana widerspricht mir nicht. Richtig schuldbewusst sieht sie aus. Ein Gedanke blitzt kurz auf. Hat Sepp vielleicht eine Neigung, die ich bisher nicht sehen wollte? Und wenn ja, könnte ich ihm seine Bedürfnisse auch erfüllen? Silvana hat auf jeden Fall nichts bei meinem Sepp verloren. Er gehört zu mir. Ich teile nicht. Dann schiebe ich die Vorstellung daran schnell zur Seite. Ich kenne Sepp doch. Er ist kein Masochist, und bevor ich mir jetzt weiter den Kopf zerbreche, was er auf Silvanas Liege zu suchen hatte, mache ich mich lieber auf die Suche nach meiner Tochter. Salzburg, ich komme!

»Wo ist Sepps Autoschlüssel?«, frage ich die immer noch stille Silvana. Sie deutet nach oben.

Monatelang war ich schon nicht mehr in Sepps ehemaliger Wohnung. Seit er mit Sack und Pack bei mir eingezogen ist, steht sie quasi leer. Ich hole mir den Autoschlüssel.

Manchmal handelt man zum Glück schneller, als man denken kann. Noch bevor mir richtig bewusst ist, welches Schlachtschiff ich gerade über die Straße lenke, befinde ich mich schon in voller Fahrt. Leise und ruhig gleiten die Räder auf dem Asphalt. Sonntags herrscht Gott sei Dank kaum Verkehr. Alle Welt ist beschäftigt. Die einen leben Familienidylle, die anderen Party mit Freunden, und wieder andere genießen einfach nur die freien Stunden, bis dass der Arbeitsalltag sie montags wieder fest in der Zange hält. Ich gehe normalerweise in die Kirche und nehme danach ein zweites Frühstück ein. Aber normal ist momentan ein Fremdwort für mich. Vielmehr hetze ich von einem Ereignis zum nächsten.

Der neue Vorplatz am Bahnhof bietet keine Parkmöglichkeit mehr, und ich muss wohl oder übel in die Tiefgarage. Verärgert trommle ich aufs Lenkrad. Daran hatte ich nicht gedacht. Vielleicht sollte ich doch lieber durch das Drogenviertel Liefering und die Bessarabierstraße fahren und dort mein Glück versuchen. Dort, wo es keine Touristen hinverschlägt und billige Wohnbauten sich mit tristen Gemeinschaftsgärten abwechseln, hat die Drogenszene schon vor Jahrzehnten Fuß gefasst. Manch einer behauptet sogar, dass die Gegend dort gefährlich sei, aber die schmale Einfahrt in die Tiefgarage kommt mir weitaus gefährlicher vor. Wie das weit aufgerissene Maul eines Tigers sieht sie aus. Ich schlucke.

Augen zu und durch, höre ich Horst. Ich lege den ersten Gang ein und fahre langsam los, immer darauf vorbereitet, dass gleich ein Seitenspiegel knackt oder das Blech laut an der Wand entlangschrammt. Doch nichts geschieht. Stattdessen gleite ich ebenso ruhig wie vorhin auf der Straße hinunter in die Salzburger Unterwelt.

Tiefgaragen haben einen eigenen Charme. Nicht ohne Grund meiden viele Damen meines Alters diese Orte. Wobei ich auch schon von jungen Menschen gehört habe, die froh sind, wenn sie die stinkenden, düsteren Kurzzeitfriedhöfe für Autos schnellstmöglich verlassen können. Schuld daran sind bestimmt auch die Medien, die nur zu gern von Überfällen berichten. Wilde Verfolgungsjagden mit Blechsalat gehören ebenso zum guten Ton in der Filmbranche wie gemeine Dealer, Verbrecher und Vergewaltiger, die vermeintlich hinter jeder zweiten Betonsäule lauern.

Ich parke auf einem Frauenparkplatz, der gleich neben dem Stiegenaufgang zum Bahnhof liegt. Manchmal frage ich mich, ob diese Parkplätze tatsächlich Frauen schützen oder einfach nur eine wunderbare Beschilderung für Verbrecher sind, die auf der Suche nach ebendiesen Frauen sind. Wo findet man einfacher eine alleinreisende Frau als bei einem Frauenparkplatz? Wäre ich ein Lustmolch, so würde ich genau hier in Seelenruhe abwarten.

Ich steige aus und sehe mich um. Kein Lustmolch in Sicht. Dafür stinkt es bestialisch nach Urin und Kotze. Wahrscheinlich ist der Grund dafür der Familienparkplatz auf der gegenüberliegenden Seite der Aufgangsstiege. Noch einmal versichere ich mich, ob nicht zufälligerweise irgendwo Danielas zitronengelber Kleinwagen steht. Aber nichts. Gähnende Leere. Nur wenige Autos parken überhaupt hier. Sonntag scheint kein guter Reisetag für die Bahn zu sein. Ich soll mich am Bahnhof umsehen, hat Raphael gemeint. Also mache ich mich auf, um an die Oberfläche zu kommen.

Mit jedem Schritt wird die Luft besser, und es mieft nur noch leicht. Als ich schließlich oben in der Bahnhofshalle stehe, duftet es sogar lecker nach Brot und Kaffee. Mein Magen meldet sich. Sehnsüchtig zieht er sich zusammen. Seit dem Frühstück und Wimmers ungebetenem Spontanbesuch sind Stunden vergangen, und ich habe außer Sorgen nichts in mich hineingefuttert. Leider brauchen alte Menschen länger, um sich zu orientieren, und so drehe ich mich erst einmal um mich selbst. Ein Supermarkt, ein Zeitungsladen mit Tabaktrafik, Blumen, der Infoschalter ... Wo um Himmels willen wird der köstliche dunkle Saft des Lebens gebraut? Ich blinzle. Hier, im Inneren des Bahnhofs, herrscht entgegen meiner Annahme reges Treiben. Jung und Alt huscht vorbei, kauft schnell ein, verabschiedet oder begrüßt sich. Früher bot der Bahnhof nicht viel, aber heute gleicht er einem kleinen Einkaufszentrum.

Endlich erspähe ich den Ort des Röstaromas. Eine dieser Bäcker-Ketten hat sich am Ende der Bahnhofshalle eingemietet. Ich eile darauf zu, bevor der Unterzucker mich noch in die Ohnmacht treibt. Damit wäre niemandem geholfen – weder Daniela noch Sepp oder gar Anneliese. Ich bestelle mir eine Topfengolatsche mit Marillen und einen großen Kaffee. Zum Glück gibt es in dieser Filiale nicht nur diese hohen Tische mit den Barhockern, wie sie üblicherweise in Schnellimbissen vertreten sind, sondern auch eine richtige Sitzecke. Ich bin nicht der Typ Mensch, der in einem Stehcafé oder mit einem Kaffee zum Mitnehmen glücklich wird. Kaffee gehört sitzend getrunken. Am besten sogar, wenn man die Muße dazu hat, die Uhr einfach ein tickendes Instrument sein zu lassen und die Zeit zumindest für die eine Tasse zu vergessen.

Obwohl ich heute im Stress bin, setze ich mich und beiße in die Golatsche. Der Topfen ist schön cremig und schmeckt leicht nach Vanille. Während ich esse, überlege ich fieberhaft, wo ich mit meiner Suche anfangen soll. Es gibt nun einmal keine MARCO POLO-Stadtführer, in denen es ein separates Kapitel für die erfolgreiche Drogendealersuche gibt. Ausgenommen Amsterdam vielleicht. Da könnte es einen Abschnitt mit den Adressen der Coffeeshops geben. Am besten wird wohl sein, wenn ich durch die Gegend streife und meinen Blick schärfe. Vielleicht habe ich ja Glück und finde ...

Ich verschlucke mich fast. Blöde Rosine. Da huscht sie doch quer durch die Halle. Ich springe auf und eile ihr nach. Daniela ist flink. Sie ist auch Jahrzehnte jünger als ich. Sie eilt in Richtung Lokalbahn. Ich haste hinterher und kollidiere mit einem Zeitungsverkäufer.

»Kaufn S' mir a Apropos an, gnädige Frau?«, fragt der Obdachlose.

Mist! Ausgerechnet ein Straßenzeitungsverkäufer. Mein Herz wird schwach, doch die Zeit drängt. Daniela ist schon fast verschwunden. Ich fasse in meine Handtasche und fische zwei Euro aus der Brieftasche. Schon wieder beim Weiterlaufen, drück ich sie ihm in die Hand. Eine Zeitschrift nehm ich nicht mit. Wo ist Daniela? Ich laufe weiter. Die Lokalbahnstation liegt unterirdisch mit dem Bahnhof verbunden am anderen Ende des Südtiroler Platzes. Ich stöhne. Eine vierundsechzigjährige Frau ist nicht zum Halbmarathon geboren, zumal ich vor Kurzem noch am Baum und danach krank im Bett hing. Meine Kondition ist nicht mehr vorhanden. Der Schweiß läuft schneller als meine müden Beine.

»Daniela!«, rufe ich quer über den Platz. Der Wind verweht meinen Ruf. Nur die Ringeltauben vernehmen ihn und sondieren mit ihren Kulleraugen die Lage. Gurrend fragen sie sich, ob für sie vielleicht ein Brotkrumen bei mir abfällt.

Ich kann Daniela nicht einholen. Trotzdem renne ich weiter. Über den Platz, zurück nach unten in die Tiefe. Am Gleis der Lokalbahn wartet schon der nächste Zug nach Lamprechtshausen. Ich sehe noch, wie Daniela einsteigt, und laufe schneller. Die Tür schließt sich vor meiner Nase. Ich hämmere auf den Knopf, aber sie öffnet sich nicht mehr. Der Zug rollt davon. Daniela sitzt am Fenster. Ich schlage gegen das Glas. Sie sieht hoch, und in ihrem Gesicht spiegelt sich das blanke Entsetzen. Verzweifelt zeige ich ihr mit einer Geste, dass sie mich anrufen soll. Ich glaube, sie nicken zu sehen. Der Zug verschwindet, und ich lasse mich erschöpft auf einer der Wartebänke nieder. Mein Atem rasselt, mein Herz rast, die Bluse klebt an meinem Körper wie Tesafilm an einer Anschlagtafel. Der Zucker und die Nährstoffe, sofern sie in einer Golatsche vorhanden sind, sind bereits verbrannt. Mir ist schlecht und schwindlig. Ich schaue nach oben zur Stahlbetondecke des Bahnhofs, als wäre der blaue Himmel über mir.

»Wieso werde ich so hart geprüft?«, murmle ich ins Neonröhrenlicht.

»Wenn Sie nach Gott fragen, dann liebt er Sie besonders, denn die Frohe Botschaft kommt gerade zu Ihnen«, spricht mich wie aus dem Nichts ein anzugtragendes Bürschchen an. »Haben Sie sich nicht auch schon öfter gefragt, warum Gott das Böse zulässt?« Er hält mir eine dieser Wachtturm-Zeitschriften entgegen.

»Ist die Welt noch zu retten?«, steht darauf. Ich kann nicht anders. Ein hysterisches Lachen entfährt mir. Der junge Mann weicht ein Stück zurück. Vielleicht überlegt er gerade, ob ich verrückt bin oder gar besessen.

Ich reiße mich am Riemen und bemühe mich, mich nicht mehr wie eine Geistesgestörte zu benehmen. »Meine Welt muss ich mir wohl oder übel selbst retten, junger Mann«, sage ich und stehe auf.

»Aber Jehova hat die Antworten auf Ihre Fragen«, will er mich aufhalten und mir doch noch eine Zeitschrift mit auf dem Weg geben.

Heute hab ich wohl eine Anziehungskraft auf diverse Zeitungsburschen. Nur dass dieser hier nicht mit zwei gespendeten Euro zufrieden wäre, sondern mein Seelenheil verlangt. Ich drehe mich um und grinse ihn an. »Ehrlich, junger Mann? Also können Sie mir sagen, warum mein Mann nackt auf der Liege einer Domina liegt und ich das zufällig mitansehen musste?« Der Bursche wird rot. Er lässt seine Zeitschrift sinken. Ich tätschle ihm die Schulter. »Keine Sorge, ich werde die Antwort schon herausbekommen, nachdem ich den wahren Mörder bei einem vermeintlichen Selbstmord und eine Lösung für das Drogenproblem meiner Tochter gefunden habe.«

Ich mache kehrt und eile hinaus. Den armen Kerl lasse ich mit seiner guten Absicht, mir Antworten auf meine Fragen geben zu wollen, zurück.

Mein Telefon piepst. Auf der Rolltreppe nach oben fische ich es aus der Handtasche. Eine SMS von Daniela. »Mein Akku ist gleich leer. Was tust du in Salzburg? Alles okay?«

Ich bleibe oben angekommen stehen und tippe zurück. »Alles in Ordnung. Wir machen uns Sorgen und suchen dich. Seit wann nimmst du Drogen?« Die SMS ist raus, Danis Anruf kommt rein.

»Drogen, bist du verrückt?«

»Ich hab die Spritzen gefunden«, rufe ich in den Hörer.

»Oh Gott, Mama, was denkst du nur von mir?«

»Du benimmst dich komisch in letzter Zeit. Du verschwindest sonntags, hängst abends bei Hubert herum und jetzt die Spritzen. Was sollen wir denken!«

»So ein Blödsinn. Die Spritzen sind Medikamente. Ich war heute in der B–«

Aus. Die Verbindung ist tot. Ich probiere es noch dreimal, aber es geht nur die Mailbox ran. Da schwärmen diese doofen Hersteller immer von ihren verbesserten Akkus, und dann geben ebendiese in den wichtigsten Momenten den Geist auf.

»I hob dir zughört. Brauchst an Rat von an Profi?« Eine heruntergekommene Mittvierzigerin in abgetragener Hippiekleidung und mit verfilzten Rastalocken am Kopf lächelt mich zahnlos an. »Solang dei Mädl net auf Speed is, is alles in Butter.«

»Danke für den Rat«, sage ich ungläubig.

Die Frau nickt und schlurft davon.

Ich sehe mich nach einem ruhigen Eck zum Telefonieren um. Zuerst gebe ich Raphael Bescheid. Er verspricht, sich sofort nach Lamprechtshausen aufzumachen und Dani abzufangen. Dann versuche ich es bei Kurt. Überraschenderweise geht er ran.

»Was ist los? Bei mir brennt der Hut.«

Ich schildere ihm ganz kurz, was geschehen ist.

»Wenn Daniela sagt, es ist alles in Ordnung, dann ist alles in Ordnung. Die Dani nimmt bestimmt keine Drogen. Hab ein wenig Vertrauen in deine Tochter. Ich komm dann, so schnell ich kann. Aber jetzt muss ich Leon suchen.«

»Leon?«, frage ich.

»Der Bub hat einen wirren Abschiedsbrief geschrieben und ist verschwunden.«

»Was steht drin?«, frage ich.

»Ich muss auflegen!«, sagt Kurt, und es klickt.

Ein Mörder kommt selten allein

Rosis Mittel gegen Unruhe
Milch enthält die Aminosäure Tryptophan, der Ausgangsstoff für den Ruhe-Botenstoff Serotonin.
Katzenminze-Tee beruhigt.
Orangenduft in der Wohnung (z.B. mit Nelken gespickte Orangenschalen aufhängen) macht gelassener.
Auch wenn es schwerfällt, Kaffee und andere koffein- und teeinhaltige Getränke meiden.

Leon. Wo mag der Junge stecken? Was steht im Brief? Soll ich Daniela nacheilen oder Leon suchen? Will Daniela überhaupt mit mir reden, oder ist es besser, wenn wir alle zusammen mit ihr sprechen? Zur Not sehe ich mich einer Diskussion mit ihr gewachsen, aber lieber wäre es mir schon, wenn Kurt dabei wäre. Immerhin ist er Polizist, und falls Dani doch ein Drogenproblem hat, dann kann er wahrscheinlich fundierter helfen als ich. Meine Erfahrung mit illegalen Substanzen ist sehr bescheiden. Ein einziges Mal habe ich in jungen Jahren an Gittis Joint gezogen und nichts Besonderes dabei empfunden. Gitti hatte immer wieder Phasen, in denen sie etwas Gras rauchte. Vielleicht ist sie auch im Moment gerade wieder in so einer Phase. Die rosa Locken würden dazu passen.

Ich sehe auf die Handyuhr. Es ist bereits Nachmittag. Kurt kommt erst heim, wenn er bei der Arbeit fertig ist. Und fertig ist er erst, wenn Leon auftaucht. Entscheidung gefällt. Ich marschiere zur Tiefgarage und bekomme einen Schreck, als ich den herunterhängenden Seitenspiegel sehe. Ein Zettel steckt zwischen Wischerblatt und Frontscheibe. »Sorry. Einparken nicht geklappt.« Michelle Drösel und eine Handynummer stehen darauf geschrieben. Das Leben spielt mir anscheinend gern Streiche. Ob Sepp es mir auf Anhieb glauben wird, dass nicht ich, sondern eine gewisse Michelle für seinen fehlenden Spiegel verantwortlich ist? Ich reiße das nur noch lose an einem Kabel hängende Ding mit einem Ruck ab und lege den

Spiegel auf den Beifahrersitz. Dann steige ich ein und mache mich auf den Weg nach Kopfing. Ohne Kurt fahre ich nicht nach Hause. Er hat Mitverantwortung für Daniela und soll gefälligst dazu stehen.

Sepps Wagen ist zwar nun um einen Spiegel ärmer, aber dennoch top ausgestattet, und so bimmelt auf einmal die Freisprecheinrichtung. Ich drücke auf den Knopf.

Sepp ist dran. Wir streiten nicht. Ich erwähne nicht einmal ansatzweise, was ich in Silvanas Studio gesehen habe, sondern bin einfach nur froh, seine Stimme zu hören. Sepp ist glücklicherweise schon auf dem Rückweg nach Hause und nutzt die Zeit im Krankentransport, um mit mir zu reden. Er hört auf die ruhige Art und Weise, die mich stets auf den Boden der Realität zurückholt, zu.

»Ich warte auf dich daheim, und dann schauen wir auch, dass es Daniela wieder besser geht. Es ist bestimmt klug, wenn du Kurt auch herholst. Pass auf dich auf«, sagt er, nachdem ich meinen Bericht beendet habe.

»Sepp?«, frage ich dann.

»Ja?«

»Es tut mir leid. Hat es noch Sinn mit uns beiden? Wegen … wegen … dem, was ich gesehen habe.«

Sepp lacht leise und warm. »Manche Dinge sind anders, als sie scheinen. Das weißt du. Ich habe keine Affäre mit Silvana, und was du gesehen hast, ist nicht das, was es war.«

»Sondern?«

»Ich bin nur für Raphael eingesprungen«, sagt er.

Ich schnappe nach Luft. »Soll das etwa besser sein?«, will ich wissen.

»Ja. Jemand muss auch am Sonntag arbeiten und das Versuchskaninchen spielen. Ich erkläre dir alles in Ruhe, wenn du da bist. Ich liebe dich. Es gibt nur eine Frau in meinem Leben, und das bist du, Rosi.«

Mir fällt ein Stein vom Herzen, auch wenn ich mich wohl oder übel mit der wenigen Information zufriedengeben muss.

Sepp will am Telefon nicht mit der ganzen Sprache herausrücken, aber das, was er gesagt hat, hat sich ehrlich angehört. Ich habe nun eine leise Ahnung, warum Sepp eine Unterweisung von Silvana genossen hat, und hoffe, damit richtigzuliegen. Meistens stimmt ja mein erster Eindruck, aber manchmal täusche ich mich auch.

Erst als ich aufgelegt habe, fällt mir ein, dass ich den abgefahrenen Spiegel gar nicht erwähnt habe. Man muss Prioritäten setzen. Für einen banalen Parkschaden war in dem Gespräch einfach kein Platz, beschließe ich und fahre weiter.

Der Wald empfängt mich ebenso wie Blaulichtblitzen zwischen den Bäumen. Beim Haus der Vormosers herrscht ein Großeinsatz. Ich fahre zielstrebig darauf zu.

»Kurt hat behauptet, es dauert bestimmt keine Stunde und du bist da«, sagt Andrea, als sie mich sieht. Die Polizistin ist Kurts Schatten. Wo sie ist, ist mein Schwiegersohn in spe nicht weit.

»Wo steckt er?«, frage ich direkt. Andrea deutet zum Eingang.

Es ist schon seltsam, wie sich das Verhältnis zu den Menschen im Laufe der Zeit verändert. Während ich bei unserem ersten Zusammentreffen noch eine Fremde und potenzieller Störenfried für Andrea war, bin ich jetzt in Tatortnähe geduldet. Keiner stellt sich mir, der Schwiegermutter des Inspektors, in den Weg. Alle kennen mich, und komischerweise fühle ich mich in Gegenwart der Helfer in Blau auch immer wohler. Ob ich in einem anderen Leben vielleicht selbst Polizistin geworden wäre? Damals, als ich jung war, gab es kaum Polizistinnen, und wenn, dann höchstens in der Parkraumüberwachung. Vielleicht ist in mir eine echte Superkriminalistin verloren gegangen? Der Gedanke daran gefällt mir.

Kurt instruiert gerade einen Trupp Uniformierter. »Das Handy wurde in der Nähe des Baumkronenwegs das letzte Mal geortet. Nehmt den Hund mit«, sagt er in scharfem Befehlston.

Dann sieht er mich. Seine Miene verhärtet sich. Ich gehe auf ihn zu und frage frei heraus: »Gibt es eine Spur zu dem Jungen?« Kurt nickt. »Und glaubst du, es ist klug, wenn die da«, ich deute in Richtung Einsatztrupp, »den Buben verschrecken?«

»Das sag ich auch. Der Leon ist im Inneren ein Sensibelchen.«

Das erste Mal nehme ich Leons Vater so richtig wahr. Ich habe ihn im Fernsehen und kurz auf der Beerdigung gesehen, aber noch nie mit ihm persönlich gesprochen.

»Meine Frau bekommt einen totalen Nervenzusammenbruch, wenn mit dem Leon was ist … sie kann jetzt schon nicht mehr. Seit sie die Drohungen am Handy gelesen hat, ist sie mit den Nerven am Ende.«

Kurt presst die Lippen aufeinander. »Wir müssen den Buben finden. Falls sein Brief nicht nur eine leere Angstmache ist, zählt jede Minute. Also los, Männer!«, sagt er bestimmt.

»Nehmt mich mit«, rufe ich laut. Die Polizisten und auch Leons Vater sehen mich überrascht an.

»Rosi. Keine Gefahr mehr. Ich hab es Sepp versprochen«, zischt Kurt.

»Du hast schon so manches Versprechen gebrochen, Kurt. Hast du meiner Tochter nicht zugesagt, immer für sie da zu sein?«

Der Vorwurf sitzt. Es ist gleichzeitig auch eine schlagende Wahrheit gegen mich selbst. Auch ich habe geschworen, stets für die Menschen, die ich liebe, da zu sein. Aber manchmal erfordern die Ereignisse andere Entscheidungen.

»Nehmt sie mit. Rosi wirkt auf den Buben weniger einschüchternd als ihr.«

Die Männer sind einverstanden. Ich folge ihnen, als mir im letzten Moment noch etwas Wichtiges einfällt.

»Was stand im Brief, Kurt? Und welche Drohungen gab es genau?«

»Andrea soll es dir erläutern«, befiehlt er.

Andrea nimmt mich beim Ellenbogen. Als wir im Auto sitzen, beginnt sie sofort zu reden. »Leon hat Schuldgefühle. Er hat im Brief geschrieben, dass er für Gustls Tod verantwortlich ist und nicht mehr damit leben kann.«

»Wirklich?«

Andrea guckt auf ihre Notizen und liest vor. »Mama, es tut mir leid. Ich kann damit nicht leben, dass der Gustl wegen mir tot ist. Verzeih mir.«

»Aha«, sage ich und muss schlucken.

»Die Johanna Vormoser hat ihren Sohn gestern Abend zur Rede gestellt. Weil sie doch den Drohanruf gehört und danach noch im WhatsApp spioniert hat. Wir haben diese Dinge fälschlicherweise nicht für relevant, sondern wieder für einen Jungsstreich gehalten, und deshalb hat Frau Vormoser den Leon eben selbst darauf angesprochen. Der ist dann ausgetickt und verschwunden. Heute hat sie in seinem Zimmer den Brief gefunden ... und noch etwas anderes ist vorhin passiert.«

»Ja?«, bohre ich nach.

»Der Peter hat eine neue Aussage gemacht. Er hat zumindest für die Zeit seines Verschwindens ein hieb- und stichfestes Alibi. Für die Zeit rund um Gustls Tod eventuell auch. Und damit sind alle bisherigen Ermittlungsergebnisse wieder Schall und Rauch. Deswegen ist der Kurt auch gar so gereizt.«

Ich fixiere Andrea schweigend. Es kostet mich alle Willenskraft, nicht gleich die nächste Frage herauszudonnern und damit vielleicht Andreas Redefreudigkeit zu unterbrechen. Meine Taktik wirkt. Ihr betroffenes Schweigen ist nur von kurzer Dauer. Ich sehe, wie es in ihrem Gesicht arbeitet. Einzelne Fältchen bilden sich und verschwinden dann gleich wieder.

»Der Peter hat eine minderjährige Freundin. Eine erst sechzehnjährige Schülerin und prekärerweise die Tochter der Schuldirektorin. Elisa. Mit ihr hat er hinter dem Friedhof geknutscht, während sein Bruder unter die Erde kam. Das und die Angst, wegen Verführung Minderjähriger belangt zu werden, haben ihn dazu gebracht, lieber zu schweigen.«

Ich schlucke. Das sind ja Neuigkeiten. Nicht nur, dass der Fall gerade in sich zusammenbricht wie ein Kartenhaus, sondern auch die Vorstellung, dass Frau Santa eine frühreife Tochter hat, schockieren mich. Da hatte der Peter während des Begräbnisses nichts Besseres zu tun, als einen auf Verführer zu machen, und hat sich klammheimlich davongeschlichen. In meinen Augen kommt dieses schamlose Verhalten zwar ebenfalls einem Verbrechen gleich, aber dadurch fällt Peter als mein Henker aus. Ich überlege hin und her. Wie passt aber Leon ins Bild? Was kann der Junge schon getan haben, dass er jetzt vor Verzweiflung mit Selbstmord droht? Der Bub wird wohl kaum Gustl an den Baum geknöpft haben. Von mir ganz zu schweigen. Als ich ihn das letzte Mal davonhuschen sah, wirkte er viel zu schmächtig für solch eine Aktion. Hoffentlich finden wir ihn rechtzeitig, bevor er noch eine große Dummheit begeht.

Wir steigen aus. Der Hund schnuppert in der Luft. Er hat anscheinend Witterung aufgenommen. Wir folgen ihm. Unweit des Baumkronenwegs entdecken wir schließlich Leon. Er hockt am Boden auf einer Jacke, den Kopf auf die Knie gelegt und dicke rote Kopfhörer auf den Ohren. Er hat uns nicht gehört.

»Rosi, geh du auf ihn zu und überzeuge ihn, mit uns zu kommen. Wir warten hier für den Fall, dass er wegläuft«, flüstert mir Andrea zu.

Ich pirsche mich an. Erst als ich schon fast vor ihm stehe, sehe ich die Flasche Wodka und die Tablettenschachteln. Zum Glück sind noch keine aufgeknackten Blister darunter. Die Flasche ist dafür schon halb leer. Der Junge hat wohl versucht, sich zuerst Mut anzutrinken, und durch die Wirkung des Alkohols glücklicherweise die Tabletten vergessen. Ich setze mich neben ihm.

Er registriert mich endlich und hebt in Zeitlupe den Kopf.

Seine Augen sind zugeschwollen und zwar nicht nur vom Weinen, sondern auch von einem Fausthieb. Er nimmt träge die Kopfhörer ab.

»Du hast wohl gerade eine schwere Zeit, nicht wahr?«

»Alles Scheissss«, lallt er.

Meine Vermutung war richtig. Der Wodka hat seinen Blutkreislauf schon ordentlich aufgemischt. »Sag mal, was ist denn los mit dir? Deine Mama macht sich so große Sorgen, dass sie sogar die Kripo eingeschaltet hat.« Ich nicke in Richtung Andrea und Konsorten.

Einen kurzen Moment befürchte ich, dass Leon doch seine letzte verbliebene Kraft für einen Fluchtversuch verwendet, so panisch fährt er hoch, aber dann lässt er sich einfach wieder ins Moos plumpsen und beginnt zu weinen.

»Ich will nicht in den Knast! Aber umbringen trau ich mich nicht. Der Gustl war mutig. Ich bin ein Feigling«, jammert er mit einem Mal erstaunlich deutlich. Der Polizeischreck hat ihn wohl schlagartig nüchtern gemacht.

»Willst du mir nicht einfach erzählen, was geschehen ist, und dann überlegen wir gemeinsam, wie wir es den Bullen beibringen? Vielleicht ist alles nur halb so schlimm.« Ich setze mich auf die Jacke am Boden und lege meinen Arm um den Buben. Leon drückt sich an mich und schluchzt. Rotz und Speichel landen auf meiner Weste. Aber Westen kann man waschen. Der Junge braucht jetzt eine Schulter zum Ausweinen.

»Ich bin schuld, dass der Gustl tot ist.«

»Ehrlich? Wie schafft es ein mickriges Bürschchen wie du, einen erwachsenen Mann aufzuhängen?«

Leon rückt ein Stück weg und schüttelt heftig den Kopf. »Nein. Ich hab Gustl ein Video gezeigt. Es sollte eigentlich nur ein Spaß sein. Der Julian und der Luca fanden es witzig, den Gustl zu ärgern. Ich wollt halt bei ihrer Gang dazugehören und hab mich überreden lassen, den Gustl ein wenig zu verarschen.«

»Was genau hast du gemacht?«, will ich wissen.

Leon gibt mir sein Handy. Mit drei Wischern übers Display erscheint ein Video. Es ist in schlechter Qualität, völlig unscharf und unter miserablen Lichtverhältnissen aufgenommen, aber man kann erkennen, dass jemand erhängt wird. Ich habe von solchen Filmen schon gehört. Irgendwelche Verrückten machen sich selbst zu Richtern und exekutieren andere auf offener Straße. Traurigerweise verbreiten sie dann ihre Videos und propagieren einen Krieg, der angeblich heilig sein soll. Doch jeder Mensch mit etwas verstandbegabter grauer Masse zwischen den Ohren weiß, dass ein Krieg niemals heilig sein kann.

»Und dieses Video soll Gustl in den Tod getrieben haben? Das kann ich mir nicht vorstellen«, sage ich.

Leon sieht mich betrübt an. »Eigentlich nicht. Aber er war irgendwie so traurig an dem Tag und hat etwas dahergefaselt, von wegen noch mehr seiner Bäume müssten sterben. Er hat richtig geweint. Mir war klar, dass er herausgefunden hat, dass sein Wald verkauft wird, wegen dem Windpark. Und ich hab trotzdem weitergemacht und ihn auch noch verarscht. Ich hab gesagt, dass keiner seinen Wald will, wenn er sich darin aufhängt und danach als Geist herumspukt. Niemand will einen Geisterwald.«

Ich schweige. Ein naiver junger Mann, wie Gustl es war, hat vielleicht auch an Geistergeschichten geglaubt. Und möglicherweise war er so deprimiert, dass er sich in der Hoffnung, so seinen Wald zu retten, selbst aufgehängt hat. Dann fällt mir aber etwas ein, und ich frage Leon. »Und woher bitte hatte Gustl das Seil? Hast du es ihm gegeben?«

Leon überlegt. Es ist, als würde ihm jetzt erst bewusst werden, dass August ja einen Strick brauchte, um sich zu erhängen. Sein Mund steht einen Spaltbreit offen. »Nein«, antwortet er in Zeitlupe, als müsste er die Gedanken in seinem Gehirn erst neu sortieren.

Ich muss an Peter denken und dass man in seinem Wagen

Seil und Stoff gefunden hat. Ich mustere Leon, der noch immer grübelt. Es ist wie verhext. Eine leise Stimme sagt mir, dass ich weiter im Dunkeln tappe. Viele einzelne Fäden hängen in der Luft und enden kurz bevor sie zu Gustls Tod führen. Sie alle haben Relevanz, aber der richtige Faden versteckt sich im Gewirr der anderen.

»Glaubst du, dass Gustl clever genug war, sich in der kurzen Zeit ein Seil zu besorgen und sich erst dann aufzuhängen?« Leon verneint leise. »Eben. Ich auch nicht. Komm, wir gehen zu Andrea hinüber. Sie wartet schon auf dich.«

»Muss ich ins Gefängnis?«, fragt Leon zaghaft.

»Ich denke nicht. Sie werden aber mit dir und deinen sauberen Freunden reden wollen.«

Leon wird blass. »Luca macht Gulasch aus mir, und Julian reißt mir den Kopf ab.«

»Haben sie dich bedroht? Hast du das Veilchen von ihnen?«

Leon sieht weg. Aber auch das ist Antwort genug. Der Bursche hat Angst. Auf der einen Seite will er zu den großen Jungs gehören und versucht sie nun zu schützen, und auf der anderen Seite ist er ein guter Kerl, der eigentlich noch viel zu kindlich ist, um mit den Großen mitzumischen. In Leons Alter hat man es nicht leicht. Er ist kein Junge mehr, aber auch noch kein Mann. Ich nehme ihn beim Ellenbogen und führe ihn, da seine Schritte doch sehr schwanken.

Gemeinsam fahren wir zu dem Haus der Vormosers. Johanna fällt Leon schluchzend um den Hals. Sie ist erleichtert, und selbst als sie von dem Video erfährt, atmet sie auf. Ihr Junge lebt, und alles andere ist in diesem Moment unwichtig.

Kurt veranlasst sofort die Festnahme von Luca und Julian. Im Gegensatz zu Leon sind die beiden älteren Buben schon strafmündig.

»Wenn sich herausstellt, dass sie Leon mit der Absicht, Gustl in den Selbstmord zu treiben, zu der Aktion überredet oder sogar noch anderweitig nachgeholfen haben, dann sind sie dran«, erklärt Kurt. Ich verziehe den Mund. Kurt mustert mich kurz und seufzt dann. »Ich glaube auch nicht daran, dass wir nun endlich den Mörder haben, aber was soll ich machen? Dieser Fall ist seltsam. Kaum sind wir davon überzeugt, ihn zu den Akten legen zu können, ergibt sich eine neue Wendung und alles ist anders.« Kurt wischt genervt mit der Hand durch die Luft.

»Es passt einfach nicht zusammen, Kurt. Irgendwie kommt es mir vor, als hätten zig Leute ein Motiv. Es ist ein Dorf voller Verdächtiger.«

Kurt seufzt. Dann bekommt er Bescheid, dass seine Kollegen nun auch Luca und Julian aufs Präsidium bringen.

»Jetzt hab ich dann Peter, Leon, Luca und Julian bei mir sitzen. Keinen kann ich freilassen und wahrscheinlich keinen auf Dauer festhalten.« Kurt lacht trocken.

»Eine Dienststelle voller Verdächtiger und der wahre Mörder läuft draußen frei herum. Du bist nicht zu beneiden«, bedaure ich ihn.

Da lächelt Kurt milde. »Die erfolgreichste Strategie zur Falllösung wird sein, dich einfach weiter frei im Ort herumschnüffeln zu lassen. Du deckst doch dauernd neue Spuren auf, und irgendwann stößt du bestimmt auf die richtige und machst uns nicht immer nur eine Menge Arbeit.«

Ich schweige betroffen. Ohne mich wäre Gustls Tod als Selbstmord abgetan worden, und Kurt hätte mehr Zeit für Daniela und seine Familie.

Anscheinend denken wir gerade das gleiche, denn Kurt klopft mir mit einem Mal auf die Schulter und sagt: »Wie machen wir es jetzt wegen Dani?«

Ich zucke die Schultern. »Ohne dich rede ich nicht mit ihr. Vorhin ist eine SMS von Raphael gekommen, dass Dani gut zu Hause angekommen ist und vehement bestreitet, ein Drogenproblem zu haben.«

»Das glaube ich sofort«, meint Kurt.

Ich sehe nach draußen. Die Dämmerung macht sich bereits

im Lande breit, und ich bin müde und hungrig wie ein Löwe, der ohne Pause die Serengeti durchqueren musste.

»Verschieben wir das Gespräch auf morgen«, nimmt Kurt mir die Entscheidung ab. »Pass nur auf, dass Daniela nicht wieder abhaut.«

»Ich bestehe drauf, dass sie bei mir schläft«, verspreche ich Kurt. Dann verabschieden wir uns, und ich fahre zurück ins ruhige Ibm.

Krieg und Frieden

Rosis Spezialbehandlung bei verstauchtem Knöchel
Knöchel ruhigstellen, Kompressionsverband anlegen.
Kühlung tut bei Schmerzen gut.
Einen feuchten Wickel mit Arnikatinktur machen.
Schüßler-Salze Nr. 3 (Ferrum Phosphoricum) gegen die Schmerzen und Nr. 1 (Calcium Fluoratum) für Sehnen und Bänder lutschen und eventuell auch als Salbe auftragen.

Sepp wartet tatsächlich in der Stube auf mich. Er hüpft auf Krücken auf mich zu. Sein Bein ist eingegipst.

»Ich dachte, es sei nur verstaucht?«, frage ich ihn statt einer Begrüßung.

»Ja, aber ziemlich übel. Ich muss den Knöchel eine Woche ganz still halten, und dieses Unding soll mich dabei unterstützen.«

»Geschieht dir recht. Wer sich zur Domina begibt, muss eben mit schmerzhaften Nachwirkungen rechnen«, sage ich schmunzelnd.

»Bist du mir noch böse, Rosi?«

Ich schüttle den Kopf. Trotz des vielen Wirbels habe ich mir eine Erklärung zusammengereimt und bin schon gespannt, wie nahe ich der Lösung bin. Sepp will schon mit seiner Version beginnen, aber ich bremse ihn. »Bevor du mir deine Sünden beichtest, müssen wir Daniela herholen. Ich habe Kurt versprochen, auf sie achtzugeben.«

»Also stimmt es, und du hast tatsächlich Spritzbesteck bei ihr gefunden?« Sepp schlägt betroffen die Lider nieder und murmelt leise: »Und ich war nicht da für euch.«

»Keine Zeit für Schuldgefühle. Kannst du mithumpeln? Ich fahre«, sage ich.

Sepp folgt mir erstaunt nach draußen. Seine Überraschung bezüglich meines plötzlichen Fahreifers schlägt beim Anblick des fehlenden Seitenspiegels in leichten Ärger um. Ich kann seine Gedanken in seiner Miene lesen.

»Nein, ich habe nicht vor, nun den Rest des Wagens zu Schrott zu fahren, weil schon ein guter Anfang gemacht ist«, sage ich augenzwinkernd. »Den Spiegel hat eine gewisse Michelle auf dem Gewissen. Sie hat es geschafft, das parkende Auto zu schrammen. Ich hingegen bin ganz vorbildlich jedem Hindernis ausgewichen.«

Da muss Sepp lachen. »Du verblüffst mich immer wieder.«

Dennoch ist Sepp kein angenehmer Beifahrer. Ich merke, wie er unbewusst mit seinem kaputten Fuß auf die nicht vorhandene Bremse tritt und sich in jede Kurve legt, als würde damit der Wagen automatisch auf der Straße bleiben.

Vor Danielas Häuschen entspannt er sich endlich. Die Tür steht offen. Licht fällt von der Küche in den Vorraum. Ich gehe vor, Sepp folgt mir. Da sitzen Daniela und Raphael am Tisch und starren erwartungsvoll in unsere Richtung.

»Die Krücken sind nicht zu überhören«, erklärt Raphael. Er wirkt erleichtert, und auch Daniela sieht gelöst aus, obwohl sie gewiss geweint hat.

»Kurt hat mich gebeten, dich heute zu mir heimzuholen, Daniela. Wir möchten dann morgen in aller Ruhe über dein Problem reden«, komme ich sofort zur Sache.

Daniela funkelt mich an. »Ich habe kein Problem.«

Ich seufze. »Schätzchen, ich habe die Spritzen gefunden. Du geisterst sonntags durch Salzburg und benimmst dich seltsam. Du hast ganz eindeutig ein Problem. Aber wir finden eine Lösung.«

Daniela lacht. »Ich habe sie schon gefunden.«

»Ja, hat sie«, kommentiert Raphael überflüssigerweise.

Ich schnappe nach Luft. Sepp kommt mir zur Hilfe. »Kinder, Daniela … komm doch einfach mit, und dann passt es auch. Morgen reden wir.«

»Nein. Ich kann nicht weg, und ich will nicht weg.«

»Du musst«, sage ich automatisch.

Daniela verschränkt die Arme vor der Brust. »Einen Teufel

muss ich. Ich bleib hier. Der Hubert kommt dann und hilft mir.«

»Wobei soll der schon helfen? Bei der Auswahl zwischen einer brünetten oder blonden Dame?«, sage ich giftig lachend.

Doch Daniela reagiert anders, als ich es erwartet habe. »Genau. Und jetzt geht. Ich weiß nämlich nicht, wie lange ich mich noch unter Kontrolle halten kann.« Sie zieht die Augenbrauen zusammen.

Das ist nicht die Tochter, die ich kenne und großgezogen habe. Sie sieht wild, geradezu rasend aus. Auf ihrer Haut tanzen die Flammen des Zorns und hinterlassen kleine rote Flecken auf ihrem Gesicht.

Betont ruhig und liebevoll frage ich sie: »Schätzchen, langsam bekomme ich Angst. Was macht dich so wütend? Sind es die Drogen, die aus dir sprechen?«

Daniela springt auf. »Ich bin wütend, weil du in meinem Haus herumschnüffelst und dann ohne echten Beweis annimmst, ich würde mir irgendein illegales Zeug spritzen. Ich bin wütend, weil du mir nie zugehört hast, als ich mit dir reden wollte, aber jetzt stehst du da und verlangst, dass ich mit dir komme. Zudem meuterst du dauernd gegen Hubert, gegen den einzigen Menschen, der für mich da ist.«

»Hubert ist kein guter Umgang für dich. Du hast Kurt. Er liebt dich«, rufe ich dazwischen. Das ist ein Fehler.

Daniela schlägt auf den Tisch. »Ich bin erwachsen. Ich lebe, wie ich will, und treffe mich, mit wem ich will. Basta! Und jetzt geht!«

»Was soll ich Kurt sagen, Liebling?«, frage ich der Verzweiflung nahe.

Sie sieht mir direkt in die Augen und meint mit ruhiger Stimme: »Nichts. Wir reden morgen, so wie du es vorgeschlagen hast. Bis dahin hört auf, euch Sorgen zu machen. Mir geht es prima. Ich habe etwas gefunden, das mir Hoffnung gibt, und jetzt ... brauche ich meine Ruhe. Ich muss mich noch duschen, bevor Hubert kommt. Geht, alle drei. Sofort!«

Raphael nimmt ihre Hand und küsst sie. »Ich finde gut, was du machst«, sagt er.

Sie zieht ihre Hand weg und legt ihren Finger auf die Lippen. Tränen schimmern in ihren Augenwinkeln. Ich beobachte wie gebannt die Szene, durch die ich mich um Jahrzehnte zurückversetzt fühle. Damals, als Raphael und Daniela noch Volksschulkinder waren, haben sie sich oft zu einem verschworenen Team zusammengetan, und kein Erwachsener hatte eine Chance gegen die beiden. Raphael grinst und macht eine Bewegung, als würde er seine Lippen mit einem Reißverschluss versiegeln. Er weiß es. Es ist genau wie damals. Er weiß alles, was Dani uns morgen erzählen will, und er wird schweigen wie ein Grab. Er hat schon immer zu ihr gehalten und ihre Geheimnisse gehütet wie einen kostbaren Schatz. Ich bin auf verlorenem Boden. Bis morgen herrscht Informationssperre. In diesem Krieg muss ich mich geschlagen geben. Und das, obwohl ich nur zum Besten meiner Tochter in den Kampf geritten bin.

Langsam taste ich nach Sepp. »Gehen wir!«, sage ich trocken.

Vor dem Haus holt uns Raphael ein. »Wartet kurz«, bittet er außer Atem. Ich drehe mich um. Er blinzelt zufrieden. »Ich wollte dir nur sagen, dass du dir keine Sorgen machen musst. Dani nimmt keine Drogen. Sag das auch Kurt.«

»Und?«, frage ich, obwohl kaum Hoffnung besteht, dass Raphael sein Schweigegelöbnis bricht.

Er legt bedauernd den Kopf schief. »Du weißt, ich kann es dir nicht sagen. Aber Daniela ist die verantwortungsvolle und wohlüberlegte erwachsene Frau, zu der du sie erzogen hast.«

»Mir Gries um den Mund zu schmieren hilft in diesem Fall gar nichts, mein Junge. Ich mache mir Sorgen. Das ist mein Recht als Mutter. Wenn deine Tochter einmal erwachsen ist, wirst du sehen, dass Alter keinen Unterschied macht. Als Elternteil ist man immer voller Angst um die eigenen Kinder. Ich liebe euch.«

Raphael beugt sich vor und drückt mir einen Kuss auf die Wange. »Und wir dich«, haucht er. Dann setzt er ein breites Grinsen auf. »Versuch wenigstens, etwas lockerer zu sein und daran zu glauben, dass sich alles in Wohlgefallen auflöst. Und vor allem, schau auf dich und deinen Sepp. Ihr habt einiges zu bereden, hab ich gehört.«

Ich verdrehe die Augen und kann gerade noch ein genervtes Seufzen zurückhalten. Es war ja klar, dass Raphael bestens über meine Ehegeschehnisse informiert ist. Dafür hat die stille Dorfpost inklusive Gitti gesorgt.

Die aufregende Neuigkeit, dass sich der Bumshüttensepp lieber von der Domina verdreschen lässt, als der Kräuterrosi beim Schnüffeln zu helfen, hat bestimmt schon vor Stunden den letzten Neugierigen erreicht. Da darf ich mich beim nächsten Einkauf auf etwas gefasst machen. Wenn die Krämer Marie gute Laune hat, dann sind ihre Tipps bezüglich Ehe und Liebe gewiss von einer Qualität, die dem Dr.-Sommer-Team aus der Bravo die Schamesröte ins Gesicht treiben würden. Bei Marie ist eine Lebensberaterin der besonderen Art verloren gegangen. Egal, wie sehr einem das Leben zusetzt, Marie versteht es, mit Worten solche Ohrfeigen zu verteilen, dass man sich gern jedem Problem stellt.

Raphael macht sich auf den Weg zurück nach Hause. Ich stehe noch einen Moment unschlüssig vor dem Wagen, während sich Sepp ins Innere des Autos quält. Einen letzten Blick werfe ich zu Danielas verschlossener Haustür. Muss ich sie tatsächlich allein zurücklassen? Kann ich darauf vertrauen, dass alles gut wird, so wie Raphael es versprochen hat?

Der Himmel verfinstert sich wie auf ein Zeichen hin. Dicke, schwere Regenwolken bauschen sich zu einer Gewitterfront zusammen. Schon fallen die ersten Tropfen. Der Sommerregen ist anders als normaler Regen. Die Tropfen sind schwerer, voller, nährender. Ich schaue nach oben. Hoffentlich bringt dieses Gewitter nicht nur das nötige Nass für die Natur, sondern auch Klärung und Reinigung für die Menschen. Ich sehne mich nach Klarheit – in allen Bereichen.

Sepp klopft von innen an die Fensterscheibe. Ich lächle ihm zu und steige endlich ein. In einem Bereich kann ich heute noch aufräumen: Sepp und ich müssen reden. Von Grund auf. Und diesen Krieg, sofern es einer ist, werden wir beide gewinnen. Wo nämlich Liebe ist, lohnt sich der Kampf. Und ich werde um unsere Liebe kämpfen.

Ich blende alles aus, was mich sonst beschäftigt. Es ist schwer, aber es muss sein. Stattdessen bereite ich Sepp eine Schüßler-Salz-Mischung für seinen Knöchel zu. Ich mache auch den Kamin an. Da es draußen gewittert und empfindlich kühl geworden ist, wärmt ein heimeliges Feuer angenehm. Ganz zu schweigen von der emotionalen Wirkung. Sepp ist unruhig. Er möchte am liebsten schnell reden und das Gespräch hinter sich bringen. Aber ich brauche Zeit. Zum einen, um meine Gedanken zu ordnen, und zum anderen, um frei für Sepp zu sein.

Schließlich setze ich mich mit einer Tasse Nerventee zu ihm. »Also, schieß los«, sage ich und muss fast lachen, so erleichtert sieht Sepp durch meine Aufforderung aus.

»Es war ein Test. Ein ganz banaler Produkttest.«

Ich ziehe die Augenbrauen hoch. So eine ähnliche Erklärung habe ich nach Sepps Andeutungen schon erwartet. »Am Tag des Herrn?«, frage ich.

Sepp nickt. »Da herrscht Ruhe im Puff, und man hat Zeit.«

Jetzt nicke ich langsam.

»Eigentlich hätte Raphael die neue Liege ausprobieren und über eine Anschaffung entscheiden sollen, aber du hast ihn ja woanders gebraucht.«

»Stimmt. Wobei ich kein schlechtes Gewissen habe. Daniela war verschwunden ...«

Sepp nimmt meine Hand. Er malt kleine Kreise mit seinen Daumen über meine Haut. »Da hast du recht. Auf jeden Fall sollte eigentlich Raphael dort liegen, wo du mich gesehen hast.

Und das mit der *alten*«, Sepp macht eine bedeutungsschwangere Pause, »hat sich nicht auf dich und eine möglich Affäre mit Silvana bezogen, sondern auf die Liege.«

Ich muss lachen. »Ist die neue jetzt besser als die alte?«, will ich wissen.

»Auf jeden Fall ist sie härter. Es soll ja Männer geben, die es gern hart haben. Ich bevorzuge weich.«

Er streicht mir durchs Haar. Ich schnurre kurz, entwinde mich dann aber. »Mich bekommst du so schnell nicht weich. Wenn das tatsächlich eine ... nennen wir es Werbevorführung war, wo war der Verkäufer?«

»Du hast ihn getroffen, aber erst später, als er mir nach oben geholfen hat. Im Studio stand er direkt neben der Tür. Du hast ihn dort nicht gesehen, weil du auf Silvana und mich konzentriert warst.«

»Dieses Bild hätte jeden in den Bann gezogen, glaub mir.«

Sepp grinst. »Vielleicht sollte ich mit den Fernsehfuzzis reden. Über eine Neuaufnahme von ›Pimp my Puff‹ ... mit mehr Körperbeteiligung meinerseits. Wenn ich doch so fesselnd bin.«

»Pass lieber auf, was du sagst, mein Lieber. Ich kenne deine momentane Schwachstelle«, scherze ich zurück und tippe nur sacht an seinen Knöchel.

»Silvana ist nichts gegen dich, du Folterkönigin.« Sepp will mich küssen.

Ich halte ihn zurück. »Sepp, bleiben wir ernst. Wir müssen wirklich über unsere Beziehung reden. Ich liebe dich sehr, und selbst eine echte Folterstunde mit Silvana würde ich wahrscheinlich verkraften, wobei mir die Vertretergeschichte natürlich besser gefällt ...«, sage ich.

»Aber?«, fragt Sepp nach dem Offensichtlichen.

»Ich kann mich nicht so ändern, wie du es von mir erwartest. Dafür bin ich zu alt. Außerdem gefällt mir, was ich mache. Ich löse gern knifflige Rätsel. Und ehrlich gesagt hast du mich so kennengelernt. Also hör auf, dauernd zu jammern, dass ich bin, wer ich bin.«

Sepp möchte etwas einwenden, aber ich lege ihm meinen Finger auf die Lippen. Er hält still, und ich rede weiter. »Wenn ich dich als Bordellbetreiber akzeptieren kann und dir deine Vergangenheit nicht zur Last lege, dann kann ich ja wohl erwarten, dass du mich ebenfalls akzeptierst. Oder glaubst du, es ist einfach für eine bodenständige Frau wie mich, mit einem Puffvater zusammen zu sein? Was die Leute reden …« Ich lege den Kopf schief und setze eine gespielt entsetzte Miene auf.

Sepp lächelt schuldbewusst. »So habe ich es bisher noch nie gesehen. Aber du hast recht«, gibt er zu.

Ich nicke gnädig. »Schön. Dann haben wir das geklärt. Außerdem muss ich anmerken, dass ich mich an unsere Absprache gehalten habe und dich nach Kopfing mitnehmen wollte. Du hast aber auf stur geschaltet. Ich frage dich das nur einmal, und ich erwarte eine ehrliche Antwort. Willst du überhaupt mit mir nach der Wahrheit suchen, oder wünschst du nicht vielmehr, dass ich meine Finger völlig von Kriminalfällen lasse? Wenn das nämlich so ist, dann sehe ich keinen Sinn mehr in unserer Beziehung.«

Ertappt. Sepp schluckt schwer. Es ist schon beeindruckend, dass gewisse Gefühle in jeder Kultur und in jedem Alter gleich aussehen. Sobald der Mensch sich schuldig fühlen kann, liegt weltweit dieser traurige Schatten in seinem Gesicht, der die Mundwinkel nach unten zieht und den Blick senkt. Ich habe Bilderserien von Kindern, Männern und Frauen jeden Alters und jeglicher Herkunft gesehen, und alle hatten sie diesen Ausdruck.

»Was soll ich tun, Rosi? Meine Liebe macht mich eben auch schwach. Ich habe bei dir im Krankenhaus ausgeharrt, als dich im Winter dieser verrückte Georg töten wollte, und ich habe Blut geschwitzt, als du bei Gustls Begräbnis plötzlich verschwunden warst. Ich schaffe es nicht, dich in Gefahr zu wissen.« Sepps Kehlkopf hüpft auf und ab. Dann sieht er mir direkt in die Augen. »Ja, du hast leider recht. Am liebsten wäre mir, du würdest dich ganz raushalten. Aber …«

Jetzt hängt sein »Aber« schwer in der Luft. »Aber?«, frage ich nun und nehme seine Hand.

»Aber ich muss einsehen, dass es dich nur mit deinem Hang zur Gefahr gibt. Ich war in diesem Moment eben einfach ein alter Sturkopf und wollte auf Biegen und Brechen verhindern, dass du weiterschnüffelst. Ich war dumm. Du liebst mich alten Puffvater, und ich möchte dir deine Leidenschaft verbieten? So geht das nicht. Ich verspreche hiermit hoch und heilig, dass ich in Zukunft akzeptieren werde, dass du meine Kräuter- und Krimi-Rosi bist.«

»Gut. Ich kann dir nämlich nicht versprechen, mich rauszuhalten. Zumal es in Kopfing brodelt und sich immer mehr Verdächtige auftun. Nichts, aber auch gar nichts ist geklärt, sag ich dir. Wir tappen weiter im Dunkeln, obwohl wir zumindest drei mögliche Täter ausgemacht haben.«

»Wir?« Sepp lacht. »Siehst du dich nun schon als Teil der Polizei?«

Ich nicke verlegen. »Ich muss zugeben, dass ich mich zumindest auf der Seite der Polizei sehe.«

»Meine Rosi«, sagt Sepp sanft.

Diesmal lasse ich es zu, dass er mich streichelt und mir einen Kuss auf die Lippen drückt. Mir wird warm ums Herz. Ich habe ihn vermisst. Seine Berührung, die Gespräche, seinen ruhigen Verstand, der so ganz anders arbeitet als meiner. Tränen der Rührung kriechen mir die Kehle empor und wollen sich einen Weg nach draußen bahnen. Aber ich schlucke sie hinunter.

»Sepp«, bitte ich heiser, »hilf mit. Ich möchte wirklich, dass wir gemeinsam an dem Fall arbeiten. Als Team. Als Partner.«

Sepp stimmt zu. »Machen wir. Versprochen.«

»Lieber ein Leben mit Gefahr, als die Gefahr nie richtig zu leben«, bemerke ich und kassiere dafür Sepps nach oben verdrehten Blick.

»Du und deine weisen Sprüche«, sagt er und küsst mich abermals.

Wir lieben uns. Kommen uns wieder nah. Trotz der Probleme und Sorgen, die mich quälen. Ich spüre, wie Sepp mir unter die Haut geht und ich ihm. Liebe macht vor dem Alter nicht halt. Ebenso wenig vor verstauchten Knöcheln oder beleidigten Bandscheiben. Es ist fast wie beim ersten Mal, und vielleicht ist es sogar gleichwertig. Immerhin hatten wir unsere erste ernste Krise, und nun herrscht ein Neuanfang. Eng umschlungen liegen wir im Wohnzimmer. Das Holz knistert im Kamin. Draußen wütet der Sturm. Regen prasselt an die Fensterscheiben, und der Donner grollt durch die Nacht. Manchmal zuckt ein Blitz und erleuchtet das nur vom Feuerschein leicht erhellte Wohnzimmer. Das Draußen existiert nicht länger. Alles, was zählt, ist drinnen.

Ich döse weg und träume. Doch diesmal ist es kein Alptraum, der mich plagt, sondern ein Wunschtraum. Sepp und ich am Strand. Das Meer. Die salzige Luft. Das Rauschen der Wellen. Wir haben den Absprung bald geschafft. Als ich aufwache, liegt Sepp mit geöffneten Augen neben mir. Im Kamin glimmt nur noch die Glut, und auch der Sturm hat sich gelegt. Frieden.

Für Elise

Drei Wickel bei dicken Knien und Knöcheln
Kühlender Quark-(Topfen-)Wickel: Am besten bis zum Aushärten tragen.
Essigsaure Tonerde: 2 EL Tonerde auf ein Glas Wasser, darin die Tücher tränken und dann um das betroffene Gelenk wickeln. Tragen, bis der Wickel warm ist.
Kohlwickel: sollte man regelmäßig über Nacht tragen. Dazu Weißkohlblätter mit dem Fleischklopfer plätten, bis der Saft austritt. Die feuchten Blätter auf das Gelenk geben und mit Stoff umwickeln.

Erstens: es kommt immer anders und zweitens: als man denkt. Genau das passiert dauernd in meinem Leben. Wieder einmal ist das Telefon der Auslöser für die spontane Planänderung. Da habe ich nur einen Festnetzanschluss im Vorraum und das Handy im Gegensatz zur Mehrheit wirklich nur an, wenn ich unterwegs bin, und dennoch bringt das frühmorgendliche Klingeln den geplanten Tagesablauf durcheinander.

Es ist Kurt. Gestern Abend hat er mir noch versprochen, dass er quasi auf dem Weg nach Hause ist und ich mir keinen Vorwurf wegen Danielas Weigerung machen brauche … und heute ruft er mich von der Polizeistation aus an. Er klingt müde, geradezu erschöpft, und ich bekomme fast ein schlechtes Gewissen, als ich ihn frage, warum er nicht längst daheim ist. Doch anstatt sich zu verteidigen, bittet er mich bloß, zur Dienststelle zu kommen. Leon spricht nicht. Er will nur mit der *Oma* reden. Ähnlich ergeht es Kurt mit Elisa, Peters jugendlicher Freundin. Nur dass hier auch noch ein überkandidelter Anwalt mitmischen will. Ich soll mein Glück versuchen, bevor man von Gesetzes wegen alle wieder in die Freiheit entlassen muss, weil es quasi noch Kinder sind. Ich willige schon allein deswegen ein, weil Kurt sonst gar nicht mehr zu Hause auftaucht und wir nie mit Dani reden können.

Zum Glück ist Sepp diesmal mit dabei. »Obwohl ich mir der Todesgefahr bewusst bin, wenn du quer durch die Stadt fährst, begleite ich dich notgedrungen«, hat er gesagt und sitzt jetzt neben mir in Donald.

Eine weitere Fahrt mit Sepps Luxuskarosse konnte ich verhindern. In der alten Ente fühle ich mich wesentlich wohler. Einziges Manko meines Donald ist sein gestörtes Temperaturempfinden. Früher hatte Donald genau betrachtet keine Heizung. Die standardmäßige Frischluftheizung hat maximal für ein laues Lüftchen gesorgt, und das auch nur, wenn Donald besonders guter Laune war. Horst hat aber kurz vor seinem Tod für eine Nachrüstung gesorgt. Seither kennt mein Auto nur noch die Abstufung normal heizen und höllenmäßig heiß heizen. Aufgrund der nach dem nächtlichen Gewitter schon wieder steigenden Temperaturen habe ich die Einstellung normal heizen gewählt.

»Kannst du deinen Kochtopf nicht zurückschalten?«, fragt Sepp keuchend. Schweißperlen stehen auf seiner Stirn und sorgen für sein glänzendes Aussehen.

»Wenn ich die Belüftung ausschalte, läuft die Scheibe an«, sage ich.

»Wenn ich erst in Salzburg bin, hab ich eine Kerntemperatur von sechzig Grad. Niedrigtemperaturgaren soll ja groß im Trend sein.« Sepp stöhnt und öffnet den obersten Hemdsknopf.

»Stimmt, also sei froh. Auf diese Art wirst du innen zart, saftig und rosa, obwohl du außen schon alt und schrumplig bist.«

Sepp lacht. »Gleiches gilt auch für dich«, sagt er. Ich zucke die Schultern. Nach dem Stress der letzten Tage bin ich es gewohnt, im eigenen Saft zu schmurgeln.

Es ist Montag, und der Berufsverkehr hat die Landeshauptstadt fest in der Mangel. Die Straße von Oberndorf in die Stadt hinein ist wie meistens überlastet. Donald heizt weiter die Stimmung an. Ich weiß schon, warum ich die meisten Wege zu Fuß erledige. Warum soll ich meine Nerven und meine Gesundheit strapazieren, wenn ich daheim beim Krämer die meisten Dinge erhalten kann, inklusive der neuesten Meldungen aus dem Dorfleben? Das großartige Shoppingevent, von dem die Jungen so gern schwärmen, hat mich bisher nicht so begeistern können, dass ich dafür den ewigen Tritt auf die Bremse in Kauf nehmen möchte. Salzburg ist bekannt für seine roten Ampeln. Grüne Wellen gibt es anderswo, Salzburg aber muss man gesehen haben … Zur Not auch nur durchs Autofenster. Selbiges kurbelt Sepp in der Hoffnung auf Abkühlung nach unten. Herein weht aber nur der Abgasgestank der anderen Autos.

Nach einer gefühlten Ewigkeit sind wir da. Es ist eine Weile her, dass ich das letzte Mal in der Direktion war. Nach der langen Fahrt schmerzt mein Knie. Auch die Venen spüre ich. Sepp tut sich ebenfalls schwer mit dem Gehen. Und so schlurfen und humpeln wir wie zwei entflohene Altenheimbewohner zur Tür hinein.

Ich komme am Gang an Frau Vormoser vorbei. Sie springt auf, als sie mich sieht. »Frau Rosi«, keucht sie erleichtert.

»Grüß Gott, Johanna«, antworte ich, und auch Sepp reicht ihr kurz die Hand. »Leon will seine Aussage nicht wiederholen?«, komme ich dann zur Sache.

Johanna senkt den Blick. Die letzten Stunden haben sie um Jahre altern lassen. Wie zu lange gekochte Spiralnudeln hängen ihr die Locken ins Gesicht. »Er will auch mich nicht im Raum dabeihaben. Ich habe versucht, ihm Mut zu machen, aber er hat mich heulend rausgeschickt.«

»Wahrscheinlich schämt er sich und hat Angst«, vermute ich laut.

Johanna atmet tief ein. »Kann sein. Ich bin aber nur froh, dass er am Leben ist. Es ist für mich nicht so wichtig, was er angestellt hat. Ich bin doch seine Mama.« Sie weint.

Ich fühle mit ihr und drücke ihr die Hand. »Der Junge ist bald wieder bei Ihnen daheim. Da bin ich mir sicher.«

»Ihr Wort in Gottes Ohr«, sagt sie.

»Ich muss weiter«, sage ich. Sie lässt sich müde auf den

Stuhl zurückfallen. »Keine Sorge, die Angelegenheit ist bestimmt schnell geklärt«, verspreche ich und hoffe gleichzeitig, damit recht zu haben.

Sepp und ich marschieren ins Büro. Kurt erwartet uns bereits. Auf seinem Schreibtisch stapeln sich Kaffeebecher und Energydrink-Dosen. Gelinde gesagt sieht er katastrophal aus. Nicht einmal der Restspeck an seinem Bauch und den Wangen verdeckt die tiefen Falten. Dazu kommen ein Bart, der die Dreitagesgrenze um mindestens vierundzwanzig Stunden überschritten hat, und Augenringe, die selbst einen Mops frisch und munter aussehen lassen.

»Du siehst schlimm aus«, begrüße ich ihn.

»Danke. Ich kann selbiges nicht von dir behaupten. Alles wieder im Lot?«, will er wissen. Sepp brummt zustimmend. »Kommen wir gleich zur Sache. Die erste Herausforderung dürfte leicht zu meistern sein. Luca und Julian haben mehr oder minder Leons Story bestätigt. Sie haben auch zugegeben, ihm das blaue Auge verpasst zu haben. Wir behalten die beiden zur Abschreckung noch zwei, drei Stunden hier. Aber dann können sie heim. Leon schweigt und jammert nur nach seiner Mama, die er, wenn wir sie reinschicken, wieder rauswirft.«

Kurt fährt sich durch den Stoppelbart. Ich sage ihm nicht, dass ich Leons Gefühlschaos zum großen Teil nachvollziehen kann. Der Junge steht völlig neben sich, wird von Schuldgefühlen und Scham durchgerüttelt und weiß wahrscheinlich selbst nicht, was er tun oder wen er sehen will.

Kurt fährt mit tiefer Stimme fort: »Jedes Zureden war bisher zwecklos. Der Bub hat sich in seine Angst hineingesteigert und spricht mit niemandem, der auch nur im Geringsten nach Polizei aussieht. Wir brauchen aber die Aussage von Leon fürs Protokoll. Glaubst du, dass du ihn noch mal dazu bekommst, dir die Geschichte zu erzählen? Damit wäre uns schon geholfen.«

Ich nicke zuversichtlich. Bestimmt hat Leon auch Panik,

dass seine feinen Freunde ihm die Aussage übel nehmen. Im Wald hat noch der Alkohol aus ihm gesprochen. Aber nun hatte er Zeit nachzudenken und konnte sich dadurch die schlimmsten Szenarien ausmalen. Ich muss nur das Eis brechen, dann wird der Bub schon reden.

»In Ordnung. Fangen wir damit an. Wenn das geschafft ist, widmen wir uns dieser Elisa. Das Mädchen hat zwar zugegeben, dass sie eine Beziehung mit Peter hat, aber mehr auch nicht. Die feine Dame mauert, und wir müssen jetzt auf ihre Mutter und den Anwalt warten. Minderjährige haben ein Recht auf ihre Eltern, besonders wenn wir Indizien gefunden haben. Und das haben wir. Auf dem Plastiksackerl in Peters Auto waren die Fingerabdrücke von Elisa.«

Ich lege fragend den Kopf schief. Mir ist nicht auf Anhieb klar, worauf Kurt hinauswill. »Das Sackerl, in dem die Stoffreste und das Seil waren«, erklärt Kurt. Meine Nase juckt, als müsste ich gleich niesen. Dieser Teil meiner Aufgabe dürfte der spannendere werden. Kurt klatscht in die Hände. »Na dann«, sagt er, »legen wir los.«

Mir ist sofort klar, warum Leon schweigt. In dem kühlen Verhörzimmer, in dem nur ein Tisch, drei Stühle und eine traurige Topfpflanze stehen, würde selbst ich nichts reden wollen. Leon sitzt zusammengesunken auf der einen Seite des Tisches und beobachtet aus den Augenwinkeln, wie Andrea ihren Laptop aufbaut.

Dann sieht er mich und blickt auf. Er verengt die Augen zu schmalen Schlitzen. Schon öffnet er den Mund und will mich bestimmt gleich rauswerfen, aber ich bin schneller. »Gott, das ist ja schrecklich hier. Da hat ja jedes Schulklo mehr Atmosphäre als dieser Raum«, sage ich.

Leon muss lachen. Das Eis ist gebrochen. »In unserm hängen sogar Bilder an den Trenntüren«, sagt er.

Ich lache auch. Selbst Andrea schmunzelt. Ich schaue mich theatralisch um. »Also für eine Raumverschönerung kann ich nicht sorgen, aber ich habe weiter unten in der Alpenstraße einen McDonald's gesehen. Mir ist plötzlich so nach einem Kaffee und einem Donut. Und dir? Ich kann mir vorstellen, dass die Versorgung hier ähnlich schlimm ist wie die Zimmerdekoration.«

Leon beäugt mich misstrauisch, doch sein leerer Magen spricht für ihn. »Ein Muffin Bacon und Egg wär schon lecker. Und ein Kakao.«

Jetzt nehme ich langsam auf dem Stuhl Platz und sage: »Weißt du was, Leon. Du wiederholst ganz einfach alles, was du mir im Wald erzählt hast, und ich verspreche dir, dass du nicht hungrig nach Hause fährst.«

»Ich darf nach Hause? Kein Gefängnis und auch keine Klapse?«

Daher weht also der Wind. Leon hat nicht nur Angst, inhaftiert zu werden, sondern auch, ins Krankenhaus zu kommen. Kein Wunder, er hat mit Selbstmord gedroht und weiß, was dadurch geschehen kann. Leon hat bei Gustl wohl mehrmals mitbekommen, dass dieser in die Psychiatrie musste.

»Aber freilich darfst du nach Hause«, beruhige ich ihn. »Hat dir niemand gesagt, dass du, sobald Andrea alles getippt hat, heim darfst?«

Er schüttelt den Kopf. Dann starrt er zur Tür. »Und der Julian und der Luca?«, fragt er und streicht sich unbewusst über sein blaues Auge.

»Die versäumen ein Mäcci-Frühstück, weil sie schon fertig sind mit der Aussage. Ich glaub, sie sind bereits auf dem Weg nach Hause«, sage ich, obwohl ich weiß, dass Kurt ihnen noch eine kleine Lektion erteilt. Leon entspannt sich endlich und lässt sich an die Rückenlehne zurücksinken. Ich hole meine Geldbörse aus der Handtasche und gebe Andrea einen Zwanziger. »Reicht das für einen Mäc-Frühstückshappen?«

Andrea schmunzelt. »Ich schick gleich jemanden los«, sagt sie und geht kurz aus dem Zimmer.

Leon beäugt mich ein paar Sekunden. »Ich glaube Ihnen. Sie sind nett. Irgendwie so omamäßig.«

»Ich bin auch schon Oma«, antworte ich.

Dann kommt Andrea wieder und meint, dass der Lieferservice bereits unterwegs sei.

Leon ist wesentlich ruhiger. Ich sage ihm noch ein paar nette Worte, und dann beginnt er endlich seine Geschichte zu wiederholen. Er erzählt sie genauso wie beim ersten Mal. Mit einem kleinen Unterschied. Bei den Jugendlichen, die ihn angestiftet haben, fällt jetzt auch ein Mädchenname: Elisa. Ich lasse mir nichts anmerken.

Das Essen kommt. Leon mampft seinen Muffin und schlürft den Kakao. Ich trinke meinen Kaffee. Das Leben in der Stadt hat schon auch seine Annehmlichkeiten. Auch wenn ich das Papp-Essen verabscheue, so sehr schätze ich den wirklich ausgezeichneten Kaffee. Nicht zu herb und nicht zu mild. Den Donut schiebe ich Leon hinüber. Ich bevorzuge Krapfen mit Marillenmarmelade. Leon aber verschlingt den Möchtegern-Krapfen. Er wischt sich die Schokolade mit dem Handrücken ab. Dann grinst er.

Wie zufällig frage ich ihn gelassen nach Elisa. »Jetzt geht es dir schon besser, hmm? Ich hoffe, diese Elisa macht sich keine allzu großen Sorgen. Sie wird bestimmt auch verhört.« Leon stößt zischend etwas Luft aus und verdreht die Augen. »Dieses Mädchen hat wahrscheinlich auch nur mitgemacht, weil sie Luca und Julian überredet haben, nicht wahr?«

»Elisa ein Opfer? Nie im Himmel. Sie ist die Schlimmste von allen. Bei dieser Katzenaktion, du weißt schon, als der Gustl tanzen musste … Das war ihre Idee. Sie hat Regie geführt. Alle Jungs stehen auf sie und machen alles für Elisa. Ich aber nicht«, sagt er schnell und fährt sich nervös mit der Hand am Oberschenkel auf und ab. Ich runzle die Stirn. Leon verzieht angewidert den Mund und schaut weg. »Ich will mit keiner rummachen, die schon jeder fi… ähm … küssen durfte.« Er verschluckt sich an seinen eigenen Worten.

»Das ist ja interessant«, murmle ich und überhöre geflissentlich, welches Vokabular Leon eigentlich verwenden wollte. Da hat es Fräulein Santa wohl faustdick hinter den Ohren. Ob Mama Santa über ihr Töchterchen informiert ist? Es wird Zeit, Fräulein Elisa genauer unter die Lupe zu nehmen.

Ich wechsle einen Blick mit Andrea. Sie nickt zufrieden. Je länger ich sie kenne, desto mehr schätze ich ihren wachen Verstand. Sie hat bestimmt die gleichen Schlüsse gezogen wie ich.

Ich klatsche in die Hände und lächle Leon an. »Geschafft, mein Junge. Ich denke, wir sind fertig. Es dauert nicht mehr lang, und du darfst heim. Deine Mama wartet draußen auf dich.« Leon senkt die Lider. Ich tätschle seine Schulter. »Keine Sorge. Sie ist dir nicht böse. Sie ist deine Mama und ist froh, dass du wohlauf bist. Alles wird gut«, gebe ich ihm das gleiche Versprechen wie vorhin Johanna. Doch es gibt einen kleinen Unterschied. Diesmal glaube ich daran.

Lolita Unschuldslamm

> Bei Verschlucken hilft:
> *Einige leichte Schläge zwischen die Schulterblätter.*
> *Bei Verschlucken einer Gräte ein dick geschmiertes Butterbrot essen, damit sie mitrutscht.*
> *Wenn der Hals geschwollen ist und man sich dadurch verschluckt: mit nur lauwarmem Salbeitee gurgeln, das wirkt abschwellend.*

Da sitzt sie und klimpert mit ihren Wimpern. Ich beobachte sie durch die verspiegelte Glasscheibe. Sepp steht neben mir.

»Bekomm ich eine Kippe?«, flötet Elisa und schlägt geziert die Beine übereinander. Sie lehnt sich vor und spitzt die Lippen.

Bei ihr im Raum sitzt ein junger Polizist. Er tut sich sichtlich schwer angesichts des frühreifen Früchtchens vor ihm. Schweigend schüttelt er den Kopf.

»Wann ist meine Mutter mit Onkel Fritz endlich da? Sie sollen gefälligst auftauchen. Das ist ihre Pflicht«, zischt Elisa und lehnt sich wieder zurück, um gelangweilt ihre Fingernägel auszupulen.

Mir läuft ein kühler Schauer den Rücken entlang. Solche Mädchen kenne ich. Sie sind verwöhnte Prinzessinnen, daran gewöhnt, alles zu bekommen, was sie sich wünschen. Und wenn nicht, dann kämpfen sie mit unfairen Mitteln und lassen andere dafür bluten.

»Diese kleine Lolita haben wir damals am Sportplatz gesehen. Erinnerst du dich, Rosi?«, fragt Sepp.

Ich nicke. Ihr Gesicht ist mir von Anfang an bekannt vorgekommen, und jetzt, da Sepp es erwähnt hat, habe ich das Bild wieder vor Augen. Damals ist Elisa schnell verschwunden. Nicht ohne Grund, wie es scheint.

»Also«, sagt nun Kurt. »Elisas Mutter und der Familienanwalt sind schon im Haus und kommen bestimmt gleich. Wir gehen dann gemeinsam rein. Du, Rosi, sitzt neben mir und schweigst. Die Befragung muss ich durchführen. Wenn dir aber eine Frage einfällt, die uns helfen könnte, dann gibst du mir ein Zeichen und stellst sie.«

»Kommt die Mutter mit zum Verhör?«, fragt Sepp.

»Keine Ahnung«, sagt Kurt leise. »Vielleicht kannst du das verhindern.«

»Dann kümmere ich mich um Viktoria Haferl«, sagt Sepp.

»Das ist eine prima Idee, Kurt. Frau Santa steht auf den Bumshüttensepp.«

Es fühlt sich gut an, mit Sepp an einem Strang zu ziehen. Vielleicht kann er ja Viktoria in Bezug auf Elisa etwas auf den Zahn fühlen. Sepp zwinkert mir zu. Anscheinend gefällt es ihm auch, mittendrin zu sein, statt nur dabei.

»Versuchen wir es einfach«, meint Kurt.

Viktoria Haferl stößt ein erstauntes »Oh« aus, als sie mich sieht. »Frau Rosi wird bei dem Gespräch anwesend sein«, sagt Kurt mit einer Bestimmtheit, die keine Widerrede zulässt.

Der Anwalt zögert kurz und zieht die linke Augenbraue hoch. Bei Männern wie ihm ist Kurts scharfer Befehlston ein Fehler. Während Viktoria Haferl einfach nur zustimmend genickt hat, hat der werte Herr Anwalt in Kurt ein neues Feindbild entdeckt. Naturgemäß verbindet Anwälte und Polizisten ohnehin eine Art Hassliebe, und Kurt hat mit seiner Aussage gerade den Hass geschürt. Wäre ich wie selbstverständlich einfach mitmarschiert und hätte mich unauffällig dazugesellt, dann wäre der Anwalt wahrscheinlich entspannt geblieben. Jetzt will er es aber genauer wissen.

»War es nicht diese Dame, die den Toten gefunden hat und dann selbst in die Fänge des Täters geraten ist?« Die Stimme des Anwalts passt zu seiner Erscheinung. Tief und laut mit schnarrendem Unterton.

Bevor Kurt antworten kann, tue ich es. »Das bin ich. Und es steht außer Frage, dass ein schmächtiges Mädchen wie Elisa mich nicht hätte hochziehen können, geschweige denn einen ausgewachsenen Mann hängen.«

»Warum sind Sie dann hier?«, brummt der Anwalt.

»Ich kann gut mit Jugendlichen. Sie sind mir gegenüber offener als zu einem Polizisten. Manchmal beruhige ich sie auch mit meiner Anwesenheit, und dadurch sind wir schneller mit der Aufnahme der Aussage fertig.«

»Na schön. Wenn Sie die Kleine aber durcheinanderbringen oder unangenehm werden, fliegen Sie raus«, sagt er.

»Wie ein Vögelchen«, verspreche ich.

Bevor wir uns wieder zur Tür wenden, mischt Sepp sich ein. »Wer hat noch einen Kaffee nötig?«, fragt er und sieht dabei nur Viktoria Haferl in die Augen.

Die Direktorin errötet. Sie wirft ihrem Anwalt einen fragenden Blick zu. »In zehn Minuten sind wir hier fertig«, verspricht dieser mit dem Selbstvertrauen eines Weltmeisters.

Sepp bietet Viktoria Haferl seinen Arm an. Sie hakt sich unter, und Sepp humpelt mit ihr im Schlepptau in Richtung Kaffeeautomaten.

Ich liebe Kinder und Jugendliche, aber bei manchen stößt meine Liebe an Grenzen. Elisa ist so ein gold gelockter Unschuld spielender Grenzfall. Schier oscarreif wirft sie sich dem Anwalt in die Arme. »Onkel Friedrich, sie halten mich schon seit Stunden hier fest«, schluchzt sie.

Der Hüne von einem Anwalt wird weich wie Butter. Sanft streicht er Elisa über den Rücken. »Alles gut, mein Schätzchen. Onkel Fritz holt dich in Nullkommanix hier wieder raus.« Er tätschelt seine Nichte noch etwas.

Elisa lächelt und setzt sich wieder hin. Erneut schlägt sie die Beine übereinander, dass selbst ein Blinder das Blitzen ihres Höschens hätte sehen können. Der junge Polizeibeamte tut mir noch mehr leid als vorhin schon. Er musste den Babysitter für dieses Früchtchen spielen, und sie hat ihm gewiss jede Minute das Leben schwer gemacht.

Kurt lässt Elisas Verhalten kalt. Er deutet mir, neben ihm Platz zu nehmen. Dann setzen auch er und der Anwalt sich. Kurt drückt die Taste eines Aufnahmegerätes. »Dieses Gespräch wird aufgezeichnet und im Anschluss protokolliert.« Dann beginnt er, Fragen zu stellen. »Elisa, du hast schon zugegeben, eine Beziehung mit Peter Walkner gehabt zu haben. Er gibt an, dass ihr euch während August Walkners Begräbnis hinter dem Friedhof geküsst habt, stimmt das so?«

»Ja. Und?«

»Wie lange hat euer Treffen gedauert?« Elisa zuckt die Schultern. »Du musst etwas sagen, Elisa. Das Aufnahmegerät sieht dein Zucken nicht.«

»Okay. Ich weiß es nicht mehr.«

»In Ordnung. Vielleicht erinnerst du dich, ob du mit Peter an Gustls Todestag zusammen warst?«

»Neeeein. Kann ich jetzt gehen?«, blafft sie.

»Tut mir leid, Elisa. Wir brauchen deine Antworten, um entweder Peters Alibi zu bestätigen oder es zu widerlegen.«

»Ich sag gar nichts mehr«, meint sie und verschränkt demonstrativ die Arme vor der Brust.

»Das ist auch dein gutes Recht. Die Polizei hat nichts gegen dich in der Hand, Schätzchen, und deshalb werden wir jetzt gehen«, sagt der Anwalt und will schon seine Tasche nehmen.

»Nicht so schnell!« Kurt hebt die Hand. Der Anwalt lässt seine wieder sinken. »Du wirst doch wenigstens eine leise Ahnung haben, wie lange ihr während des Begräbnisses herumgemacht habt, oder? Wir müssen wissen, ob Peter die Zeit hatte, Rosa Beingruber an diesem Tag zu entführen, oder ob seine Aussage wahr ist und ihr mehr … ähm … Zeit miteinander verbracht habt«, hakt Kurt nach.

»Ich hab nicht mit ihm gefickt. So was mach ich nicht. Ich bin ein anständiges Mädchen. Wir haben nur kurz miteinander geknutscht. Peter benutzt mich nur als Alibi, er hat mich immer nur benutzt!«, schreit Elisa plötzlich und sieht ihren Onkel flehend an.

Dieser hustet kurz und sagt: »Es ist wohl offensichtlich, dass der wesentlich ältere Peter Walkner meine Mandantin verführt hat. Sie ist minderjährig und er volljährig. Das ist eine

Straftat. Wer so etwas macht, dem ist wohl auch zuzutrauen, dass er ein falsches Alibi zu Protokoll gibt.«

»Hmm«, brummt Kurt wie in Gedanken. »Wir haben aber deine Fingerabdrücke auf den Dingen in Peter Walkners Auto gefunden, Elisa. Den Mordutensilien«, sagt Kurt ernst.

Der Anwalt erbleicht. Elisa wird rot. »Peter hat mich hereingelegt! Meine Fingerabdrücke können gar nicht auf dem Scheiß-Hofer-Sackerl sein.« Vom Fluchen wechselt Elisa schlagartig wieder in den Mitleidsmodus. Sie wischt sich die Tränen aus den Augen und schluchzt: »Mir geht's echt dreckig hier. Ich habe nichts Unrechtes getan. Wie mein Onkel sagte, der Peter hat mich verführt. Ich kann nichts dafür. Er ist doch der Mörder, nicht ich! Vor ihm hatte ich null Erfahrung mit Männern, und er hat mir schöne Versprechungen gemacht. Dass wir ein feines Leben haben werden und dass wir den Kuhort verlassen und die Welt erobern, wenn ich erst aus der Schule bin. Ich habe echt gedacht, er liebt mich. Doch er hat mich nur verarscht.«

Kurt nickt wieder. Ich tippe ihn an. »Ich glaube dir, dass du dich mies fühlst. Ich kann mich bestens daran erinnern, wie es war, als ich ein junges Mädchen war. In diesem Alter hört man gern Versprechungen und Komplimente. Wenn einem der Liebste etwas ins Ohr flüstert, dann will man das glauben, nicht wahr?«

»Genau. Ich bin doch nur ein verliebtes Mädchen«, sagt sie und dreht eine Locke um ihren Finger.

Mich wickelt sie aber nicht so leicht ein. Elisa ist weder unschuldig noch unerfahren. In diesem Bezug glaube ich Leons Worten, dass Elisa schon einige Jungs in ihren Armen hielt. Ich lächle dennoch mild. Der Anwalt entspannt sich zunehmend.

»Dann sag mir doch den Namen deines echten Liebsten. Oder war es gar kein Liebhaber, sondern ein anderer Mensch? Du wirst doch nicht etwa selbst auf die Idee gekommen sein, die Utensilien in Peters Auto zu verstecken, und doch die

Mörderin sein, oder?« Jetzt blinzle ich, wie Elisa es sonst so gern tut.

Elisa verschluckt sich fast vor Schreck. »Woher wissen Sie … ähm … wieso kommen Sie jetzt darauf, dass ich etwas damit zu tun habe?«, fragt sie hustend.

»Na, weil niemand von einer Hofer-Einkaufstasche gesprochen hat und du es dennoch gewusst hast«, sagt Kurt.

Elisa klappt den Mund zu. Diese Tränen sind nun echt.

»Kein Wort mehr«, mahnt der Anwalt mit erhobenem Finger. »Ich muss mich mit meiner Mandantin beraten, bevor wir die Vernehmung fortsetzen können«, meint er in Kurts Richtung.

»In Ordnung. Nur noch eines …«, antwortet dieser, und Menschen, die ihn so gut kennen wie ich, hören die leise Befriedigung in seiner Stimme. Kurt beugt sich ein Stück vor und sieht Elisa in die verheulten Augen. »Du hattest noch mit einem wesentlichen Detail recht, Elisa. Auf dem Sackerl haben wir keine Abdrücke gefunden. Die hast du sauber weggewischt. Aber innen war ein perfekter Abdruck deines Daumens zu sehen.« Kurt macht eine Geste, als würde er eine Tüte aufhalten, und wackelt dabei mit dem Daumen.

»Scheiße«, flucht Elisa wütend.

Der Duft des Verbrechens

> Rosis ätherische Öle, Teil 1
> *Bergamotte hebt die Stimmung, hält Mücken fern.*
> *Jasmin vertreibt Gleichgültigkeit.*
> *Lavendel wirkt beruhigend, krampflösend und entzündungshemmend.*
> *Teebaum gegen Warzen und Herpes, mindert Juckreiz.*

Kurt hat mich und Sepp in eine kleine Kneipe bugsiert. Andrea ist auch mit von der Partie. Nach Hause können wir noch immer nicht, aber in der Direktion ist so ein Tumult, dass man sich nicht konzentrieren kann. Um die Mittagszeit sollte eigentlich Ruhe herrschen, aber heute wechselt sich ein ständiges Kommen und Gehen im Büro ab.

Kurt bestellt sich ein alkoholfreies Bier und ein Paar Frankfurter Würstel. Sepp tut es ihm gleich, während Andrea und ich Wasser und einen Schinken-Käse-Toast nehmen.

»Auf, auf, Leute. Sammeln wir unser Wissen und schauen wir, ob wir mit vereinten Kräften vielleicht eine neue Erkenntnis finden.«

Kurt hat sich wieder etwas erholt. Der Minierfolg bei Elisas Verhör hat ihm neue Kraft verliehen. Er sieht nur noch halb so müde und geschafft aus wie noch am Morgen.

»Bisher haben wir zwei verschiedene Szenarien, die auf den ersten Blick so überhaupt nicht zusammenpassen. Leons Video hat Gustl doch so verstört, dass er sich selbst umgebracht hat. Das halte ich für unwahrscheinlich. Ich denke nicht, dass er in der Lage gewesen wäre, sich ein Seil zu besorgen. Außerdem stellt sich die Frage, wie dann das Seil in Peters Auto kam. Was uns zu Szenario Nummer zwei führt. Peter hat seinen Bruder doch ermordet. Dann frage ich mich aber, wie Elisa ins Spiel passt. Als Alibi macht sie nicht viel her, als Komplizin ebenso wenig. Ist sie vielleicht doch nur ein Opfer?«, fasst Andrea die Ereignisse zusammen.

»Das glaube ich nicht. Ich habe eine ganz andere Theorie«, sage ich überzeugt.

»Und die wäre?«, will Kurt wissen.

»Elisa hat die Tüte mit dem Seil und den Stoffbahnen für den wahren Mörder in Peters Auto versteckt«, sage ich.

»Wieso denkst du, dass Peter nicht der wahre Mörder ist?«, fragt Sepp.

»Einerseits weil er mit seiner Beziehung zu Elisa erst so spät herausgerückt ist, und andererseits schätze ich ihn nicht als so dumm ein, dass er einen Sack Beweismittel spazieren fährt.«

»Da stimme ich Rosi zu«, meint Andrea. »Mir kam es schon komisch vor, dass die Anrufe von seinem Handy aus getätigt wurden. Könnte das nicht vielleicht einer der Jungs gemacht haben? Leon, Luca oder Julian?«

»Aber weshalb hätten sie das tun sollen?«, stellt Sepp die entscheidende Frage.

Ich überlege. »Wenn Elisa wirklich der Jungentraum im Ort ist und die Fäden in der Hand hält, dann hat sie vielleicht die Jungs dazu gebracht.«

»Frau Direktor weiß übrigens von Elisas Hang zu Jungs und auch zu älteren Männern. Sie hält nicht besonders viel von den Aktionen ihrer Tochter. Deshalb ist Elisa auch im Internat, aber die letzten vierzehn Tage war das Mädchen daheim, weil ihre Klasse auf Sprachkurs in Frankreich war«, sagt Sepp.

»Und da durfte Elisa nicht mit?«, will Andrea wissen.

»Viktoria Haferl hatte Bedenken, was Elisa alles in der Zeit im Ausland anstellen könnte. Es gab beim letzten Skikurs einen unangenehmen Zwischenfall, bei dem zwei Jungs, die Wäschekammer und zu viel nackte Haut eine Rolle gespielt haben. Deshalb hat Viktoria Elisas Blutschwamm-Operation auf vorige Woche gelegt. Elisa hat anscheinend getobt wie eine Wahnsinnige und ihrer Mutter gedroht, dass sie die Beziehung zu deren neuem Lebenspartner zerstören wird, wenn sie nicht mitdarf. Viktoria ist aber hart geblieben, und Elisa musste daheim bleiben. Offenbar hat sie zum Ausgleich die Ortsjugend aufgemischt und sich überdies mit Peter eingelassen. Viktoria ist jedenfalls ziemlich überfordert mit ihrem Töchterchen.«

»Kleines Biest«, zischt Andrea.

Mir wird Elisa auch immer unsympathischer, sofern man das von einem Mädchen behaupten darf. Aber es gibt eben Charakterzüge, die sich sogar schon in jungen Jahren so negativ auswirken, dass ich mich nur sehr schwer damit tue, das Gute im Menschen zu sehen.

Wenn ich mir Elisa vor Augen halte, dann bin ich ehrlich froh, mit so tollen Kindern gesegnet worden zu sein. Ich muss an Daniela denken. Wie es ihr wohl geht? Hoffentlich schaffe ich es heute noch, Kurt mit nach Hause zu bringen. Wir müssen endlich miteinander reden. Ich seufze. Sepp sieht mich an. Ich versuche zu lächeln.

Da meldet sich Kurt wieder zu Wort. »Ich denke, wir sollten uns weniger auf die einzelnen Personen und deren Lebensgeschichten konzentrieren, sondern nach dem Motiv forschen. Die erste Frage lautet, warum musste Gustl sterben?«

»Geld«, vermuten wir alle gemeinsam, da uns die Selbstmordtheorie aufgrund des Videos sehr unwahrscheinlich erscheint.

Kurt nickt. »Womit wir zur zweiten Frage kommen. Wer profitiert am meisten von Gustls Tod?«

»Theodor.«

»Und Peter.«

Kurt nickt wieder. »Darauf sollten wir uns konzentrieren.«

Ich sehe das aber anders und richte mich auf. »Und Elisa? Ich verspreche euch, dass sie genau weiß, wer Gustl ermordet hat. Und mein Gefühl sagt mir, dass wir sowohl mit Theo als auch mit Peter als Täter auf dem Holzweg sind. Wir müssen dieses Mädchen zum Reden bringen. Mit Zuckerbrot und wenn nötig auch mit der Peitsche. Ihr echter Liebhaber ist gleichzeitig der Mörder, und dieser muss auch irgendwie von Gustls Tod profitieren«, versuche ich Kurt zu überzeugen.

Kurt legt den Kopf schief und zieht die Augenbrauen hoch. »Mir fällt aber niemand ein«, erwidert er knapp.

Sepp öffnet den Mund und klappt ihn wieder zu. Ich kenne

diesen Ausdruck in seinem Gesicht. Ihm ist jemand eingefallen. »Ja?«, ermutige ich ihn. Er schüttelt den Kopf. Jetzt zeigt sich auch Kurt interessiert und fordert Sepp auf, seine Gedanken preiszugeben.

»Mir ist gerade aufgefallen, dass wir uns nur mit den kleinen Spielern in diesem Spiel beschäftigen, aber nicht mit den Casinobetreibern.«

Auch mir geht ein Licht auf. »Die Energiegesellschaft profitiert natürlich auch«, sage ich.

»Unter anderem. Mir ist jedoch noch jemand in den Sinn gekommen.«

Alle Blicke sind auf Sepp gerichtet.

»Mir ist es eben wieder eingefallen, als du von der Peitsche gesprochen hast. Als ich bei Silvana im Studio die neue Dominaliege getestet habe ... du weißt schon, Rosi ...«

»Ja«, fauche ich nicht mehr sonderlich erfreut. Warum bitte muss Sepp während unserer Besprechung an sein Folterstündchen denken? Spätestens jetzt weiß Andrea davon. Obwohl ich sie wirklich mag, gefällt mir die Vorstellung nicht, dass sie nun zeit ihres Lebens das Bild von Sepp in einem Folterstudio im Kopf hat, wenn sie ihn sieht. Andrea grinst wissend. Anscheinend hat ihr schon ein Vögelchen davon gezwitschert. Nun zische ich auch Kurt verärgert zu. Dieser registriert es aber nicht einmal.

Sepp hingegen schon. Entschuldigend hebt er die Schultern hoch und lässt sie wieder fallen. Dann lenkt er schnell zurück zum eigentlichen Thema. »Auf jeden Fall hat der Liegenvertreter etwas Bedeutendes gesagt.«

»Ehrlich?«, presst Andrea hervor. Sie kann sich das Lachen kaum verkneifen.

»Ja«, antwortet Sepp überzeugt. »Ich hab ihn gefragt, warum ich im rauen Angebot am Markt ausgerechnet sein Produkt kaufen soll, und er hat Folgendes geantwortet ...« Sepp macht eine kleine Pause.

Am liebsten würde ich ihn in den Hintern treten oder ihn

anschreien, dass er um Himmels willen endlich zur Sache kommen soll.

Aber Sepp genießt die Aufmerksamkeit gerade in vollen Zügen. Er lehnt sich vor und sieht jedem Einzelnen kurz in die Augen. »Am Ende gewinnt immer die Bank.«

»Hä?«, fragt Kurt ganz unprofessionell.

Mir ist hingegen sofort klar, was Sepp meint. »Die Bank, Kurt. Verstehst du? Die Bank profitiert stets von großen Investitionen und ebenfalls von Verkäufen. Das Geld muss ja über sie fließen, und bei jeder Transaktion bleibt etwas vom Geld in der Bank. Ich hab bei den Walkners Volker Simoni, den Bankdirektor, gesehen, weil Theodor nun vielleicht sogar seinen ganzen Hof und nicht nur den Wald veräußern will. Aber auch ohne den Hof ist der Windpark ein Mordsgeschäft«, plappere ich drauflos. Sepp lehnt sich zufrieden zurück und grinst.

Kurt sieht noch immer aus, als würde er nur Bahnhof verstehen. »Und was hat die Bank jetzt mit Sepps Sadomaso-Stunde zu tun?«, fragt er. Ich muss lachen.

»Der Vertreter hat die Folterliege gemeint. Ich habe im Hirn nur den Schluss von der Lustbank zur Geldbank gezogen«, erklärt Sepp und macht dabei eine kreisende Handbewegung vor der Stirn.

Kurt klatscht sich im Gegenzug nun an seine. »Mann, wie sehr kann ein Mensch nur auf der Leitung stehen. Ich kann irgendwie nicht mehr klar denken«, sagt er.

»Du leidest an akutem Schlafmangel«, tröste ich ihn. Kurt stöhnt und sinkt in sich zusammen. Alle Energie, die er vorhin noch aufbringen konnte, ist aus ihm gewichen.

»Fahr nach Hause, Kurt«, sagt Andrea sanft.

»Und wer kümmert sich um den Fall? Wir müssen jetzt –«

»Du bist nicht der einzige Polizist! Du hast fähige Kollegen, und ich bin auch noch da«, meint Andrea streng.

Kurt wirft einen zweifelnden Blick in unsere Runde. Ich nicke ihm aufmunternd zu. Mir ist es nur recht, wenn er nach

Hause fährt und bei meiner Daniela ist. Dann brauche ich wenigstens kein so großes schlechtes Gewissen gegenüber meiner Tochter zu haben.

Schließlich brummt Kurt leise. Die Müdigkeit hat ihn zur Vernunft gebracht. »Macht nichts ohne mich. Stille Recherche, verstanden? Und bei Elisa –«

»Ich bin eine gute Polizistin, und meine absolute Stärke sind Verhöre«, sagt Andrea.

»Ich weiß.« Kurt seufzt und fügt leise hinzu: »Es ist nur verdammt schwer für mich, ausgerechnet jetzt Pause zu machen, wo sich der Fall zuspitzt.«

»Das sagst du nun seit Tagen, und ebenso lange fordere ich dich auf, mal durchzuatmen, auszuschlafen und dich um deine Frau zu kümmern. Hättest du früher auf mich gehört, dann könntest du jetzt mit wachem Verstand bei der Sache sein«, erwidere ich streng.

»Daniela«, flüstert Kurt. In seinen Augen blitzt ein Funke Furcht auf.

»Ich verstehe, dass dir das Gespräch mit Dani mehr Angst macht als der Baumkronenmörder. Mir geht es da ähnlich«, meine ich mild.

»Dass du mir diese Bezeichnung ja niemals der Presse gegenüber erwähnst. Baumkronenmörder. Tsss«, ermahnt Kurt schmunzelnd.

Dann steht er endlich auf und marschiert hinaus. Von seinem lässigen Schlendern ist nur noch ein müdes Schlurfen übrig. Irgendwann einmal hilft auch der ärgste Adrenalinausstoß nicht mehr, und der Körper gibt auf. Hoffentlich fährt der Sturkopf wirklich auf dem kürzesten Weg nach Hause. Und hoffentlich finden Dani und er irgendwie zusammen. Es wäre mir nur recht, wenn ich nach Hause käme und eine einfache, nachvollziehbare Erklärung für Danielas Verhalten präsentiert bekäme. Am liebsten wäre mir aber, wenn ich sehen könnte, dass Kurt und Dani sich wieder näher stehen. Aber das ist wohl zu viel verlangt – von einem erschöpften

Polizisten und meiner unberechenbaren, im Herzen tief verletzten Tochter.

Sollte ich vielleicht ebenfalls nach Hause fahren? Zwei Geister streiten in meiner Brust, und jeder wartet mit seinen schärfsten Geschützen auf. Der eine will den Familienfrieden wiederherstellen und pocht auf mein Verantwortungsgefühl, und der andere will sich lieber raushalten, um nicht noch mehr Unheil anzurichten. Die letzten Gespräche mit Daniela waren, gelinde ausgedrückt, schrecklich.

Andreas Worte lenken mich zurück ins Hier und Jetzt. Sie denkt gerade laut über das weitere Vorgehen nach. Sepp und ich kommen in ihren Überlegungen nicht vor, obwohl sie sie uns erzählt. Alles dreht sich um Elisa und Peter und um das möglichst unauffällige Beschaffen der Bankinformationen.

»Was können wir tun? Außer, dass du den offiziellen Weg gehst, um an die Bankinfos zum Windenergie-Geschäft zu kommen, darfst du in diesem Bereich nichts machen, oder?«, frage ich schließlich.

Andrea blinzelt perplex. »Hmm. Da hast du leider recht. Kurt erwartet bestimmt, dass ich euch nach Hause schicke. Aber ihr könntet ebenso gut nach Kopfing fahren und ein wenig nachforschen. So inoffiziell, versteht sich. Benni würde euch begleiten. Aber wie mach ich das jetzt …« Sie grübelt weiter laut nach.

Ich trommle ungeduldig mit den Fingern auf den Tisch. Mir geht das alles viel zu langsam voran. Am liebsten würde ich Simoni schnellstmöglich auf den Zahn fühlen. Warten und Reden sind recht und schön, aber nun ist es an der Zeit, zur Tat zu schreiten.

Endlich sagt Andrea: »Ich habe eine Idee. Eröffnet doch ein Sparbuch oder lasst euch beraten, wie ihr für euren Enkel Benni am besten was anlegen könnt. Danach gebt ihr mir Bescheid, ob Simoni irgendwie in die Sache verstrickt sein könnte.«

»Das heißt also, wir bemühen uns, möglichst unauffällig zu

sein und dennoch ein Gefühl zu bekommen, ob ich richtigliegen könnte«, sagt Sepp. Er klatscht auf seine Oberschenkel. »Los geht's, worauf warten wir also noch?«

»Darauf, dass Benni von der Mittagspause zurückkehrt«, sagt Andrea und beginnt zu telefonieren.

Wieder warten. Ich seufze. Aber wenigstens gibt es nun einen Plan, und ich komme darin vor. Wir bezahlen, dann machen wir uns auf den Weg zurück zur Direktion.

Am Parkplatz wartet schon der junge Polizist, der vormittags noch den Wachhund für Elisa spielen musste. Benni trägt Zivil und sieht ziemlich erleichtert aus. Sein rotblondes kurzes Haar steht in alle Richtungen ab, und in seiner Jeans und dem lässigen Sweater könnte er tatsächlich für knappe achtzehn durchgehen.

»Oma, Opa, schön, dass ihr euch so um meine Zukunft sorgt«, sagt er und legt beim Lächeln seine unerwartet kleinen Zähne frei.

»Ja, Junge. Ich hab gehört, in Kopfing kann man derzeit prima in neue Energien investieren. Gehen wir es an!«, antwortet Sepp und klopft Benni auf die Schulter. Dabei knickt er fast erneut mit dem Fuß um.

»Achtung, Opa. Deine Waden sind nicht mehr so stramm wie einst«, sage ich.

Andrea gluckst amüsiert. »Also gut. Eure Rollen brauche ich euch nicht mehr erklären. Viel Erfolg also. Ich kümmere mich derweil um die kleine Prinzessin da oben. Onkel Friedrich hat vorhin angerufen, dass Elisa bereit ist, zu plaudern.«

»Die Frage ist nur, worüber«, sage ich und ernte Bennis ernstes Nicken für meine Bemerkung.

Andrea geht ins Gebäude. Benni drückt auf seinen Autoschlüssel. Ein dunkelblauer VW Golf antwortet mit orangen Leuchtzeichen. »Mein Wagen«, erklärt er überflüssigerweise.

Ich greife Sepp unter die Arme und helfe ihm die paar Schritte. Mein bemitleidenswerter Schatz ist am Ende seiner Kraft. Auf Krücken gehen ist anstrengend, und Sepp keucht schon ziemlich. Doch während der Fahrt können wir uns auf der Rückbank zurücklehnen. Die Klimaanlage funktioniert, und bald schon schnarcht Sepp leise. Ich bewundere die Männerwelt für ihr ausgeprägtes Talent, überall und immer schlafen zu können. Manchmal, wenn Sepp ungewöhnlich lang auf der Toilette sitzt, habe ich Angst, dass er eingeschlafen und von der Schüssel gekippt ist. Es haben sich Menschen schon bei kleineren Stürzen das Genick gebrochen. Die Schlagzeile in der Kronenzeitung habe ich schon vor Augen: »Mann fand am einzigen Ruheort des Hauses ewige Ruhe. Wann kommen endlich Sicherheitsgurte für Klos?« Ich muss über meine eigenen Gedanken lächeln. Sepp schnurrt weiter gegen das Fenster gelehnt. Im Schlaf sieht er um mindestens zehn Jahre jünger aus. Benni macht das Radio an. Erstaunlicherweise erklingt Klassik aus den Boxen. Ich entspanne mich auch etwas. So gleiten wir zu Bachs sanften Melodien über die Straße.

Die Müdigkeit will mich ebenfalls in ihren Bann ziehen. Schnell richte ich mich auf, bevor auch ich ins Land der Träume schlittere. Im Gegensatz zu Sepp verzeiht mein Rücken mir ein Nickerchen im Wagen nicht so schnell. Aus Bachs Melodien ist Mozart geworden. Benni wiegt seinen Kopf zu der Musik. Schließlich halte ich es nicht mehr aus und frage Benni nach seinem ungewöhnlichen Musikgeschmack. Er meint nur, dass jahrelanges Internat bei den Florianer Sängerknaben ziemlich prägend und Polizist immer nur sein zweiter Berufswunsch war. Doch der Stimmbruch hätte einen miserablen Sänger aus ihm gemacht.

Das Gespräch schläft wieder ein. Die Fahrt zieht sich in die Länge wie zäher Kaugummi. Ich sehe aus dem Fenster. Der Sommer hat das Land bereits fest im Griff. Eine einzige Woche schafft es, den Frühling in Sommer zu verwandeln. Es ist brütend heiß draußen. Im Wagen aber herrscht eine angenehme Temperatur. Angesichts der trockenen und heißen

Sommer der letzten Jahre wundert es mich nicht, dass Kalina auf eine Klimaanlage in ihrem geplanten Neubau besteht. Ich hoffe jeden Tag darauf, dass sie endlich mit dem Planen fertig sind und zu bauen beginnen. Irgendwie sind immer alle so beschäftigt, mich eingeschlossen. Mit dem Alter vergeht die Zeit schneller, und manchmal habe ich das Gefühl, dass die Sommer an mir vorüberrauschen. Vielleicht liegt es aber auch daran, dass sich unsere Umwelt verändert und der Zeitenwechsel anders stattfindet als in meiner Jugend. Nicht nur ich habe festgestellt, dass sich die Jahreszeiten immer mehr verschieben. Der Sommer beginnt früher, und der Winter kommt später. Manchmal hatten wir auch schon Jahre, in denen der Frühling kaum vorhanden war. Der Sommer ist quasi über Nacht gekommen.

Endlich kommen wir in Kopfing an. Sepp schlägt automatisch die Augen auf und setzt sich gerade hin. Es ist, als hätte er seinen inneren Wecker richtig gestellt.

Benni fährt auf den Parkplatz der Bank, die direkt an der Hauptstraße ihren Standort hat. Lila Fahnen mit dem grünorangen Logo wehen im Wind. Eine Tankstelle für Elektroautos ist auch vorhanden. Ob das wohl ein Zeichen dafür ist, dass sich der Direktor für alternative Energien interessiert? Wir zu Hause haben jedenfalls keine E-Tankstelle. Ich merke mir dieses Detail für Andrea, auch wenn es vielleicht irrelevant ist.

Das Gebäude an sich ist schon älter. Wir steigen aus und gehen zum Eingang. Die gläsernen Schiebetüren fahren zur Seite. Zum Glück hat diese Filiale noch an den meisten Nachmittagen geöffnet. In Zeiten des Internet-Bankings ist das keine Selbstverständlichkeit mehr. Alles funktioniert mittels Handy, Laptop oder Tablet. Der Mensch hinter dem Schalter ist für gewöhnliche Erledigungen überflüssig geworden.

Bevor wir in den Schalterraum vordringen, sehe ich auf die Tafel mit den Bildern der Angestellten. Standards sind schon eine tolle Sache. Egal, ob Supermarkt, Bank oder Schule, alle haben diese wunderbaren Fotos ihrer Mitarbeiter im Eingangsbereich hängen. Simoni. Volker Simoni. Auf dem Foto sieht er so seriös und geschniegelt aus, wie ich ihn auf dem Hof der Walkners erlebt habe. Seltsam, dass es Menschen gibt, die offenbar zig Gesichter haben. Simoni ist so ein Mann. Hier, an seinem Arbeitsplatz, ist er ganz und gar Führungsperson, in der Beziehung mit Viktoria Haferl hat augenscheinlich sie die Hosen an. Weshalb zieht ein ausgewachsener Mann sonst ein Elchkostüm an?

Ich bin auf jeden Fall gespannt, wie Simoni auf unseren Besuch reagieren wird. Irgendwie verrät mir meine juckende Nasenspitze auch, dass wir bei Simoni des Rätsels Lösung finden werden. Vielleich stoßen wir sogar auf eine Verbindung zwischen ihm und Elisa. Mein Gefühl trügt mich nur selten, und im Moment schreit es in voller Lautstärke, dass Andrea Elisa auf ihre Beziehung zu Simoni ansprechen sollte. Ich schlucke und denke einen Wimpernschlag lang darüber nach, gleich mit Andrea zu telefonieren. Vielleicht erfahren wir auf diesem Weg am schnellsten die ganze Geschichte. Es besteht aber auch die Gefahr, dass Elisa gar nichts mehr sagt. Unsicher, was nun die richtige Entscheidung ist, lasse ich den Anruf bei Andrea doch bleiben. Ich will lieber vorher noch einmal mit Simoni sprechen.

Wir gehen hinein. Am Schalter empfängt uns eine junge Bankangestellte mit akkuratem Pagenschnitt. »Frau Kupfer«, steht auf ihrem Schild. Ich verlange nach dem Direktor, aber sie schüttelt nur den Kopf. Der schwarzblaue Haarhelm bleibt an Ort und Stelle.

»Gewöhnliche Bankgeschäfte übernimmt Herr Simoni nicht. Ich kann Ihnen mit dem richtigen Sparbuch oder einem Bausparvertrag für Ihren Enkel gern behilflich sein«, säuselt sie.

»Oh, tut mir leid. Ich habe vergessen zu erwähnen, dass es sich um eine größere Summe handelt, die wir bestmöglich für unser Bennilein anlegen wollen«, sage ich und lächle meinen neu gewonnenen Enkelsohn zuckersüß an. Benni grinst auf Kommando.

»Ach? Um welche Summe handelt es sich denn?«, will Fräulein Kupfer wissen.

»Ich bin mir eben noch nicht sicher, ob ich den ganzen Gewinn anlegen soll. Mir ist es besonders wichtig, dass der Ertrag gut ist und dennoch höchste Sicherheit besteht.«

»Gewinn?«

»Ja, Klassenlos. Wir spielen schon ewig, und jetzt hat es geklappt. Wir haben hundertfünfzigtausend gewonnen«, schwärmt Sepp.

»Einen Moment«, sagt Frau Kupfer und schlägt dabei einen gänzlich anderen Ton an. Sie verschwindet einen Augenblick nach hinten und bittet uns im nächsten, ihr zu folgen.

Ich merke am ernsten Ausdruck in Simonis Gesicht, dass er nicht erfreut ist, mich wiederzusehen. Er verbirgt zwar schnell seine Gefühle und setzt eine professionelle Maske auf, aber mich kann er damit nicht täuschen.

»Herr Simoni, wir sind uns ja schon mehrmals über den Weg gelaufen«, beginne ich und strecke ihm ganz undamenhaft zuerst die Hand entgegen.

Er nimmt lächelnd an. »Ich erinnere mich sehr gut. Was führt Sie heute ausgerechnet zu mir?«, fragt er und begrüßt auch Sepp und Benni. Er deutet uns, Platz zu nehmen.

Sepp lehnt die Krücken gegen die Wand und lässt sich ächzend nieder. Sein Bein macht ihm mehr Kummer, als er zugeben möchte.

»Wir haben bei der Lotterie einen größeren Betrag gewonnen und möchten ihn gern für unseren Enkel anlegen«, führe ich das Gespräch fort.

»Und weshalb kommen Sie damit zu mir?«, will er wissen. »Sie haben doch zu Hause bestimmt auch eine Bank.«

Benni rutscht unruhig auf dem Stuhl hin und her, aber Sepp legt seine Hand kurz auf Bennis Oberarm. Es ist schön zu sehen, dass Sepp mir vertraut und den Polizisten beruhigt.

Ich lehne mich nur einen Hauch nach vorne und schenke Simoni ein strahlendes Lächeln. »Eigentlich nur wegen einer kleinen Andeutung, die ich zufällig gehört habe.« Simonis Augenbrauen zucken. »Als ich bei Theodor Walkner am Hof war, hat er so nebenbei gemeint, dass es schade wäre, jetzt den Hof zu verkaufen, aber er schafft es nicht länger, hierzubleiben.«

»Ja, und?«, fragt Simoni ratlos nach. »Das ist doch eigentlich selbstverständlich, dass den armen Kerl hier nichts mehr hält, oder?«

»Ja, natürlich. Er hat dann aber gesagt, dass er wenigstens in den Windpark einen kleinen Teil investieren könnte. Eine solche Chance gebe es nicht oft.«

»Ah. Und deshalb sind Sie hier. Sie denken, dass Sie Ihr Geld in dem Projekt ertragreich anlegen könnten.« Der Geschäftsmann gewinnt die Oberhand über den Skeptiker. Simoni grinst und beginnt ein Verkaufsgespräch, das jeden Teppichverkäufer blass aussehen lässt. »Sie sind goldrichtig bei mir. Der geplante Windpark wird auf dem Hügel zwischen den Höfen von Herrn Walkner und den Vormosers errichtet.«

Simoni zieht einen dicken Ordner aus dem Regal hinter sich. Er schlägt ihn auf. Alle möglichen Zahlen stehen da. Überschwänglich schwärmt Simoni von der idealen Lage, dem errechneten Stromgewinn und den zu erwartenden Geldrenditen, wenn man frühzeitig in das Projekt investiert. Meine Frage nach eventuellen Umweltbedenken wiegelt er kurzerhand ab, mit den Walkers sei nun alles geklärt, und somit stehe dem Projekt nichts mehr im Wege.

»Gab es da Probleme?«, hakt Sepp im Übereifer nach.

Ich sehe, wie Simoni sich um Fassung bemüht, doch diese eine Frage war zu viel und hat den Zweifler wiedererweckt. »Unwesentliche. Um welchen Betrag handelt es sich genau bei Ihrem Gewinn?«, will er nun wissen. Seine Stimme hat nur einen minimalen Grad an Schärfe gewonnen.

Sepp und Benni bemerken die Veränderung nicht, ich schon. »Hundertfünfzigtausend. Ich bin mir aber noch nicht sicher, wie viel ich veranlagen soll. Was empfehlen Sie als Experte?«, versuche ich mit säuselnder Stimme den redseligen Geschäftsmann wiederzuerwecken. Doch vergebens.

»Unter fünfzigtausend Euro macht es meines Erachtens keinen Sinn.«

»Wunderbar«, sagt Sepp. »Könnten wir vielleicht die Unterlagen zu Hause nochmals durchsehen und uns beraten? Dann würden wir Ende der Woche wiederkommen.«

Der nächste Fehler. Diesmal zuckt auch Benni zusammen. Sepp meint es nur gut, das weiß ich. Er will mir helfen und zeigen, dass er nun ganz auf meiner Seite steht, aber wie sagte Andrea so schön: Wir sollten unauffällig nachfühlen und keinen Argwohn erwecken.

Simoni schlägt den Ordner zu. »Tut mir leid. Das sind bankinterne Arbeitsunterlagen. Wenn Sie sich für einen Betrag entschieden haben, melden Sie sich wieder. Ich gehe dann alles mit Ihnen durch, und im Anschluss bekommen Sie eine Zusammenfassung und die Verträge.«

»Das hört sich doch vielversprechend an, nicht wahr?« Ich nicke Sepp und Benni zu. Die beiden lächeln. Auch Simoni lächelt, doch in seinen Augen liegt ein gefährlicher Glanz, der so überhaupt nicht zur freundlichen Miene passen will.

Bisher habe ich Simoni anders eingeschätzt. Nach den Erzählungen der Walkners saß ich sogar dem Irrglauben auf, er wäre so etwas wie die gute Seele im Ort. Doch nun zeigt sich ein ganz anderes Bild von ihm. »Vielen Dank für Ihre Zeit«, sage ich und stehe als Erste auf.

Simoni drückt meine Hand etwas zu fest, ganz so, als würde er mich warnen. Langsam zieht er mich näher. So nahe war ich ihm noch nie. Bisher lagen immer ein paar Schritte zwischen uns. Mir wird übel. Ein kalter Schauer läuft mir den Rücken hinab. Ich atme tief ein, und ein Geruch strömt in meine Nase. Es duftet scharf nach Zedern und Kiefernnadeln. Mit einem Zucken kommt die Erinnerung zurück. Ich kenne diesen Duft. Nur dass ich damals dachte, es sei der Wald. Simoni lässt meine Hand los. Sein Grinsen hat etwas Raubtierhaftes. Ich ringe um Fassung.

Schnell verabschiede ich mich. Sepp nimmt seine Krücken, und wir marschieren hinaus. Im Vorbeigehen remple ich an eine Frau. Ich blicke auf. Viktoria Haferl steht vor mir. Sie sieht zerzaust aus. Sie grüßt mich nicht einmal. Gehetzt stürmt sie nach hinten. Hat Elisa gestanden? Will Viktoria ihren Liebhaber warnen? Stecken sie etwa alle unter einer Decke?

Ich muss mit Andrea reden.

Wenn alles Sinn ergibt

Rosis ätherische Öle, Teil 2
Zeder für die Atemwege, in den Wechseljahren, bei Bluthochdruck.
Kiefer bei Schwäche, Antriebslosigkeit und geistiger Erschöpfung.
Mandarine bei Angst, Schlafstörungen und Bauchschmerzen.
Nelke bei Zahnschmerzen, hält Insekten fern.

»Fahr los!«, sage ich, als wir wieder im Wagen sitzen.

»Glaubst du, er hat Verdacht geschöpft?«, fragt Benni mich, als er hinter dem Steuer sitzt.

»Ich befürchte es stark.« Ich krame mein Handy aus der Handtasche. Noch bevor ich Andreas Nummer wählen kann, läutet das Telefon. Kurt ist dran. Er klingt außer Atem.

»Kurt? Ich dachte, du schläfst.«

»Keine Zeit. Seid ihr noch in der Bank?«

»Nein, schon draußen. Wieso?« Ich höre, wie Kurt grantig in den Hörer knurrt. Das ist kein gutes Zeichen.

»Ich hab gerade mit Andrea telefoniert. Sie ist mit Verstärkung zu euch unterwegs. Elisa hat gestanden. Sie war es, die dich vom Friedhof weggelockt hat. Für Simoni.«

Als Kurt dies erwähnt, fällt mir die schwarze Gestalt wieder ein, der ich damals gefolgt bin. Ich hatte sie für Viktoria Haferl gehalten. Es war aber ihre Tochter. Gleiche Figur, gleicher Gang. Im Halbdunkeln nur schwer zu unterscheiden. Da hat das kleine Biest nicht nur den Peter an der Nase herumgeführt, sondern auch mich in die Irre geleitet. Ich schlucke schwer. Nur durch Elisas Mithilfe konnte mich Simoni überhaupt erst in die Finger bekommen.

»Simoni hat dich dann entführt und mit Sicherheit auch Gustl auf dem Gewissen«, reißt mich Kurt aus meinen Gedanken.

»Etwas ganz Ähnliches wollte ich gerade Andrea erzählen. Ich habe sein Rasierwasser erkannt. Weißt du, als ich am Baum hing, dachte ich, der Wald riecht so. Nach Nadelhölzern.«

»Egal«, fällt Kurt mir ins Wort. »Wo seid ihr jetzt?«

»Gerade auf dem Heimweg, aber noch nicht aus dem Ort raus.«

»Scheiße. Kehrt um und schaut, dass Simoni nicht abhaut. Ich befürchte, Elisas Mutter ist auf dem Weg zu ihm und warnt ihn ungewollt vor.«

»Sie ist schon bei ihm«, keuche ich.

»Doppelt Scheiße. Welcher Beamte ist bei euch?«

»Benni«, sage ich leise. Ich möchte Kurts Gedanken hören können, um zu verstehen, was eigentlich los ist.

»Gib ihn mir«, blafft er ins Telefon.

Ich reiche das Handy weiter.

»Ja, trage ich bei mir. In Ordnung, ich sichere den Hintereingang, bis Verstärkung anrückt«, sagt Benni und reißt noch während des Telefonats den Lenker herum.

Es drückt mich gegen die Tür. Alles verkrampft sich. Ich spüre, wie mein Nacken hart wird und meine Muskeln zucken. Benni hält mir das Handy entgegen. Ich habe Mühe, es zu nehmen, doch ich schaffe es irgendwie. Kurt brüllt ins Telefon. Ich nicke nur. Dann lege ich auf.

»Sepp, wir müssen beim Haupteingang aufpassen, dass Simoni nicht abhaut. Er ist der Täter.«

»Wirklich diesmal oder nur vielleicht?«, fragt Sepp zischend.

Ich drehe mich um. Sepp hält schmerzverzerrt seinen Knöchel. Das wilde Wendemanöver hat ihm zugesetzt. »Sicher«, sage ich voller Überzeugung, obwohl ich nicht weiß, ob Kurts Beweise schon ausreichend sind. Doch meine Nase reicht mir. Ich habe Simoni gerochen. Jetzt und damals, als ich kopfüber in den Ästen hing. Ich schlucke. Die Gefahr liegt wie ein bleierner Schleier über uns. Doch diesmal ist Sepp an meiner Seite. Wir werden ihr gemeinsam trotzen. Wir sind ein Paar. Ein altes, verschrobenes, aber auf keinen Fall ein zu unterschätzendes. Sepp grinst schief, obwohl ihm mit seinem Knöchel nicht zum Lachen zumute ist.

Benni stellt seinen kleinen VW quer in die Ausfahrt der

Bank. Aber mit etwas Geschick würde ein geübter oder gegebenenfalls auch skrupelloser Fahrer schon am Wagen vorbeikommen. Benni steigt aus und zieht seine Pistole. »Ich bin hinten. Wartet vorn auf die Kollegen!«, ruft er, während er schon zum Hintereingang läuft.

Ich steige aus. Sepp kriecht auch aus dem Wagen. Es ist ruhig auf dem Parkplatz. Fast zu ruhig für einen Geschäftstag. Doch anscheinend benötigt momentan niemand Geld. Sepp und ich stehen einfach nur da. Die Sekunden werden zu Minuten. Selbst der Wind wirbelt in Zeitlupe den Staub der Straße auf.

»Und jetzt?«, fragt Sepp.

»Gehen wir rein?«, frage ich zurück. Er zuckt die Schultern und blickt sich um. Von den Einsatzkräften fehlt noch jede Spur. Ich gehe los. In der Bank wirkt alles so normal, dass es schon unrealistisch wirkt. Frau Kupfer runzelt erstaunt die Stirn.

»Ich habe anscheinend mein Brillenetui auf Herrn Simonis Tisch liegen lassen. Dürfte ich nachsehen?«, säusle ich.

»Oh. Das tut mir leid. Der Herr Direktor ist leider nicht mehr im Haus. Ich habe keinen Schlüssel.« Doch Frau Kupfers Miene straft sie Lügen. Sie ist eine ausgesprochen untalentierte Schauspielerin, und man sieht ihr das schlechte Gewissen an der Nasenspitze an.

Wie auf Kommando kommt auch schon Simoni mit Viktoria Haferl im Schlepptau nach vorne. Er sieht mich und macht kehrt. Hinter mir öffnen sich zeitgleich die Türen. Das Einsatzkommando ist da.

»Stehen bleiben, Simoni. Das Spiel ist aus!«, ruft einer der Polizisten, der offenbar das Kommando leitet.

Wenn ich nicht wüsste, dass ich wach bin, würde ich meinen, ich träume. Es ist wie im Fernsehen. Alle Angestellten gehen in Deckung. Sie werfen sich auf den Boden. Nur ich und Sepp bleiben stehen. Simoni lässt die Hand von Viktoria Haferl los und stürmt nach hinten. Die Polizisten folgen ihm.

»Er will zur Hintertür raus!«, brüllt der Einsatzleiter laut.

Bennis Stimme. Ein Schuss fällt. Mein Herz stolpert. Ich halte die Luft an. Alles passiert gleichzeitig. »Ich hab ihn!«, brüllt Benni.

Seine tiefe Stimme zu hören ist, als würde mir ein Zentner Gewicht von den Schultern genommen. Still schicke ich ein Dankgebet gen Himmel. Im Augenwinkel sehe ich, dass Viktoria Haferl sich aufgerappelt hat und das Durcheinander zur Flucht nutzen will. Sie muss aber an Sepp vorbei.

»Sepp«, sage ich und deute auf mein Bein. Sepp versteht. Er streckt die Krücke nach vorn. Viktoria stürzt darüber. Sie will gleich wieder aufstehen, aber ich schlage ihr meine Handtasche in den Rücken. »Hier!«, rufe ich laut. Endlich nimmt eine Polizistin von Viktoria Haferl Notiz. Sie legt ihr Handschellen an.

»Prima gemacht«, sagt die Beamtin in unsere Richtung.

»Im Beinstellen war ich während der Schulzeit schon Weltmeister, und Rosi ist für ihre Schlagkraft bekannt«, antwortet Sepp trocken.

Simoni wird durch die Bank nach vorne getrieben. Er ist nicht verletzt. Benni grinst stolz hinter Simonis Schulter hervor.

»Der Schuss?«, frage ich, als sie bei mir vorbeikommen.

»Nur ein Warnschuss«, sagt Benni.

Ich atme erleichtert aus. Die Szenerie löst sich langsam. Simoni und Viktoria Haferl werden nach draußen geführt. Ich fasse Sepps Hand. Leider können wir nicht die Arme umeinander legen und so nach draußen gehen, da er auf seine Stöcke angewiesen ist.

»Und, Schatz, was glaubst du? Wann erfahren wir die Lösung des Rätsels?«, frage ich Sepp.

»Kommt wohl drauf an, wie lästig mein Röslein ist.«

»Lästig? Ich bin doch nicht lästig«, antworte ich und hebe drohend den Fuß, gerade so, als wollte ich ihm einen Tritt gegen den Knöchel verpassen.

Sepp zieht den Kopf ein. »Ich meinte auch resolut, überzeugend und eindringlich«, verbessert er sich schnell.

»Genau das meintest du«, sage ich und küsse ihn kurz auf die Lippen. Die ganze Anspannung hat sich in Luft aufgelöst, und ich fühle mich um zehn Jahre jünger. Trotz des Wirbels, des Geschreis und der vielen hektischen Menschen rund um mich spüre ich, dass nun alles gut wird. Es fühlt sich endlich alles richtig an.

»Komm! Vielleicht ist Kurt schon hier!«, sage ich zu Sepp. Wir gehen nach draußen und bekommen gerade noch mit, wie Simoni und Viktoria Haferl in den Wagen verfrachtet werden.

Von Kurt aber fehlt jede Spur. Dafür steht Andrea auf dem Parkplatz und dreht sich gerade eine Zigarette.

Ich stelle mich zu ihr. »Ich wusste gar nicht, dass du rauchst.«

»Mach ich auch nicht. Hab vor Jahren damit aufgehört. Aber immer wenn ein Mord sich in Wohlgefallen auflöst, dann gönne ich mir eine einzige«, sagt sie.

»Ist es tatsächlich so? Haben wir den Richtigen gefasst?«, frage ich.

»Absolut«, versichert Andrea. »Onkel Friedrich hat sich als hilfreicher offenbart, als angenommen. Wir haben einen Deal geschlossen. Elisa hat eine umfangreiche Aussage gemacht und wird aufgrund ihrer Mitarbeit und ihres jungen Alters milde beurteilt werden.«

»Details, Andrea. Ich will Details!«, fordere ich.

Andrea nimmt einen tiefen Zug und nickt dann. »Wenn es denn sein muss. Aber nicht hier am Parkplatz vor allen Leuten. Kommt mit!«

Wir steigen ebenfalls in ein Polizeiauto.

»Ich erzähl euch die Kurzfassung«, beginnt Andrea. »Elisa hat es mehr als nur faustdick hinter den Ohren. Ihr war es nicht recht, dass ihre Mutter mit dem Simoni zusammen war. Anscheinend haben sich die beiden aufgrund irgendeiner Weihnachtsmesse liebengelernt.«

»Also war Elisa eifersüchtig?«, fragt Sepp.

»Kann man so sehen. Sie war nämlich schon länger mit Simoni zusammen. Seit ihrem Praktikum letzten Sommer in der Bank.« Andrea zieht vielsagend die Augenbrauen hoch.

»Wie bitte? Der alte Kerl hat die Kleine verführt? Eine damals gerade mal Fünfzehnjährige?«, will Sepp angewidert wissen.

»Wer wen verführt hat, bleibt wohl ein Geheimnis. Elisa war auf jeden Fall freiwillig mit Simoni zusammen. Sie war ihm Hals über Kopf verfallen und hat alles für ihn getan. Er hat ihr versprochen, mit ihr nach Amerika zu gehen und sie zu heiraten, sobald sie volljährig sei. Mit Viktoria sei er nur alibimäßig liiert. So hat er es Elisa weisgemacht. Und die Kleine hat weiter von ihrem Prinzessinnenschloss geträumt, das Simoni ihr kaufen wollte, weil er mit einem Riesending ordentlich absahnen würde.«

»Der Windpark«, mutmaße ich.

»Genau. Der halbe Ort hat bereits auf Simonis heißen Tipp hin in den Windpark investiert, obwohl Gustl noch im Weg stand. Aber Simoni war überzeugt, dass er den Jungen schon zum Verkauf bringen könnte beziehungsweise ihn in den Wahnsinn treiben. Er hat Elisa darauf angesetzt, Gustl zu quälen, und diese hat wiederum Leon, Luca und Konsorten dazu gebracht, ihre gemeinen Spielchen mit ihm zu veranstalten. Schon die Aktion mit der Katze ging auf sie zurück.«

»Unglaublich.«

»Ja«, sagt Andrea und dreht sich eine weitere Zigarette. Offensichtlich ist dieser Fall die doppelte Nikotindosis wert. Ich sage aber nichts, sondern warte einfach nur ab, bis sie so weit ist und weiterredet.

»Nun gut. Der Plan, Gustl in den Wahnsinn zu treiben, ging nicht auf, und da hat Simoni einen Plan B entwickelt und Elisa auf Gustls Bruder Peter angesetzt. Das dumme Mädchen ist Simoni so hörig, dass sie sich Peter ohne Hemmungen an den Hals geworfen hat. Simoni hat alles so eingefädelt, dass, falls man Gustls Tod nicht für einen Selbstmord halten würde, alles auf Peter zurückfällt.«

»Ganz schön hinterlistig«, sage ich.

Andrea brummt zustimmend und bläst gedankenversunken drei Rauchkringel in die Luft. Dann fährt sie fort: »Am Tatabend hat Leon, durch Luca und Julian angestachelt, Gustl das Exekutions-Video gezeigt, was diesen natürlich ziemlich verstört hat. Gustl ist anscheinend durch die grausigen Bilder zusammengebrochen, und da musste der Simoni gar nicht mehr viel tun. Er hat Gustl getötet. Und alles sah nach Selbstmord aus. Der gstörte Gustl hat sich endlich erhängt.«

»Ziemlich gewieft. Simoni hat nur nicht mit Rosi gerechnet«, fügt Sepp hinzu.

»Stimmt. Als er gemerkt hat, dass unsere Rosi nicht lockerlässt, hat Elisa mit Peters Handy bei ihr anrufen müssen, um sie auf die richtige Spur zu führen. Der Peter sollte dran glauben. Doch Rosi hat einfach keine Ruhe gegeben und in mehrere Richtungen geschnüffelt. Simoni hatte wohl Angst, dass Rosi aus Viktoria Haferl etwas herauskitzeln würde, was ihm dann zum Verhängnis werden könnte. Deshalb hat er sie bei der Beerdigung entführt und gehofft, damit und mit den von Elisa in Peters Wagen platzierten Beweisen endlich einen schlüssigen Täter zu präsentieren.«

Ich nicke. Alles fügt sich zu einem stimmigen Bild zusammen. Simoni hatte jedes Detail durchdacht, aber keine übereifrige Hobbyschnüfflerin einberechnet. Ich stoße einen lauten Pfiff aus. »Wusste Viktoria von den Machenschaften ihres Partners und ihrer Tochter?«

Andrea schüttelt den Kopf. »Sie war zu verliebt. Ich glaube, diese Frau schwebt so in ihrer eigenen Welt, dass sie einfach nur froh war, jemanden gefunden zu haben, der ihr Faible für den Weihnachtswahnsinn teilt. Da war sie quasi schneeblind vor Liebe und hat nur das gesehen, was sie wollte. Der wahre Schuldige hinter allem ist zweifelsfrei Simoni. Er hat sowohl Viktoria als auch Elisa um den Finger gewickelt. Wobei man

Elisa eine Mittäterschaft zulasten legen kann. Ihr kommt das junge Alter zugute. Mal sehen, welche Entscheidung das Gericht in Bezug auf sie trifft.«

»Apropos Elisa. Was passiert jetzt mit Peter? Ich würde es schlimm finden, wenn er weiter in Untersuchungshaft bleiben müsste, weil er mit ihr eine Liebschaft hatte. Mit dem Mord hatte er ja nichts zu tun.«

»Er kommt frei. Wir nehmen jetzt noch Simonis Aussage auf, und dann können wir den Fall ans Gericht weiterleiten. Die Verführung Minderjähriger wird separat untersucht. Aber wenn er das Land nicht verlässt, bleibt er auch dann auf freiem Fuß.«

Ich fühle mich unendlich erleichtert. Besonders für Theodor Walkner müsste die Auflösung des Falles ein wahrer Segen sein. Ob er nun vielleicht doch im Ort bleibt, wo sein zweiter Sohn bewiesenermaßen nur ein Opfer in einem gefinkelten Intrigenspiel war? Ich weiß gar nicht, wer mir gerade mehr leidtut. Irgendwie sind alle Opfer eines einzigen, geldgierigen Bankdirektors geworden. Was wollte der Typ überhaupt mit der ganzen Kohle?

Als ich die Frage Andrea stelle, zuckt sie nur mit den Schultern. »Es wird immer Menschen geben, für die das Geld mehr wert ist als ein Menschenleben. Simoni scheint mir so ein Kerl zu sein. Ich muss jetzt aber los. Kurt erwartet von mir, dass ich der Staatsanwaltschaft einen lupenreinen Fall mit absolut wasserdichter Beweisführung übergebe.«

»Wo steckt Kurt denn überhaupt?«

»Ich hoffe, er befindet sich nun wirklich auf dem Heimweg von der Direktion. Er kann so unendlich stur sein.« Andrea bläst sich eine Haarsträhne aus dem Gesicht. Dann lächelt sie milde. »Aber er ist ein guter Kerl. Er hatte es schwer die vergangenen Wochen. Darum übernehme ich diesmal das Berichteschreiben. Kurt hat in letzter Zeit genug geleistet. Er bräuchte dringend eine Auszeit. Die Sache mit Daniela und den Babys nagt stärker an ihm, als er euch gegenüber zugeben würde. Er leidet wirklich, und die ganze Arbeit hat es ihm unmöglich gemacht, den Schicksalsschlag zu verdauen. Kümmere dich ein wenig um ihn, ja?«

»Da hast du recht«, sage ich schuldbewusst.

»Ich muss jetzt in die Direktion. Die Bürokratie wartet, wie nach jedem gelösten Fall.« Andrea legt den Kopf schief, als würde sie sich für ihr Aufbrechen entschuldigen wollen.

»Benni fährt euch heim, in Ordnung?«, fragt sie dann.

»Und mein Auto? Es steht noch in Salzburg.«

»Das holen wir die nächsten Tage, Rosi«, meint Sepp gelassen. Ich stimme erschöpft zu.

Flucht nach vorn

Rosis ätherische Öle, Teil 3
Dill, das sonst als Gewürz bekannte Kraut, sorgt für Entspannung, Entkrampfung und wirkt antiseptisch.
Veilchen baut Ängste ab und stärkt das Selbstbewusstsein.
Zypresse, ein paar Tropfen im Fußbad beugen Schwitzen vor.

Nun fordern die letzten Stunden auch von meinem Körper Tribut. Ich bin müde und fürchte mich vor dem bevorstehenden Gespräch mit Daniela, obwohl ich auch das schaffen werde. Wir müssen all unsere Sorgen und Befürchtungen auf den Tisch legen, und das wird anstrengend. Doch wahrscheinlich ist es die ganze Mühe auch wert. Die Erfahrung hat mir gezeigt, dass um den heißen Brei herumzureden keinem nutzt. Nun muss wohl auch ich mich der Situation stellen. Ich hoffe aus ganzem Herzen, dass wir alles klären können.

Noch im Wagen rufe ich meine Tochter an. Doch statt Daniela nimmt jemand ganz anderes ab.

»Herta?«, frage ich, als mir bewusst wird, dass Wimmers Frau am Apparat ist.

»Ja, genau die. Rosi, was gibt's?«, will sie wissen.

»Ist Daniela bei euch oder nur ihr Handy?«

Sie lacht. »Weder noch. Wir sind bei Daniela, und ja, sie ist da, aber beschäftigt. Sie muss auch gleich los, sonst verpasst sie noch –«

»Kann ich bitte mit Daniela sprechen?«, unterbreche ich Herta leicht genervt.

»Tut mir leid. Das geht unmöglich. Hubert und sie bereiten grad alles vor. Wann kommt ihr denn endlich? Wir brauchen Kurt unbedingt, wenn alles klappen soll. Wäre doch sonst schade um das ganze Geld.«

»Wie bitte?«

Doch da höre ich Hubert im Hintergrund. »Herta, leg auf. Die Rosi weiß noch nichts. Sie soll es von Dani hören.«

»Ach herrje«, sagt da Herta. »Tut mir leid, Rosi. Kommt

bitte so schnell es geht, ja? Sonst sind wir nämlich weg, und zumindest Kurt muss nachkommen.«

Es klickt in der Leitung, und ich kann nicht mehr nachfragen. Ich verstehe nur Bahnhof. Dieses ganze Gespräch ist ein Rätsel. Wieso ist Kurt noch nicht daheim? Die Ungewissheit nagt an mir. Ich möchte so schnell wie möglich zu Dani nach Hause.

Benni lässt uns direkt vor Danielas Haus aussteigen. Die Fahrt hat eine halbe Ewigkeit gedauert. Wenn man es eilig hat, geht es besonders langsam voran. Warum mussten ausgerechnet heute alle Traktoren und Mähdrescher der Umgebung unseren Weg kreuzen? Doch nun sind wir endlich angekommen. Die Tür steht offen. Ich gehe hinein.

Was ich sehe, lässt mein Herz stocken. »Kurt!«, keuche ich.

»Sie hat mich verlassen!« Kurt liegt mit dem Kopf und den Armen auf dem Tisch.

Ich habe ihn noch nie weinen sehen, aber nun hockt er wie ein Häufchen Elend vor mir. »Wie kommst du darauf?«

Er schiebt mir schniefend einen Zettel zu. »Es tut mir leid. Ich muss gehen«, steht darauf. Ich schlucke und lese weiter. »Bitte ruf an«, lese ich laut vor. »Hast du schon angerufen?«, frage ich ihn.

»Wozu denn?«, brüllt Kurt außer sich. »Ich war zu spät. Ich hab es versaut! Das einzig Wichtige in meinem Leben hab ich kaputtgemacht. Daniela ist weg, und recht hat sie. Wo war ich denn die ganze Zeit? Was hab ich denn getan? Ich hab sie im Stich gelassen. Nicht einmal im Krankenhaus war ich, als sie … sie …« Kurt hat sich in Rage geredet, doch nun geht ihm die Kraft aus. Er wirft die Arme hoch und schluchzt.

Ich hätte nie im Leben gedacht, dass Kurt derart mit den Nerven fertig sein kann, dass er nur noch um Worte ringt und wie ein Goldfisch auf dem Trockenen nach Luft schnappt. Hilflos stehe ich vor ihm. Sepp ist geistesgegenwärtiger als ich und holt die Marillenschnapsflasche aus dem Hängeschränkchen.

»Trink und dann rede!«, sagt er ernst und schiebt Kurt die geöffnete Flasche über den Tisch. Kurt trinkt einen großen Schluck und hustet danach.

Ich weiß, wie sich das anfühlt, wenn man im heulenden Zustand Schnaps trinkt. Es brennt wie die Hölle, man glaubt für einen Moment zu ersticken, aber dann reißt einen der Schmerz in die Realität zurück.

Kurt krächzt. Seine Augen treten hervor. Er atmet keuchend ein und sagt dann: »Unsere Babys sind tot, und ich kann nicht mit ihr darüber reden. Ich schaffe es nicht, ihr in die Augen zu sehen. Es ist vielleicht wirklich besser, wenn sie geht und sich jemand anderen sucht.«

»So ein Blödsinn!«, schreie ich ihn an und haue mit der Faust auf den Tisch. Kurt sieht mich verdutzt an. »Liebst du Daniela?«, frage ich ihn etwas ruhiger.

»Mehr als mein Leben.«

»Gut«, antworte ich und hole mein Handy hervor.

»Mama?«

»Ja, ich bin es. Kurt sitzt völlig aufgelöst vor mir und heult sich die Augen raus. Also, was soll das?«

»Ach Gott. Das wollte ich nicht. Ich muss nur unbedingt den Flieger erwischen. Herta wartet mit Kurts Ticket für den nächsten Flug am Flughafen. Ich sag ihr gleich, dass sie für dich und Sepp auch noch welche besorgen soll. Ich flieg mit Hubert voraus.«

»Bitteeee?«, kreische ich.

»Mama, hör zu. Nur einmal. Ich habe eine Lösung für unsere Probleme gefunden, aber sie ist in Georgien. Also schaff bitte Kurt direkt zum Flughafen. Setz dich mit ihm in den Flieger und bring ihn mir heil nach Tiflis.«

»Ich fliege nicht«, schreie ich in Panik. Allein der Gedanke, ohne Sicherheitsleine mehr als zwei Meter in der Höhe zu sein, raubt mir den Atem. Ja, ich habe Flugangst, und ja, ich stehe dazu.

»Sepp kannst du mitnehmen, okay? Er soll dich beruhigen,

und zur Not nimmst du eben eine Tablette. Wenn du mich liebst, dann musst du das für mich tun. Ja, Mama?«

»Aber … aber … warum Georgien?«, stottere ich.

»Weil es in Österreich nicht erlaubt ist.«

Mir wird schwindlig. Nur noch dumpf höre ich, was Daniela am anderen Ende der Leitung sagt.

»Es tut mir leid, dass ich es dir nicht früher erklären konnte. Ich habe es wirklich versucht, aber es kam immer etwas dazwischen. Also mach dich bitte auf den Weg. Ich erklär es dir später, versprochen. Hab dich lieb.«

Jetzt treibt es mir die Tränen in die Augen. Obwohl es totaler Wahnsinn und völlig unzusammenhängend klingt, was Daniela eben erzählt hat, hört sie sich absolut normal und bedacht an.

»In Ordnung. Ich hab dich auch lieb«, sage ich wie ein Roboter.

Kurt und Sepp sehen mich an wie zwei Goldfische im Gurkenglas. Ich kann nur ahnungslos die Schultern heben. »Wir müssen zum Flughafen. Hast du deinen Pass dabei, Kurt?« Er nickt stumm. »Meinen hab ich in der Handtasche. Sepp?«

Der zieht seinen aus der Hose. Es ist erstaunlich, welche Mengen Zeug Männer in ihre Hose stecken können. Fast so viel, wie ich in die Handtasche bekomme.

»Wo geht die Reise hin?«, fragt Sepp.

»Tiflis. Georgien«, höre ich mich wie aus der Ferne antworten.

»Gott, was gibt es denn dort, außer billige Mädchen?«, fragt Sepp.

Wieder habe ich keine Antwort parat. Ich weiß nur, was ich gerade Daniela versprochen habe und dass ich es halten werde, auch wenn ich im Flugzeug Blut schwitzen werde. »Kurt, pack das Nötigste zusammen, wir fahren«, kommandiere ich den noch immer am Boden zerstörten Kurt herum.

Aber er folgt mir. Er schlurft ins Bad und kommt wenige Minuten darauf mit einem Sack voller Toilettenartikel und

Wäsche wieder. Dann hetze ich meine Männer zu Kurts Wagen. Ich bin die einzige fahrtüchtige Person, und so bleibt mir nichts anderes übrig, als mich wieder hinters Steuer zu setzen. In Windeseile sause ich nach Hause.

Dort erwartet mich die nächste Überraschung. Ein kleiner gepackter Koffer steht vor der Tür. »Für die Reise. Für dich und Sepp. Hab dich sehr lieb. Raphael. PS: Guck in den Umschlag erst im Flieger!«, steht auf dem Post-it, das daran klebt. Ich nehme den Koffer und taste im Seitenfach. Tatsächlich. Da ist ein Umschlag. Schnell stecke ich ihn in die Handtasche. Ohne noch mehr Zeit zu verlieren, fahre ich zum Flughafen. Ich kann nicht reden, und anscheinend hat es Sepp und Kurt ebenfalls die Sprache verschlagen.

Am Flughafen erwartet uns Herta mit den Flugtickets. Fröhlich begrüßt sie uns. »Ach, wie schön. Ich habe schon nicht mehr daran geglaubt, dass ihr es schafft«, sagt sie. Unwirklich fröhlich drückt sie einem jeden von uns ein Ticket in die Hand. »Es ist so aufregend. Ich wäre ja so gern mitgekommen, aber ich habe mir schon vor Monaten ein Seminarwochenende bei Guru Makaja gebucht.«

Herta sieht mich an, als müsste ich wissen, wer dieser Makaja ist. Als sie erkennt, dass ich null Ahnung habe, setzt sie einen Blick auf, als würde sie mich für meine bloße Existenz bemitleiden.

Sie streicht sich über den Bauch. »Er ist der Sexguru unserer Zeit. Ein echter tantrischer Meister, der die freie Liebe lehrt. Sein Buch ist ein Bestseller in unserer Szene.« Herta zwinkert mir zu. »Da versteht ihr bestimmt, dass ich unter diesen Umständen die Schweiz bevorzuge.« Ich nicke in Zeitlupe. »Jetzt aber schnell. Euer Flug geht gleich«, treibt uns Herta zum Schalter. Dann verabschiedet sie sich.

Mir ist schwummerig zumute. Ohne Sepp und Kurt würde ich wohl orientierungslos hin und her irren. Zum Glück ist Kurt aber schon öfter geflogen. Er führt uns durch den Flughafendschungel. Immer wieder sehe ich mich ungläubig um.

Die Realität ist mir abhandengekommen. Nichts sieht echt aus. Auch Herta von vorhin war nicht die Herta, die ich seit meiner Jugend kenne. Wo ist die eifersüchtige Wimmerin geblieben, die ihrem Hubert vor zwei Jahren die Leviten gelesen hat?

Die nächste Stunde bis zum Abflug fühlt sich an, als hätte mich jemand aus der Wirklichkeit gerissen und in einen Film hineinversetzt. Kurt und Sepp ergeht es anscheinend nicht besser. So muss es sein, wenn man Drogen genommen hat. Doch dieses Gefühl hat auch etwas Gutes an sich. Ich habe keine richtige Angst. Und so sitze ich schließlich in einem fast leeren Flugzeug. Sepp auf der einen Seite, Kurt auf meiner anderen. Ich beuge mich über Sepp und werfe einen Blick aus dem Fenster. Den Fensterplatz wollte ich nicht. In der Mitte, zwischen den Männern, kann ich mir zumindest einreden, dass ich mich in einem ganz gewöhnlichen Bus befinde. Am Fenster würde dieser Trick nicht funktionieren.

Sepp nimmt meine Hand. »Wir heben gleich ab, Schatz«, sagt er heiser. Ich kann nicht antworten. »Hast du vielleicht schon eine Idee, warum wir diesen Wahnsinn gerade machen?«, fragt er weiter. Ich schüttle den Kopf.

»Das würde mich auch interessieren«, meint Kurt von der anderen Seite. »Wenigstens einen kleinen Hinweis hätte Dani uns geben können.«

»Raphael hat das getan«, fällt es mir wieder ein. Ich taste nach der Handtasche unter dem Sitz.

Das Flugzeug rollt an. Ich schwitze. Die Angst kommt so schnell wie ein Schwall aus einer Fontäne. Nach unten gebeugt umklammere ich die Tasche. Eine Hand am Umschlag, eine am Riemen. Sepp versucht mich zum Aufrichten zu bewegen, aber ich bleibe unten. Meine Ohren knacken. Mein Magen wird in die Kniekehlen gedrückt. Ich weiß, dass ich weine, obwohl ich die Tränen nicht auf meinen Wangen spüre. Mein Leben zieht an mir vorbei. Ich sehe mich als kleines Mädchen, beim Melken unserer einzigen Kuh, als Schulkind, der erste

Kuss, die Hochzeit, die Geburten meiner Kinder, die Zeit hinter dem Tresen des Wirtshauses, Horsts Tod, Sepp. Endlich spüre ich meinen Körper wieder.

Sepp streicht mir über den Rücken. »Alles gut. Wir sind in der Luft. Alles gut«, beruhigt er mich.

Dann schaffe ich es und richte mich auf. Den Umschlag halte ich triumphierend in der Hand. »Ich hab ihn«, keuche ich. Schweißflecken zeichnen sich auf dem Papier ab. Ich öffne das Kuvert und ziehe einen Computerausdruck hervor.

»Und?«, fragt Kurt neugierig.

»Ein Wikipedia-Ausdruck«, presse ich hervor.

Ungläubig starre ich auf die Artikelüberschrift. Dann muss ich lachen, dass die Tränen fließen. Der Wimmer hat tatsächlich eine Lösung gefunden. Daniela wird auch wieder lachen können. Ich lege den Zettel zusammengefaltet auf meinen Schoß. Noch immer kichere ich. Kurt und Sepp beugen sich besorgt zu mir.

»Rosi? Rosi! Alles in Ordnung?«, will Sepp wissen.

»Bestens«, keuche ich und weiß im Inneren, dass wirklich alles gut werden wird.

Liebe LeserInnen und Rosi-Fans!

Wie schon bei den beiden Vorgänger-Romanen habe ich besondere Ereignisse und auch Orte aus dem Innviertel im Roman verarbeitet. Alle Personen sind jedoch frei erfunden, und auch ein Windpark in Kopfing entspringt meiner Phantasie. Den Windpark in Munderfing gibt es hingegen wirklich, und man kann die gewaltigen Räder schon aus weiter Ferne zwischen den Wäldern herausragen sehen. Auch der Baumkronenweg existiert in Kopfing und ist ein beliebtes Ausflugsziel für Familien. Mehr Informationen zu dieser sehr lohnenden Attraktion zwischen den Baumwipfeln finden Sie im Internet. Vielleicht hat ja jemand von Ihnen schon immer einmal davon geträumt, in luftiger Höhe zu übernachten.

In der Realität stattgefunden hat auch der Mord in Haigermoos, an dem Kurt während des Baumkronenweg-Falles arbeitet. Im Mai 2017 wurden die menschlichen Überreste des Salzburgers Roland Krenn im aufgelassenen Schweinestall eines Wirtshauses gefunden. Im Sommer 2017 waren die lokalen Zeitungen und Medien mit Berichten über den tatverdächtigen Wirt und dessen Lebensgefährtin gefüllt.

Auch interessant für Nicht-Innviertler dürfte sein, dass es das Zwergerlhaus in Pfaffstätt tatsächlich gibt. Gleich neben der Kirche kann man die mehr als dreitausendfünfhundert Gartenzwerge bewundern. Man kann sogar Termine zur Besichtigung vereinbaren. Mehr Infos und auch Fotos hierzu können Sie auf der Homepage der Gemeinde 5223 Pfaffstätt nachlesen.

Schon als Kind haben mich die vielen Zwergerl beeindruckt, und immer, wenn wir bei meiner Oma am Grab waren, durften wir am Zwergerlhaus vorbeischauen. Diese Kindheitserinnerung steckt diesmal im Roman.

Nun noch eine abschließende Bemerkung zum diesmal etwas ungewöhnlich offenen Ende des Romans.

Findige LeserInnen werden mit etwas Recherche wahrscheinlich schnell herausbekommen, warum Daniela so dringend nach Georgien muss. Ein paar kleine Hinweise habe ich ja im Roman versteckt. So viel sei aber als kleiner Tipp bis zum nächsten Roman verraten: Die Rosi ist sehr kinderlieb, und es wäre eine Schande, wenn Mariella das einzige Enkelkind von Rosi bleiben würde. Viel Spaß beim Tüfteln ;-)

Nun bleibt mir nur noch ein riesengroßes Dankeschön an Sie, meine treuen LeserInnen, zu sagen. Ich hoffe, Sie hatten wieder Ihre Freude mit der mörderischen Rosi bei ihrem dritten Innviertler Schmunzelkrimi-Fall.

Ich hoffe auch, dass wir uns beim nächsten Fall wieder lesen, der uns, so Gott will, in den Rieder Bezirk führen wird.

Bis dahin wünsche ich Ihnen a mordsmäßig guate Zeit.
Ihre Doris Fürk-Hochradl

Doris Fürk-Hochradl
KRÄUTERROSI, LEDIG, SUCHT ...
Broschur, 304 Seiten
ISBN 978-3-95451-522-6

Kräuterrosi, 62, ledig, sucht ... eigentlich nichts. Sie ist zufrieden mit ihrem Leben und ihrer Tätigkeit als Kräuterhexe des Dorfes, auch wenn ihre beste Freundin der festen Überzeugung ist, dass Rosi einen Mann braucht. Doch dann lernt sie den »Bumshüttensepp« kennen, ihre beiden Kinder machen schwere Zeiten durch, und schließlich wird auch noch eine Leiche im Moor gefunden. Für Rosi ist das ruhige Leben ab jetzt vorbei, und sie beginnt ihre ganz eigenen Ermittlungen.

»Ein Wohlfühlkrimi mit einem spannenden Kriminalfall, mehreren amourösen Verwicklungen und einer privaten Ermittlerin mit Herz. Für alle Krimi-Liebhaber, Kräuter-Liebhaber und Liebhaber der Regional-Literatur ist diese Lektüre Pflicht.« Tips